구도자를 위한 번역 선집 1

업보차별경, 금강경과 반야심경, 육조단경, 법구경

글터

구도자를 위한 번역 선집을 내면서

삼공 김태영 선생님은 자력으로 마음, 기, 몸을 닦는 수행체계인 삼공선도를 정립하시고 『선도체험기』를 쓰셨다. 이 『선도체험기』는 선도수련 과정에 일어난 모든 체험을 소설화하여 구체적으로 묘사한 120권의 역작으로, 1990년부터 2020년까지 나왔다.

삼공 선생님의 분신과도 같은 『선도체험기』는 103권까지 절판되어 구하기 어렵다. 또한 바쁜 현대인이 많은 분량의 책을 구해 읽기 어려운 상황임을 감안하여, 『선도체험기』의 수련에 관한 주요 내용을 간추려 『약편 선도체험기』 30권을 편찬하였다.

그런데 『선도체험기』에는 불교, 유교, 기독교의 경전 등 수행에 도움이 되는 책들을 선생님께서 번역하시고 설명을 붙이신 내용이 다수 실려 있다. 절판으로 인해 대부분의 번역이 사장되어 있는 게 안타까워 『약편 선도체험기』 간행 사업이 완료되면 별도로 책으로 내고자 했다.

2026년은 선생님의 5주기가 되는 해이다. 이를 기념하고자 번역 선집을 만들게 되었으니, 『선도체험기』 104권부터 선생님의 모든 책을 간행해 주신 출판사 사장님의 의지와 후의 덕분이다. 번역 선집은 아래와 같은 내용으로 9권을 구성하였다. 서명 옆의 괄호 숫자는 해당 번역이 실린 『선도체험기』의 권수이다.

1권 : 업보차별경(39), 금강경과 반야심경(41), 육조단경(46), 법구경(50)

2권 : 도덕경(40), 장자 내편(47)

3권 : 장자 외편(48)

4권 : 장자 잡편(49)

5권 : 중용(42), 논어(51)

6권 : 맹자(52)

7권 : 대학(42), 소학(80)

8권 : 마태복음(45), 요한복음(54), 도마복음(58)

9권 : 명심보감(44), 손자병법(94)

참고로 『선도체험기』 20권에 있는 『삼일신고』, 43권에 있는 『채근담』, 78권에 있는 『용호비결』 등의 번역문은 차례대로 『구도자 요결』, 『약편 선도체험기』 28권과 17권에서 볼 수 있다.

위와 같이 번역 선집을 준비함에 있어서, 한글세대 독자를 고려하여 원고상의 한자를 배제하되 이해를 돕기 위해 그대로 두기도 했다. 또한 일부 문구를 수정함으로써 가독성이 향상되도록 기했다.

교열의 경우 대명, 별빛자, 혜연, 동지, 덕암, 소연 등 신삼공재 수행자들이 수고를 마다하지 않음에 고마운 마음을 전한다. 마지막으로 이번 사업에 관심을 보여 준 분들께, 그리고 번역 선집을 간행해 주시는 출판사 글터의 한신규 사장님께도 감사드린다.

2026년 2월 25일

조 광

차례

▩ 구도자를 위한 번역 선집을 내면서 _ 3

업보차별경

▩ 선도체험기 39권을 내면서 _ 9
▩ 업보차별경(業報差別經)에 대한 필자의 서문 _ 14
▩ 한글로 번역한 업보차별경 _ 16

금강경과 반야심경

▩ 선도체험기 41권을 내면서 _ 41
▩ 금강경(金剛經)을 한글로 펴내면서 _ 46
▩ 한글로 번역한 금강경 _ 49
▩ 금강경 번역을 마치고 _ 106
▩ 한글로 번역한 반야심경(般若心經) _ 109
▩ 반야심경 번역을 마치고 _ 113

육조단경

▩ 선도체험기 46권을 내면서 _ 117
▩ 육조단경(六祖壇經)에 대한 필자의 서문 _ 122
▩ 성철 스님의 서문 _ 127
▩ 제1편 단경지침 _ 129
▩ 제2편 돈황본단경(敦煌本壇經) _ 152
▩ 제3편 선교결(禪敎訣) _ 224
▩ 육조단경 번역을 마치고 _ 230

법구경

▩ 선도체험기 50권을 내면서 _ 237

▦ 법구경(法句經)에 대한 필자의 서문 _ 239

▦ 한글로 번역한 법구경 _ 241

• 제1장 첫째 가르침 _ 241

• 제2장 부지런한 수행 _ 247

• 제3장 마음 _ 251

• 제4장 꽃 _ 254

• 제5장 어리석은 사람 _ 259

• 제6장 지혜로운 사람 _ 264

• 제7장 깨달은 사람 _ 268

• 제8장 천 가지의 장 _ 271

• 제9장 악행 _ 276

• 제10장 폭력 _ 279

• 제11장 늙음 _ 285

• 제12장 자기 자신 _ 288

• 제13장 이 세상 _ 291

• 제14장 부처 _ 294

• 제15장 진정한 행복 _ 300

• 제16장 사랑하는 것 _ 304

• 제17장 성냄 _ 307

• 제18장 더러움 _ 312

• 제19장 도를 실천하는 사람 _ 318

• 제20장 진리의 길 _ 323

• 제21장 여러 가지 _ 328

• 제22장 지옥 _ 333

• 제23장 코끼리 _ 338

• 제24장 집착 _ 342

• 제25장 수행자 1 _ 349

• 제26장 수행자 2 _ 357

▦ 법구경 번역을 마치고 _ 370

업보차별경

선도체험기 39권을 내면서

『선도체험기』 39권에는 시대 상황 때문이겠지만 IMF 한파로 인하여 파생되는 여러 가지 얘기를 집중적으로 다루었다. 당장 정리해고나 명예퇴직당한 수많은 실직자들이 길거리와 공원과 산야를 지향 없이 헤매고 있고 그 영향을 받지 않는 사람이 없으니, 관심을 아니 가질 수 없는 일이다.

이들 실직자들은 가만히 살펴보면 크게 두 가지로 구분된다. 마음이 닫힌 사람과 마음이 열린 사람이다. 마음이 열린 사람은 실직의 원인을 남의 탓이 아니고 내 탓으로 돌리고 매사에 긍정적이고 적극적이고 진취적인 사고방식을 가지고 있으므로 실직보다 더 혹독한 난관이 닥쳐와도 시련과 공부의 기회로 알고 능히 뚫고 나갈 수 있다.

그러나 마음이 닫힌 사람은 실직의 원인을 회사 사장이나 인사 책임자나 국가나 사회나 정치 지도자의 탓으로 돌리고 그들을 원망하고 미워하느라고 울분과 원망과 실의 속에 지옥과 같은 괴로운 나날을 보내고 있다.

심지어 자기를 실직하게 만들었다고 생각하는 사람에게 앙갚음을 하기도 한다. 너 죽고 나 죽자는 자포자기 심정이 되어, 해서는 안 될 일을 저지르는가 하면 심지어 자살까지도 서슴지 않는다. 또 어떤 실직자는 리더도 없이 평소에는 하지도 않던 위험한 암벽 등반을 하다가 실족사하는 경우가 자꾸만 늘어나고 있다.

하지만 마음이 열린 사람은 이들과는 하늘과 땅의 차이가 있다. 월봉 4백만 원씩 받던 은행장을 지낸 사람이 한 달에 겨우 80만 원을 받는 중소기업 경리책임자가 되기를 지원하고 나섰는가 하면, 일전에 부도가 난 삼미그룹 부회장을 지냈던 61세의 서상록 씨는 최근 한국경영자협회 고급 인력 정보센터에 '식당 웨이터'로 구직 신청서를 냈다.

'두 달 동안 월급을 받지 않겠다. 일을 시켜보고 능력이 있다고 생각되면 월급을 달라'는 조건을 내세웠다.

고대(古代)의 공성(攻城) 무기인 투석기(投石器)의 구조를 보면 돌을 실은 나무가 최대한으로 휠 때 돌은 가장 멀리 날아가게 되어 있다. 사람 역시 최대한으로 겸손할 줄 아는 사람이 가장 큰 성공을 거둘 수 있고 남의 존경도 받게 되어 있다.

웨스트 포인트하면 지구상의 유일한 초강대국인 미국의 육군 장교들을 길러내는 사관학교이다. 이 학교의 교장을 지낸 삼성 장군이 정년퇴직을 하자 갑자기 할 일이 없어졌다. 궁리 끝에 그는 육사 정문 옆에서 구두 닦기 일을 시작했다.

이 소식은 삽시간에 전교 생도들에게 퍼져나갔다. 생도들은 이왕이면 전직 교장에게 구두를 닦으려고 줄을 서서 기다리게 되었다. 전직 교장인 퇴역 노장군은 옛 제자 단골들의 구두를 닦아주면서 즐거운 콧노래를 부르는 것이었다. 이 얼마나 감격적인 장면인가. 직업에는 귀천이 없는 것이다.

구미(歐美)에서는 이런 일이 다반사다. 대통령을 지낸 사람이 옛 부하 밑에 들어가 자기의 전문성을 살려 장관이 되기도 하고 필요에 따라서 외국 특사로 파견되기도 하는 일은 흔히 있는 일이다. 마음이 활짝 열린 사람들이 아니면 할 수 없는 일들이다.

도서출판 이레에서 펴냈고 잭 캔필드, 마크 빅터 한센 저, 류시화 옮김으로 되어 있는 세 권짜리 『마음을 열어주는 101가지 이야기』라는 책은 마음이 닫힌 사람이나 열린 사람들이나 『선도체험기』 독자들이라면 꼭 읽어 볼 만하기에 추천하는 바이다.

결론적으로 말해서 마음이 열린 사람이라면 이 세상 어떠한 난관이든지 극복하지 못할 것이 없다.

삼공선도는 마음을 열어주는 공부이다. 기공부를 하여 기문(氣門)이 열린 사람은 어떤 사람이든지 마주 앉아 보면 상대가 마음이 열려 있는지 닫혀 있는지 기감각으로 금방 알 수 있다.

기문이 열렸어도 마음 문이 닫힌 사람은 이쪽 기운을 받아들일 줄만 알고 자기 기운을 상대 쪽으로 내보낼 줄을 모른다. 마음이 닫힌 사람은 상대의 기를 받아들이는 문만 열려 있지 자기의 기를 상대에게 내보내는 문은 닫혀 있기 때문이다.

남의 것을 받을 줄만 알았지 줄 줄은 모르니까 이러한 현상이 벌어지는 것이다. 그러니까 마음이 닫힌 사람과 함께 앉아 있으면 까닭 없이 가슴이 답답한 것을 느끼게 된다. 이기적인 사람은 물건뿐만 아니라 기운까지도 남의 것을 챙길 줄 만 알았지 자기 것을 상대에게 베풀 줄은 모른다.

이런 사람과 한 시간도 아니고 무려 네 시간씩 함께 앉아 있는 것은 고역이 아닐 수 없다. 지혜로운 수련자는 스승이 그에게 '마음 문을 열어야 수련이 진전된다'고 말하면 금방 알아듣건만 지혜롭지 못한 사람은 아무리 마음을 열라고 해도 마이동풍(馬耳東風)이요 쇠귀에 경 읽기다.

어떻게 하든지 스승 앞에 오래 앉아 기운만 받으려고만 한다. 이런 사람은 백 년을 수행을 쌓아도 그야말로 백년하청(百年河淸)이다. 결국은 스승도 그를 가르치는 일을 포기하는 수밖에 없다. 마음을 열고 닫는 일이야말로 스승도 어찌할 수 없는 수행자 자신의 문제이기 때문이다. 구도의 성패는 마음이 열렸는가 닫혔는가에 달려 있다.

내가 이렇게 말하면 다음과 같은 질문을 하는 사람이 분명 있을 것이다.

"그렇다면 어떤 사람이 마음이 열렸는지 닫혔는지를 알 수 있는 척도는 무엇입니까?"

"그 사람을 평소에 잘 아는 사람들이 그가 나타났을 때 반가워하는지 싫어하는지 알아보는 것이 가장 정확한 척도가 됩니다." 하고 나는 대답할 것이다. 이어서

"어떤 사람이 처음에는 환영을 받다가 얼마 후에는 기피당하는 기색이 보이면 그 사람은 틀림없이 마음이 닫혔기 때문입니다. 도움을 받으려고 남의 집에 처음 찾아갔을 때는 환영을 받았는데 얼마 후에 싫어하는 기색이 농후하면 그 사람은 마음이 닫혀 있는 것입니다.

슬기로운 사람은 이때 그 사실을 재빨리 알아차리고 깊은 반성을 하고 무엇이 잘못되었는지를 깨닫고 그것을 고친다면 그는 틀림없이 다시 환영 받을 것입니다."

"그럼 어떻게 해야 마음이 활짝 열려 남들의 환영을 받고, IMF 한파도 거뜬히 이겨내고 수련도 일취월장하는 수행자가 될 수 있을까요?"

"그건 아주 간단합니다."

"그렇게 어려운 일이 그렇게 간단히 할 수 있을까요?"

"있고말고요."

"그게 뭔데요?"

"나보다는 남을 먼저 위하는 것이 사실은 나 자신을 위하는 것이라는 진리를 깨닫고 실천하면 됩니다."

외환 위기로 출판계 전체가 심각한 위기 상황에 처해 있다. 우리나라 서점망을 좌지우지하는 대형 도매상들이 부도를 내고 하나하나 쓰러져 버리기 때문이다. 진짜 자금유통이 안 되어 쓰러지기도 하지만 그동안 벌어 놓은 돈은 딴 곳에 꿍쳐 놓고 고의로 부도를 내는 도매상도 있다는 뒷소문이다. 도매상 하나가 쓰러질 때마다 『선도체험기』를 출판하는 도서출판 유림도 수천만 원씩 날리는 판이라고 한다.

가뜩이나 빠듯하게 굴러가는 처지인데 이건 그야말로 설상가상이다. 『선도체험기』 39권까지는 나가지만 그다음 권인 40권부터는 어떻게 될지 오리무중이라고 한다. 어떻게 하든지 이 난리 속에서 살아남아야 할 텐데. 애독자 여러분들 중에 혹 좋은 의견이 있으면 출판사에 알려 주기 바란다.

단기 4331(1998)년 3월 4일
서울 강남구 논현동 우거에서
김태영 씀

업보차별경(業報差別經)에 대한 필자의 서문

다음은 『원불교전서』에 수록된 『금강경(金剛經)』, 『사십이장경(四十二章經)』, 『현자오복덕경(賢者五福德經)』, 『업보차별경(業報差別經)』, 『수심결(修心訣)』, 『목우십도송(牧牛十圖頌)』, 『휴휴암좌선문(休休庵坐禪文)』의 여덟 불경들 중에서 『업보차별경』을 필자 나름으로 현대 한국어로 옮겨보고자 한다.

남은 잘사는데 나는 왜 잘 못사는가? 남은 공부를 잘하는데 나는 왜 못하는가? 남은 재주와 능력이 있는데 나는 왜 없는가? 남들은 다 사지가 멀쩡한데 나는 왜 지체부자유자가 되있는가? 남들은 다 건강한데 나는 왜 그렇지 못한가? 남은 잘생겼는데 나는 왜 못생겼는가?

남들은 부자로 태어나 잘도 사는데 나는 왜 가난한 집에 태어나 이렇게도 지지리도 못사는가? 어떤 사람은 별로 노력을 하지 않는데도 돈이 술술 잘도 굴러들어 오는데 나는 왜 죽을 기를 써도 이 지긋지긋한 가난의 굴레서 벗어날 수 없단 말인가?…

이러한 의문을 가지고 있는 사람들이 많다. 바로 이러한 의문이 해결되지 않기 때문에 이 세상에는 행복과 불행이 있고, 온갖 부조리와 갈등과 범죄와 싸움이 벌어지고 있는 것이다. 이 의문이 해결되지 않는 한 인간은 영원히 불행과 불안과 불평불만과 인생의 고해(苦海)에서 헤어나지 못한다.

사람들은 흔히 이 모든 부조리가 자기 이외의 외부에 있다고 본다. 자기 탓이 아니고 남의 탓이라고 본다. 외부 탓, 남의 탓이라고 보는 한 인간에게서 이러한 부조리는 영원히 해소될 수 없을 것이다.

그러나 이 모든 원인이 각자가 자기 자신 때문이라는 것을 알게 되면 일시에 모든 것이 해결된다. 불행의 모든 원인이 남의 탓이 아니고 내 탓임을 깨닫는 것이 바로 구도(求道)인 것이다.

『업보차별경』은 남과 내가 차별이 있게 된 것이 다 그럴만한 충분한 이유가 있다는 것을 구체적으로 예시해 주고 있다. 한 마디로 말해서 남과 나에게 차별이 있는 것은 인과응보, 자업자득, 자업자수의 변함없는 이치 때문임을 밝혀주고 있다.

한글로 번역한 업보차별경

1. 나(이 경전을 쓴 사람)는 다음과 같은 얘기를 들었다.

한때 부처님께서 사위국 기수급고독원에 계실 때에 도제야의 아들 수가장자에게 말했다.

"내가 오늘은 너를 위하여 일체 중생들의 선악간의 업보가 제각기 다른 이유를 말해 줄 터이니 잘 들어 보아라."

이 말을 듣자 수가장자는 기꺼이 그 법설(法說) 듣기를 자청했고, 부처님은 다음과 같이 말했다.

"이 세상의 모든 중생들은 항상 자기가 짓는 업에 얽매여 있을 뿐만 아니라 항상 그 업에 의지하여 그 업력(業力)에 따라 이렇게 저렇게 윤회하여 상 중 하의 천차만별이 있게 마련인데, 내 이제 모든 중생들이 어떻게 그 업력에 따라 천만 가지 차이가 나는 과보를 받는지 그 내력을 소상하게 들려줄 것이니라.

2. 중생들이 오래 살지 못하는 단명보(短命報)를 받는 데는 열 가지 죄업이 있는데, 그 자세한 내용은 이러하니라.

첫째는 스스로 살생을 많이 하고,

둘째는 다른 사람을 부추겨서 살생을 시키고,

셋째는 살생하는 법을 찬성하는 것이고,

넷째는 남이 살생하는 것을 보고 자기도 따라서 좋아하는 것이고,

다섯째는 자기의 원수나 미운 사람을 죽이려는 마음을 품는 것이고,

여섯째는 자기의 원수가 죽는 것을 기뻐하는 것이고,

일곱째는 생명이 깃들어 있는 원천 즉 태장(胎藏)을 파괴하는 것이고,

여덟째는 모든 사람에게 남의 것을 함부로 훼손하고 파괴시키는 법을 가르치는 것이고,

아홉째는 천사(天寺)를 세우고 중생을 많이 살해하는 것이고,

열째는 자기 자신도 싸움질을 잘할 뿐만 아니고 남에게도 서로 죽이는 법을 가르치는 것이니라.

3. 또한 중생이 오래 사는 장명보(長命報)를 받는 것은 다음과 같은 열 가지 선업(善業)이 있기 때문이니라.

첫째는 스스로 살생을 안 하는 것이고,

둘째는 다른 사람에게도 살생을 권하지 않는 것이고,

셋째는 살생하지 않는 법을 찬성하는 것이고,

넷째는 다른 사람이 살생하지 않는 것을 보고 기뻐하는 맘을 일으키는 것이고,

다섯째는 죽게 된 사람을 보고 방편을 써서 살려주는 것이고,

여섯째는 죽는 것을 보고 무서워하는 사람의 마음을 안위시키는 것이고,

일곱째는 공포심 많은 사람을 공포심이 일지 않도록 하여주는 것이고,

여덟째는 모든 일에 근심과 고통이 많은 사람을 보고 불쌍한 마음을 일으키는 것이고,

아홉째는 다른 사람의 급하고 어려운 일을 보고 크게 불쌍히 여기는

마음을 일으키는 것이고,

열째는 모든 음식으로써 중생에게 보시를 하는 것이니라.

4. 또한 중생이 병을 많이 앓는 다병보(多病報)를 받는 것은 열 가지 죄업이 있어서 그런데,

첫째는 일체 중생에게 매질하는 것을 좋아하고,

둘째는 다른 사람을 권하여 남을 때리게 하는 것이고,

셋째는 때리는 법을 찬성하는 것이고,

넷째는 다른 사람이 매맞는 것을 좋아하는 것이고,

다섯째는 부모의 속을 많이 태우는 것이고,

여섯째는 성인이나 현인을 많이 괴롭히는 것이고,

일곱째는 원수가 병든 것을 보고 기뻐하는 것이고,

여덟째는 원수가 병이 나았다는 말을 듣고 언짢아하는 것이고,

아홉째는 병든 원수에게 적합하지 않은 약을 주는 것이고,

열째는 과식하는 것이니라.

5. 또한 중생이 병이 들지 않는 무병보(無病報)를 받는 것은 열 가지 착한 일을 했기 때문인데,

첫째는 남을 구타하는 것을 좋아하지 않는 것이고,

둘째는 다른 사람에게도 남을 때리지 않도록 권하는 것이고,

셋째는 매질하지 않는 법을 찬성하는 것이고,

넷째는 때리지 않는 것을 보고 기뻐하는 것이고,

다섯째는 자기 부모나 모든 환자에게 공양(供養)을 잘 하는 것이고,

여섯째는 병든 성인과 현인을 지성으로 공양하는 것이고,

일곱째는 원수가 병이 나았다는 말을 듣고 기뻐함이오,

여덟째는 병으로 고생하는 이를 보고 좋은 약을 기꺼이 내어주고 다른 사람에게도 이렇게 하기를 권하는 것이고,

아홉째는 병으로 고통 받는 중생을 가엾게 여기는 것이고,

열째는 음식을 알맞게 먹는 것이니라.

6. 또한 중생이 못생긴 얼굴로 태어나는 추루보(醜陋報)를 받게 되는 것은 열 가지 죄업이 있어서인데,

첫째는 성을 잘 내는 것이고,

둘째는 남에게 혐의와 원한을 잘 품는 것이고,

셋째는 남을 많이 속이는 것이고,

넷째는 사람들을 많이 괴롭히는 것이고,

다섯째는 부모에게 효심이 없는 것이고,

여섯째는 성인이나 현인을 존경하지 않는 것이고,

일곱째는 선량한 사람들의 금전이나 토지를 빼앗는 것이고,

여덟째는 부처님의 탑묘(塔墓)의 등촉(燈燭)을 꺼버리는 것이고,

아홉째는 못생긴 사람을 보고 힐뜯고 경멸하고 천시하는 것이고,

열째는 온갖 못된 짓을 일삼는 것이니라.

7. 또한 중생이 단정하게 생긴 얼굴로 태어나는 단정보(端正報)를 받는 것은 열 가지 선업(善業)이 있어서 그렇게 되는 것이니,

첫째는 성을 내지 않는 것이고,

둘째는 남에게 옷을 많이 기부하는 것이고,

셋째는 부모와 어른에게 공경심을 갖는 것이고,

넷째는 성인과 현인의 도덕을 존중하는 것이고,

다섯째는 항상 부처님의 탑이나 정사(精舍)를 잘 돌보는 것이고,

여섯째는 집안을 항상 깨끗이 하는 것이고,

일곱째는 수도실(修道室) 터나 수도실 드나드는 길을 평평하게 잘 골라 주는 것이고,

여덟째는 부처님 탑묘를 지성으로 쓸고 닦는 것이고,

아홉째는 누추하게 생긴 사람을 경멸하거나 천대하지 않고 공경하는 것이고,

열째는 단정하게 잘생긴 사람을 보면 곧 전생(前生)의 선업 때문에 그렇게 된 것으로 알고 그를 감탄해 마지 않나니라.

8. 또한 위의(威儀)와 권세와는 인연이 없는 소위세보(小威勢報)를 받는 사람은 열 가지 죄업이 있어서인데,

첫째는 누구에게든지 질투심을 잘 일으키는 것이고,

둘째는 남이 잘되는 것을 보면 배가 아픈 것이고,

셋째는 남이 잘못되는 것을 기뻐하는 것이고,

넷째는 남의 명예가 오르는 것을 싫어하는 것이고,

다섯째는 남의 명예가 떨어지는 것을 보고 좋아하는 것이고,

여섯째는 구도심(求道心)이 흐려져서 부처님을 헐뜯는 것이고,

일곱째는 부모나 성현들을 받드는 마음이 없어지는 것이고,

여덟째는 위의와 덕망이 손상될 일을 남에게 권하는 것이고,

아홉째는 남의 위의와 덕망이 높아지는 것을 방해하는 것이고,

열째는 위의와 덕이 없는 사람을 경멸하고 천시하는 것이니라.

9. 또한 중생이 위의가 많고 권세를 갖게 되는 대위세보(大威勢報)를 받는 사람은 열 가지 착한 일을 하였기 때문인데,

첫째는 누구에게도 질투심을 품지 않는 것이고,

둘째는 남이 잘되는 것을 보고 기뻐하는 것이고,

셋째는 남이 잘못되는 것을 보고 불쌍하고 민망한 마음을 품는 것이고,

넷째는 남이 명예 얻는 것을 기뻐하는 것이고,

다섯째는 다른 사람이 명예가 떨어지는 것을 보고 가슴 아파하고 동정해 주는 것이고,

여섯째는 보리심(지혜)을 발휘하여 모든 부처님을 지성으로 받드는 것이고,

일곱째는 부모와 성현들을 잘 받들어 모시는 것이고,

여덟째는 남이 위의와 덕이 손상될 일을 저지르지 않도록 권유하는 것이고,

아홉째는 위의와 덕망이 높아질 일을 남에게 권유하는 것이고,

열째는 위의도 덕망도 없는 사람을 경멸하고 천시하지 않는 것이니라.

10. 또한 중생이 하층민으로 태어나는 하족성보(下族姓報)를 받는 것은 열 가지 죄업이 있기 때문인데,

첫째는 아버지를 잘 공경하지 아니함이요,

둘째는 어머니를 잘 공경하지 아니함이요,

셋째는 사문(沙門, 구도승)을 잘 공경하지 아니함이요,

넷째는 귀한 사람을 잘 공경하지 아니함이요,

다섯째는 모든 사우(師友)와 존장(尊長)들을 잘 공경하지 아니함이요,

여섯째는 모든 스승들을 반가이 맞아 공양하지 아니함이요,

일곱째는 모든 존장들을 반가이 맞아 앉기를 권하지 아니함이요,

여덟째는 부모의 가르침을 잘 듣지 아니함이요,

아홉째는 모든 성현들의 가르침을 잘 받들지 아니함이요,

열째는 하층민으로 태어난 사람을 경멸하는 것이니라.

11. 또한 중생이 고위층으로 태어나는 상족성보(上族姓報)를 받는 것은 열 가지 착한 일을 했기 때문인데,

첫째는 아버지를 공경하는 것이고,

둘째는 어머니를 공경하는 것이고,

셋째는 사문을 잘 공경하는 것이고,

넷째는 귀한 사람을 잘 공경하는 것이고,

다섯째는 모든 존장들을 공경하고 보호하는 것이고,

여섯째는 모든 스승들을 잘 받들어 모시는 것이고,

일곱째는 모든 어른들을 반갑게 맞아들여 잘 모시는 것이고,

여덟째는 부모의 가르침을 잘 받드는 것이고,

아홉째는 모든 성현들의 가르침을 잘 받드는 것이고,

열째는 미천한 사람을 경멸하지 아니하는 것이니라.

12. 또한 중생이 생활이 곤란한 소자생보(小資生報)를 받는 것은 열 가지

죄업이 있어서 그렇게 된 것인데,

첫째는 도둑질을 잘하는 것이고,

둘째는 다른 사람에게도 도둑질을 하도록 부추기는 것이고,

셋째는 도둑질하는 법을 찬성하는 것이고,

넷째는 남이 도둑질하는 것을 좋아하는 것이고,

다섯째는 부모의 재산을 많이 축내는 것이고,

여섯째는 선량한 사람들의 재산을 빼앗는 것이고,

일곱째는 다른 사람이 잘되는 것을 보고 배 아파하는 것이고,

여덟째는 다른 사람이 잘되는 것을 일부러 방해하여 애를 많이 태워주는 것이고,

아홉째는 다른 사람이 보시(布施)하는 것을 달갑게 여기지 않는 것이고,

열째는 흉년이 들어 세상 사람들이 굶는 것을 보고도 조금도 불쌍하거나 가여운 생각이 들지 않을 뿐 아니라 도리어 속으로 좋아하는 것이니라.

13. 또한 중생이 생활이 풍족한 다자생보(多資生報)를 받는 것은 열 가지 착한 일을 했기 때문인데,

첫째는 도둑질을 하지 않는 것이고,

둘째는 다른 사람이 도둑질을 하지 않도록 말리는 것이고,

셋째는 도둑질하지 않는 법을 찬성하는 것이고,

넷째는 남들이 도둑질하지 않는 것을 기뻐하는 것이고,

다섯째는 부모의 재산을 축내지 않고 도리어 불리는 것이고,

여섯째는 모든 성현들이나 어른들에게 보시를 많이 하는 것이고,

일곱째는 다른 사람들이 잘되는 것을 기뻐하는 것이고,

여덟째는 다른 사람이 잘되도록 방편을 써서 도와주는 것이고,

아홉째는 다른 사람이 보시하는 것을 보고 좋아하는 것이고,

열째는 흉년이 들어 사람들이 굶주리는 것을 보고 가엾고 불쌍하게 여기는 것이니라.

14. 또한 중생이 사악(邪惡)한 꾀와 사도(邪道)를 좋아하는 사지보(邪智報)를 받는 것은 열 가지 죄업이 있기 때문이니,

첫째는 지혜가 나보다 나은 사람에게 묻기를 좋아하지 아니하는 것이고,

둘째는 악한 법을 드러내어 말하는 것이고,

셋째는 정법(正法)을 공부하지 아니하는 것이고,

넷째는 정법 아닌 것을 찬성하여 정법이라고 숭배하는 것이고,

다섯째는 바른 법을 이웃에게 퍼뜨리지 않는 것이고,

여섯째는 사악한 지혜를 가진 사람과 친하게 지내는 것이고,

일곱째는 바른 지혜를 가진 사람을 멀리하는 것이고,

여덟째는 사악한 법을 찬탄하는 것이고,

아홉째는 올바른 소견을 버리는 것이고,

열째는 어리석고 사악한 사람을 경멸하고 천시하는 것이니라.

15. 또한 중생이 올바른 지혜와 정당한 도를 좋아하는 정지보(正智報)를 받게 되는 것은 열 가지 착한 일을 해서 그렇게 된 것이니,

첫째는 지혜가 나보다 나은 사람에게 묻기를 좋아하는 것이고,

둘째는 선한 법을 드러내어 말하는 것이고,

셋째는 정법을 듣고 잘 보호하는 것이고,

넷째는 정법 강연을 듣고 좋아하고 탄복하는 것이고,

다섯째는 참되고 바른 법 말하기를 좋아하는 것이고,

여섯째는 바른 지혜를 가진 사람과 가까이 지내는 것이고,

일곱째는 정법을 잘 보호하는 것이고,

여덟째는 부지런히 공부하고 많이 듣는 것이고,

아홉째는 사악한 소견을 가진 사람을 멀리하는 것이고,

열째는 어리석고 사악한 사람을 경멸하고 천시하지 않는 것이니라.

16. 또한 중생이 지옥보(地獄報)를 받는 것은 열 가지 죄업이 있어서 그렇게 된 것이니,

첫째는 몸으로 무거운 악업을 지었기 때문이고,

둘째는 입으로 무거운 악업을 지었기 때문이고,

셋째는 뜻으로 무거운 악업을 지었기 때문이고,

넷째는 천지만물은 본래 아무것도 없는 것이라고 하여 오직 없는 것만을 주장했기 때문이고,

다섯째는 천지만물은 엄연히 있다고 하여 오직 있는 것만을 주장했기 때문이고,

＊ 여기서 독자 여러분은 우주의 삼라만상은 원래 생멸이 없다는 진리를 염두에 두기 바란다. 색즉시공(色卽是空)이요 공즉시색(空卽是色)을 알면 이 말의 뜻을 이해할 수 있을 것이다. 즉 있는 것은 없는 것이고 없는 것은 있는 것이라는 진리를 터득하게 되면 만물의 유무(有無) 따위에 현혹되거나 흔들리는 일은 없게 될 것이다.

신(神)이 있느냐 없느냐, 유신론(唯神論)이냐 유물론(唯物論)이냐, 달걀이 먼저냐 닭이 먼저냐와 같은 주장은 이 유무의 진리를 깨달은 사람에게는 아무런 의미가 없게 된다. 따라서 유무간에 한쪽만 주장하는 사람은 극단적인 아집에 사로잡히게 되고 마침내 이른바 이분법적 흑백논리에 빠지게 되어 필경엔 구제불능 상태가 되어 지옥보를 받게 된다는 것이다.

여섯째는 인과가 없다는 소견을 가지는 것이고,

＊ 인과가 부정된다면 인간을 비롯한 천지만물은 존재할 수 없을 것이다. 모든 존재는 인과가 그 원인이다. 따라서 인과율을 부정할 경우 인간은 끝없이 사악해질 수 있으므로 응당 지옥보를 받게 된다는 말이다.

일곱째는 구태여 착한 일을 할 필요가 없다는 소견을 가지는 것이고,

＊ 인과응보를 부정하는 사람은 누구든지 구태여 착한 일보다는 사악한 짓을 하려고 할 것이므로 종국엔 지옥에 떨어질 수밖에 없다는 뜻이다.

여덟째는 일체의 법 같은 것은 지킬 필요가 없다는 소견을 가지는 것이고,
아홉째는 한쪽에 치우친 의견을 갖는 것이고,
열째는 은혜 갚을 줄 모르기 때문이니라.

17. 중생이 짐승으로 태어나는 축생보(畜生報)를 받는 것은 열 가지 죄

업이 있어서 그렇게 된 것이니,

첫째는 몸으로 중간(中間) 악업을 지었기 때문이고,

둘째는 입으로 중간 악업을 지은 것이고,

셋째는 뜻으로 중간 악업을 지은 것이고,

넷째는 탐심(貪心)으로 인한 번뇌를 좇아 온갖 악업을 지은 것이고,

다섯째는 진심(瞋心)으로 인한 번뇌를 좇아 온갖 악업을 지은 것이고,

여섯째는 치심(癡心)으로 인한 번뇌를 좇아 온갖 악업을 지은 것이고,

일곱째는 중생을 훼방하고 꾸짖는 것이고,

여덟째는 중생을 괴롭히고 해치는 것이고,

아홉째는 깨끗하지 못한 물건을 남에게 주는 것이고,

열째는 간음을 행하는 것이니라.

18. 또한 중생이 아귀(餓鬼)가 되는 아귀보(餓鬼報)를 받는 것은 열 가지 죄업이 있어서 그렇게 된 것이니,

첫째는 몸으로 가벼운 악업을 지은 것이고,

둘째는 입으로 가벼운 악업을 지은 것이고,

셋째는 뜻으로 가벼운 악업을 지은 것이고,

넷째는 탐심을 많이 일으키는 것이고,

다섯째는 악한 탐심을 일으키는 것이고,

여섯째는 질투심을 일으키는 것이고,

일곱째는 사악한 소견을 품는 것이고,

여덟째는 죽을 때에 재물에 집착하는 것이고,

아홉째는 음식 욕심은 많으나 병 때문에 오래 먹지 못하고 굶어 죽는

것이고,

열째는 괴로움과 핍박에 쪼들려 한을 품고 말라 죽는 것이니라.

19. 또한 중생이 아수라가 되는 아수라보(阿修羅報)를 받는 것은 열 가지 죄업이 있어서 그렇게 된 것이니,

첫째는 몸으로 미미한 악업을 지은 것이고,

둘째는 입으로 미미한 악업을 지은 것이고,

셋째는 뜻으로 미미한 악업을 지은 것이고,

넷째는 교만을 부린 것이고,

다섯째는 나만 못한 사람을 보고는 잘난 체하고, 나와 같은 사람을 보고는 너나 나나 같다고 하여 조금도 위해주지 않는 것이고,

여섯째는 얻지도 못한 법을 얻었다고 교만을 부리는 것이고,

일곱째는 자기와 지행(知行)이 같은 사람을 보고 자기가 잘난 체하고, 자기보다 지행이 나은 사람을 보고 자기와 같다고 거만을 떠는 것이고,

여덟째는 사도를 행하면서 그것을 제일로 알고 다른 정도(正道)를 무시하는 것이고,

아홉째는 자기보다 지행이 나은 사람을 보고 자기가 도리어 잘난 체하고 거만을 떠는 것이고,

열째는 모든 선근(善根)을 잘못 돌려서 아수라보 받을 짓만 골라서 하는 것이니라.

20. 또한 중생이 인도(人道, 人間界를 말함)에 태어나는 인취보(人趣報)를 받는 것은 열 가지 선업이 있어서 그리된 것이니,

첫째는 살생을 아니하는 것이고,

둘째는 도둑질을 아니하는 것이고,

셋째는 간음을 아니하는 것이고,

넷째는 망어(妄語)를 아니하는 것이고,

다섯째는 속에서 나쁜 마음을 품고도 겉으로는 비단 같이 꾸미는 겉 다르고 속 다른 짓을 아니하는 것이고,

여섯째는 한 입으로 두말 아니하는 것이고,

일곱째는 악한 말을 아니하는 것이고,

여덟째는 욕심을 내지 않는 것이고,

아홉째는 성을 내지 않는 것이고,

열째는 사견(邪見)을 품지는 않지만, 이 열 가지 선업을 빠짐없이 다 실행을 못한 것이니라.

21. 또한 중생이 욕계천(欲界天)에 태어나는 욕천보(欲天報)를 받는 것은 위에 말한 열 가지 선업이 있어서 그렇게 된 것이지만, 이 열 가지 선행이 인도(人道)에서보다 훨씬 나으나 아직 욕심이 남아 있기 때문이고,

또한 중생이 색계천(色界天)에 태어나는 색천보(色天報)를 받는 것은 열 가지 선업이 있어서 그렇게 된 것이기는 하지만, 이 열 가지 선을 행하는 것이 욕천계보다 낫고 선정(禪定) 공부를 많이 했기 때문이요,

또한 중생이 무색계천(無色界天)에 태어나는 무색천보(無色天報)를 받는 것은 네 가지 선업이 있어서 그리된 것인데,

첫째는 일체 색상(色相)을 떠나 순전히 공(空)한 데에 의지하는 선법(禪法)을 닦은 것이고,

둘째는 한갓 공한 데에만 의지할 것이 아니라 하여 식(識)에 의지하는 선법을 닦은 것이고,

셋째는 공과 색을 이미 잊었으면 식심(識心)도 다 잊어야 한다고 하여 공과 식도 없는 데에 의지하는 선법을 닦음이요,

넷째는 생각도 아니요 생각 아님도 아닌 데에 의지하는 선법을 닦은 것이니라.

22. 또한 중생이 결정보(決定報)를 받는 것은 불(佛), 법(法), 승(僧) 삼보(三寶)에 대하여 신앙심과 향상심을 가지고 보시를 많이 하여 이 선업으로 사후에 왕생할 곳을 서원하여 자기의 서원 그대로 곧 왕생한 것이고,

중생이 부정보(不定報)를 받는 것은 위에 말한 결정보와는 반대로 누구에게 보시도 아니하고 아무 원도 없으며 선업도 닦지 아니하여 되는대로 수생(受生, 죽은 뒤에 다른 생을 받아 환생하는 것)하기 때문이니라.

23. 또한 중생이 변두리 나라에 태어나는 변지보(邊地報)를 받는 것은 모든 업을 지을 때에 불, 법, 승 삼보에 대하여 한 번 잘 해보려는 향상심과 분별심을 내지 아니하고 다만 약간의 보시를 하여 이 선근(善根)을 인연으로 변두리 나라에 태어나기를 원하며 이 원에 따라 주변국에 태어나서 청정한 보(報)나 부정한 보를 받기 때문이고,

중생이 세계의 중앙에 위치한 나라에 태어나는 중국보(中國報, 여기서 말하는 중국은 특정한 나라 이름이 아니고 단지 세계의 한가운데 위치한 나라를 말하는데 한때 인도는 자기네가 중국이라고 했다)를 받는 것은 모든 업을 지을 때에 불, 법, 승 삼보에 대하여 한 번 잘 해보겠다는 향

상심과 용맹심을 가지고 기꺼이 보시하여 이 선근으로 기필코 살기 좋은 나라에 태어나 부처님을 만나 정법을 공부하여 무상청정과보(無上淸淨果報) 얻기를 서원하였기 때문이니라.

24. 또한 중생이 한 번 지옥에 떨어져 수한(壽限)을 다 채우게 되는 것은 지옥에 들어갈 죄업을 짓고도 조금도 부끄럽고 두렵고 싫어하는 마음이 없이 도리어 즐거워하며 또는 조금도 후회하는 마음이 없이 더욱 지옥에만 들어갈 죄업을 지었기 때문이고,

중생이 지옥에 떨어졌다가 수한을 절반만 채우고 나오게 되는 것은 지옥에 들어갈 죄업을 지어놓고 나서도 뒤에 두려운 마음과 부끄러운 마음과 싫어하는 마음을 일으켜 참회하였기 때문이고,

중생이 지옥에 잠깐 들어갔다가 곧 나오게 되는 것은 지옥에 들어갈 업을 짓고 곧 두려운 마음과 부끄러운 마음과 싫어하는 마음이 생겨서 진정으로 참회하였기 때문인데, 이것은 잠시 지옥에 들어갔다가 금방 해탈한 것이라고 부처님께서는 말씀하시고, 이어 다음과 같은 게(偈)를 읊으시었다.

> 사람이 무거운 죄업 지어놓고도
> 곧바로 깊이 자책하고 참회하여
> 다시 그 죄업 짓지 않으면
> 능히 그 근본 업장 소멸하리라.

＊ 세상 사람들은 흔히 어떻게 하면 자신의 업장을 해소할 수 있느냐

고 묻는다. 그 해답은 지극히 간단하다. 위 게송(偈頌)에서 부처님이 말씀하신 대로 '무거운 죄업 지어놓고도 곧바로 깊이 자책하고 참회하여 다시 그 죄업 짓지 않으면 능히 그 근본 업장 소멸하리라'라고 말한 그대로이다. 그 이유는 참회한 그 순간부터 다시는 죄업을 짓지 않을 것이기 때문이다.

그것은 빚진 사람이 과거에 빚만 져 온 생활을 깊이 뉘우치는 순간부터 허리띠 졸라매고 다시는 더 이상 빚을 지지 않는, 그전보다 다소 고통스러운 삶을 감수하는 것과 같다. 그러나 그렇다고 해서 과거에 진 빚까지 한꺼번에 없어지는 것은 아니다. 과거에 진 빚은 무슨 일이 있든지 갚아나가야 한다.

우리가 IMF 한파를 헤쳐나가는 지혜도 지극히 간단하다. 이제부터는 어떻게 하든지 더 이상 빚을 지지 않으면 되는 것이다. 그렇다고 해서 우리가 과거에 흥청망청 탕진해 온 외국의 빚까지 한꺼번에 탕감되는 것은 아니다. 옛 빚은 조금씩 꺼나가면서 더이상 빚을 지지 않는 근검절약을 일상생활화 하면 되는 것이다.

25. 또한 중생이 온갖 악업을 짓고도 그 앞에 죄가 쌓이지 않는 것은 몸으로나 입으로나 뜻으로나 갖가지 악업을 많이 지은 뒤에 두려운 마음과 싫은 마음이 생겨 곧 위에 말한 대로 잘못을 뉘우치고 스스로 자기 자신을 꾸짖고 다시는 그러한 죄업을 짓지 않았기 때문이고,

또한 중생이 자기가 직접 죄를 짓지는 않았지만 그 앞에 죄가 쌓이는 것은 자기가 직접 죄는 짓지 않았으나 악한 마음을 가지고 다른 사람에게도 권하여 악업을 짓도록 하였기 때문이고,

또한 중생이 죄를 지어 그 죄가 태산같이 쌓이게 되는 것은 스스로 많은 죄업을 짓고도 참회하는 마음이 없을 뿐만 아니라 다른 사람에게도 권하여 악을 저지르게 하였기 때문이고,

또한 중생이 죄를 짓지도 않고 받지도 않게 되는 것은 자기도 죄를 짓지 않고 다른 사람들에게도 악을 권하지 아니하였기 때문이니라.

26. 또한 중생이 처음에는 잘살다가 뒤에는 못살게 되는 것은 업을 지을 때에 처음에는 다른 사람의 권유를 받아 기꺼이 보시를 하다가 얼마 뒤에 마음이 변하여 후회를 했기 때문이고,

중생이 처음에는 못살다가 나중에 잘살게 되는 것은 업을 지을 때에 처음에는 다른 사람의 권유를 받아 잠깐 동안 약간의 보시를 하였으나 뒤에는 남을 돕는 일에 기쁨을 느낄 뿐만 아니라 조금도 후회하지 않았기 때문이고,

중생이 처음에도 못살고 뒤에도 못살게 되는 것은 처음부터 선지식(善知識)을 멀리하여 아무도 보시를 권하지 않았으므로 조금도 남을 돕지 않았기 때문이고,

중생이 처음에도 잘살고 나중에도 잘살게 되는 것은 선지식을 가까이하여 그의 권유를 받아들여 일편단심 즐거운 마음으로 남을 돕는 일을 많이 했기 때문이니라.

27. 또한 중생이 비록 가난하기는 하나 보시하기를 좋아하는 것은 일찍이 남에게 많은 보시를 하였으나 아직 때가 되지 않아 그 보답을 받지 못했기 때문이니 아직은 비록 가난하기는 할망정 본래 보시하던 습관이

남아 있어서 기꺼이 남을 돕기를 좋아하는 것이고,

또한 중생이 부자이면서도 인색하고 탐욕스러워 보시하기를 싫어하는 것은 일찍이 한 번도 보시한 일이 없다가 선지식을 만나 잠깐 한 번 보시를 하여 그 보답을 받아 부자가 되었으나 본래 보시하던 습관이 없었으므로 비록 부자가 되었으면서도 그처럼 인색하고 탐욕스러운 것이고,

또한 중생이 부자로서 보시를 좋아하는 것은 선지식을 만나 보시업(布施業)을 많이 지어보았기 때문이고,

또한 가난한 중생이 인색하고 탐욕스러워 보시할 줄 모르는 것은 선지식을 멀리하여 아무도 남을 돕기를 권하는 이가 없었으므로 한 번도 보시를 해 보지 못했기 때문이니라.

28. 또한 중생이 몸은 편하나 마음은 편하지 못한 보(報)를 받는 것은 남에게 착한 일은 했지만 지혜는 닦지 않아서이고,

또한 중생이 마음은 편하나 몸이 편하지 못한 보를 받는 것은 지혜는 많이 닦았지만 착한 일은 많이 하지 않았기 때문이고,

또한 중생이 몸과 마음이 다 편안한 보를 받는 것은 선(善)과 혜(慧)를 동시에 닦았기 때문이고,

또한 중생이 몸과 마음이 다 같이 편하지 못한 보를 받는 것은 착한 일도 하지 아니하고 지혜도 닦지 않았기 때문이니라.

29. 또 중생이 수명은 다 되었으나 아직 업이 남아 있는 것은 그 중생이 지옥에서 죽었지만 그 업보에서는 다 벗어나지 못했기 때문에 도로 지옥에 태어나는 것이니, 축생, 아귀는 물론이고 인도(人道), 천도(天道),

아수라보(阿修羅報)를 받을 때도 이와 같나니라.

또한 중생이 업은 다 되었는데도 수명이 남아 있게 되는 것은 모든 중생이 낙(樂)이 다하면 고(苦)를 받고 고가 다하면 낙을 받는 이치요,

중생이 업과 수명이 함께 다하게 되는 것은 그 중생이 지옥에서 죽어 그 업보가 다했으므로 곧 축생, 아귀 내지 인도, 아수라의 세계로 옮겨가기 때문이고,

또한 중생이 업과 수명이 다 함께 영원히 지속되는 것은 그 중생이 온갖 번뇌에서 벗어나 사과(四果) 곧 수다원, 사다함, 아나함, 아라한(阿羅漢)을 얻어 생로병사를 해탈하고 과보(果報)를 초월했기 때문이니라.

30. 또한 비록 중생이 악도(惡道, 곧 지옥, 아귀, 축생)에는 떨어졌으나 그 용모가 수묘(殊妙)하고 안목(眼目)이 단엄(端嚴)하여 몸에서 광채가 나므로 사람들이 구경하기를 좋아하는 것은 욕심의 번뇌로 인하여 계행(戒行)을 지키지 않았기 때문이고,

또한 중생이 악도에 떨어지고 용모도 추루(醜陋)하고 몸이 거칠어서 사람들이 보기 싫어하게 되는 것은 진심(瞋心)의 번뇌로 인하여 계행을 지키지 않았기 때문이고,

또한 중생이 악도에 떨어져서 몸과 입에서 악취가 나고 육근(六根, 곧 눈, 귀, 코, 혀, 몸, 뜻)에 결함이 많게 되는 것은 어리석은 마음으로 인한 번뇌로 계행을 지키지 않았기 때문이니라.

31. 또한 중생이 밖으로 항상 나쁜 경우를 당하게 되는 외악보(外惡報)를 받게 되는 것은 열 가지 악업을 행하여 그리된 것이니,

첫째는 살생을 많이 하였으므로 온 땅이 짜서 곡식을 심어도 나지 않고 약초는 효력이 없고,

둘째는 도둑질을 많이 했으므로 서리와 우박이 많이 내리고 해충이 많이 생겨서 흉년이 잘 들기 때문이고,

셋째는 간음을 많이 했으므로 항상 폭우와 독풍(毒風)과 진애(塵埃)를 잘 만나는 것이고,

넷째는 허튼소리를 많이 했으므로 늘 주위에서 악취를 느끼는 것이고,

다섯째는 한 입으로 두말을 했으므로 항상 그 주위에 험한 언덕과 그루터기와 풀이 많게 됨이요,

여섯째는 악한 말을 많이 했으므로 항상 그 주위에 있는 돌과 모래가 추하고 껄껄하여 접근할 수 없는 것이고,

일곱째는 속에는 불량한 마음을 품고 있으면서도 겉으로는 비단 같이 꾸미는 말을 많이 했으므로 항상 그 주위에는 초목이 빽빽하고 가지에 가시가 돋치고,

여덟째는 욕심을 많이 냈으므로 농사를 지어도 모든 종묘나 열매가 가늘고 잘게 되고,

아홉째는 성을 잘 내므로 항상 그 주위에 있는 과실이 쓰고 떫게 되고,

열째는 사악한 소견을 품기 때문에 비록 농사를 지어도 소출이 없게 되고,

또한 중생이 밖에서 항상 좋은 경우를 만나게 되는 외승보(外勝報)를 받는 것은 위에 말한 열 가지 악업의 반대인 열 가지 선업을 쌓았기 때문이니라."

32. 부처님께서 설법을 마치시니 때에 수가장자가 청정한 믿음이 솟구쳐서 일어나 부처님께 예배하고 아뢰었다.

"저의 부친에게도 이러한 법을 한 번 들려주셔서 아버님과 일체 중생으로 하여금 길이 마음의 평안을 누리게 하소서."

부처님께서 중생들을 위하여 곧 이를 허락하시자, 수가장자가 부처님 말씀을 듣고 크게 환희심을 내어 공손히 절하고 물러가니라. (『업보차별경』끝)

금강경과 반야심경

선도체험기 41권을 내면서

『선도체험기』 41권에는 예고했던 대로 40권에 실은 노자의 『도덕경』에 뒤이어 불교의 핵심 경전인 『금강경』과 『반야심경』을 한문 해독능력이 부족한 사람도 읽을 수 있도록 완전한 우리말로 옮겨 실었다.

다음에 나올 42권에는 조선왕조 5백 년 동안 우리나라 지배층과 식자들의 머리를 깡그리 지배했었고 지금까지도 그 영향에서 완전히 벗어나지 못하고 있는 주자학(朱子學)의 핵심 경전인 『대학(大學)』과 『중용(中庸)』의 원전을 일체 한자를 병기하지 않고 완전히 우리말화 하여 실을 작정이다.

우리는 흔히 "공자 앞에서 문자 쓴다"든가, 누가 지당한 말을 하면 '공자 말씀'이라고 한다든가, "공자 왈 맹자 왈만 읊조리다가 나라 망쳤다"고 말하면서도 공자가 정작 무슨 말을 했는지는 모르고 지내왔다.

그리고 유교의 무엇이 그렇게도 우리나라 지배층과 식자들을 무려 5백 년 동안이나 사로잡아 왔는지를 한 번 냉정하게 되새겨 보아야 할 때가 아닌가 생각된다. 알고 보면 유교의 사서삼경 속에는 구도자에게 도움이 될만한 진리의 말씀도 많이 들어 있다는 것을 시인하지 않을 수 없다.

『선도체험기』 41권을 마감할 때를 맞추어 정주영 현대그룹 명예회장이 5백 마리의 소떼를 몰고 판문점을 통과하여 북한으로 들어갔다. 텔레비전에 비치는 걸 보니 그의 모습은 6년 전 대선 때와는 딴판이었다. 83

41

세라면 그렇게 고령은 아닌데도 다리가 불편하여 보행이 어려웠다.

그러나 그의 말소리는 분명했고 두 눈 역시 특유의 정기로 빛나고 있었다. 아직도 큰일을 할 만한 능력이 있음을 알 수 있었다. 지금도 끼니 때마다 밥 한 사발을 너끈히 해치운다고 하니 건강만은 타고났는가 보다.

내가 이렇게 정주영 씨에 대해 관심을 두는 것은 그가 하고자 하는 일이 내가 늘 주장해 온 것과 일치하기 때문이다.

즉 반세기 동안 꽉 막혀 온 남북의 경색을 푸는 지름길은 양쪽에 다 같이 이익이 되는 실질적인 일부터 착수하는 일이라는 것이다. 정주영 씨가 추진하는 금강산 공동개발, 화차 컨테이너 합작생산, 원산수리조선소 중건, 자동차 합작조립생산, 시베리아 가스관 개설과 같은 사업들은 북한 측도 원하는 것이고 그 일부는 이미 9년 전인 89년에 그가 방북했을 때 합의된 사항들이었다.

김정일 체제가 비록 체제 붕괴위험 때문에 중국이나 베트남처럼 과감한 개혁 개방은 못 하지만 그들도 어차피 지금의 식량난과 경제위기에서 살아남으려면 자기네 체제가 위협받지 않는 범위 내에서 문호를 개방하지 않을 수 없는 처지다.

이러한 북한의 속셈을 꿰뚫어 본 정주영 씨는 5백 마리의 소떼를 몰고 금단의 지대인 판문점을 뚫었던 것이다. 65년 전 아버지의 소 판 돈 70원을 훔쳐 갖고 도망쳐 나온 바로 그 길을 따라 금의환향한 것이다.

기발한 아이디어이지만, 다만 아이디어로 그치지 않고 그것을 실천에 옮긴 데 정주영 씨다운 저력이 있다. 그는 머리가 잘 돌아가지 않는 부하 직원들에게 '빈대만도 못한 놈'이라고 늘 핀잔을 주었다고 한다.

1933년 네 번째로 고향을 등진 그는 한때 인천 부두 노동자로 일하고 있었다. 노동자 숙소에는 어떻게 빈대가 들끓었는지 도저히 잠을 이룰 수 없었다. 생각다 못한 18세의 소년 노동자 정주영은 앉은뱅이책상을 구해다가 방 한가운데에 놓고 네 개의 책상다리 밑에는 물을 담은 양재기를 받쳐 놓았다.

제아무리 극성스러운 빈대들이라고 해도 책상 위로 오르기 전에 물에 빠져 죽을 것이라고 생각했던 것이다.

그러나 그 책상 위에서 잠을 자던 그는 난데없는 빈대에게 계속 시달림을 당해야 했다. 알고 보니 빈대들은 천정으로 기어 올라가 책상 위에서 잠자는 그의 몸뚱이 위로 맞바로 공중 낙하했던 것이다.

빈대의 지혜가 정주영 소년보다 한 수 앞섰던 것이다. 깊은 감동을 받은 그는 바로 이 빈대의 지혜를 평생 원용하기로 결심했다고 한다.

6·25 전쟁 중 건설회사를 차리고 미군 공사를 맡을 때였다. 아이젠하워 대통령의 방문을 앞두고 한겨울에 부산의 유엔군 묘지를 푸르게 가꾸라는 미군의 주문을 받았다. 모두가 난색을 표했을 때도 그의 머리만은 기민하게 돌아가고 있었다.

결국 그는 인근에서 파릇파릇 막 돋아나기 시작하는 보리밭을 떠다가 심었다. 이때부터 현대건설은 미군 공사를 독점하다시피 했다.

그런가 하면 조선소 도크도 없는 상태에서 그는 영국 선주에게 배를 수주하려고 동분서주했다. 조선소도 없고 실적도 없는 그에게 어떤 선주가 배를 주문할 것인가? 온갖 설득을 다했는데도 끝내 먹혀들지 않자 그는 주머니 속을 뒤져 당시 500원짜리 지폐에 찍혀 있던 거북선을 가리키면서 우리나라가 16세기부터 침략해 들어온 일본 전함을 참패시킨 조선 기술 선진국이었음을 강조하여 끝내 주문을 따내어, 배 만들기와 조선소 건설공사를 동시에 강행하여 오늘날의 울산현대조선소의 기틀을 만들었다.

그는 전 세계의 내로라하는 선진국 건설업자들을 다 따돌리고 파격적인 염가로 사우디아라비아의 주베일 산업항 건설을 주문 맡았다. 모두가 미쳤다고 그를 매도했다. 그러나 파격적인 염가로 맡은 이 공사의 성공 여부는 공사기간 단축에 달려 있다는 것을 파악한 그는 공사에 필요한 일체의 철 구조물을 포항제철소에서 제작 조립하여 바지선으로 사우디의 주베일 건설현장까지의 그 머나먼 거리를 운반하는 기상천외한 방법으로 끝내 예정 기일보다 앞당겨 공사를 마쳤다.

또 서산 간척지 공사의 마지막 물막이 공사 때는 하도 물살이 드세어 집채 같은 바위도 순식간에 떠내려가는 판국이었다. 이때 그는 거대한 폐선을 그곳에 가라앉히어 물막이에 성공을 거두었는데 이것은 정주영 공법으로 전 세계에 알려져 한 수 배우려는 지구촌 전체의 건설업자들의 견학이 끊이지 않았다.

이번 소떼 북한방문 역시 정주영식 발상의 연장에 지나지 않는다. 만약에 이것이 획기적인 계기가 되어 남북협력의 물꼬를 틀 수 있다면 그는 92년도의 대선 실패의 쓴잔을 보상하고 남는 크나큰 공적을 우리 민족에게 안겨주게 될 것이다. 또한 이 일은 역대 어느 대통령도 이룩하지 못한 공훈으로 우리 역사를 빛나게 할 것이다.

그는 『이 땅에 태어나서』라는 최근에 발표된 자서전에서 92년 대선에서 경쟁자인 김영삼 씨가 대통령 후보로 나선 민자당이 집권하면 1천2백억 달러에서 1천6백억 달러의 외채를 걸머지게 될 것이라고 예언했는데 실제로 김영삼 정부는 1천3백5십억 달러의 외채를 지고 IMF 관리하에 국가가 넘어가게 만들었다.

　정주영 씨가 대통령이 되었더라면 나라가 이 꼴이 되지는 않았을 것이다. 아무리 통찰력과 지혜를 갖춘 탁월한 지도자라도 국민이 현명치 못하여 뽑아주지 않으면 대통령이 될 수 없는 것이다. 그래서 유권자는 지혜로워야 할 책임이 있는 것이다.

　그런데 어제(98년 6월 22일) 오후에 북한군 잠수정이 속초 앞바다에서 꽁치잡이 그물에 걸려 아군에 나포되었다고 한다. 이 사건이 소떼의 북송으로 모처럼 물꼬가 트이려는 남북소통이 무산되지 말았으면 한다.

단기 4331(1998)년 6월 23일
서울 강남구 논현동 우거에서
김태영 씀

금강경(金剛經)을 한글로 펴내면서

단기 4331(1998)년 3월 16일 목요일 11~20℃ 구름 비

『선도체험기』 40권에는 도교의 핵심 경전인 노자의 『도덕경』을 내 나름대로 한문에서 우리말로 옮겨 실었다. 이미 『도덕경』을 읽어본 분들에게는 새로운 감회를 불러일으켰을 것이고 처음 읽는 분들에게는 마음공부를 위한 새로운 영역이 열리는 기회가 되었을 것이다.

선도의 핵심 경전이 『천부경』, 『삼일신고』, 『참전계경』으로 구성된 삼대경전이고, 도교의 핵심 경전은 『도덕경』, 유교의 그것은 『대학(大學)』과 『중용(中庸)』인 것과 같이 불교의 팔만대장경 중의 핵심 경전은 『금강경』과 『반야심경』이다.

전 세계의 구도자는 말할 것도 없고 모든 종교인들은 마음을 활짝 열어 마땅히 다른 도(道)와 종교에도 깊은 관심을 갖고 공부할 필요가 있다고 본다. 교통이 발달하지 못했던 옛날과 달라서 지금은 전 지구촌이 하나의 생활권이 되었다.

경제, 문화, 스포츠, 학문, 종교, 구도의 분야에서는 이미 국경이 사라진 지 오래되었다. 이러한 지구촌시대에 자기의 우물 속에서 빠져나올 줄 모르는 종교인이나 구도자는 그 보수성과 배타성 때문에 이미 경쟁력과 설득력을 상실하여 생존 경쟁에서 도태당하게 되어 있다.

그리하여 요즘은 우리나라에서도 가톨릭 주교들이 불교 사찰에서 설교를 하고, 불교의 큰스님들이 가톨릭 교회에서 법문을 하는 세상이 되었다.

그런가 하면 불교의 비구니, 가톨릭의 수녀, 원불교의 정녀들이 삼소회(三笑會)라는 친목단체를 만들어 10년 전부터 운영해 오면서 수천 년 지탱해 온 종교간의 장벽을 허물고 있다. 비구니, 정녀, 수녀가 손에 손을 잡고 나란히 걷는 다정한 모습이 신문에 실린 것을 보니 공연히 눈시울이 뜨거워지는 것은 필자만은 아닐 것이다.

신구 기독교 성경은 2백여 년 전에 우리나라에 도입될 당시부터 한글로 번역이 되었고 그 뒤 꾸준히 시대의 변천과 추이에 따라 수정 보완작업이 진행되어 오고 있어서 남녀노소 누구를 막론하고 마음만 있으면 읽어 볼 수 있게 되었지만, 불경은 그렇지 못하다.

불경은 우리나라에 수입된 지 이미 천육백 년이 넘었건만 아직도 성경처럼 만족할 만한 한글화가 이루어져 있지 않은 상태이다. 혹 불경이 한글로 번역이 되어 있다고 해도 번역한 사람의 문장력과 깨달음과 학문 수준에 따라 천차만별이다.

여기에 착안하여 온 나는 소설가로서의 내 문장력과 그동안 내 나름대로 공부하여 터득한 마음공부와 글공부의 수준에 따라 불교의 핵심 경전인 『금강경』과 『반야심경』부터 우선 손을 대 보려고 한다. 그동안 많은 불경이 한글화 되었지만 거의 전부가 한문 번역본을 우리말로 옮긴 것이었다.

그러면 한문본은 어디서 나왔는가? 말할 것도 없이 2천 년 이전 옛날부터 인도의 산스크리트본 불경이 한문으로 번역된 것이다. 결국은 이중번역인 셈이다. 다행히도 『금강경』은 한문본과 산스크리트 원본에서 한글로 번역된 것이 있어서 이 두 가지를 참고하였다. 그러나 될 수 있는 대로 원본의 내용과 정신에 충실한 번역이 되도록 힘썼다.

『금강경』 번역에서도 『선도체험기』 40권에서의 노자의 『도덕경』 번역 때와 마찬가지로 한문 자구를 비롯한 외국어 인용은 꼭 필요한 경우가 아니면 될 수 있는 대로 제한하기로 했다. 이렇게 하는 것이 우리말의 표현력과 독자성을 최대한 살리게 될 것이며 더 이상 우리 국어가 한문이나 타국어에 의존하는 폐단을 줄일 수 있다고 확신하기 때문이다.

한글로 번역한 금강경

제1장 단서(端緒)

내(석가의 사촌 동생이고 그의 10대 제자들 중의 하나인 아난존자)가 들은 바에 따르면, 스승(석가)은 한때 1,250명이나 되는 큰스님들과 함께 고대 인도의 중부 도시인 슈라바스티시(市)에 있는 '제타 숲의 의지할 데 없는 고독한 사람들에게 음식을 나누어 주는 장자(長者)의 동산'에 머물고 있었다.

스승은 아침나절에 하의를 입고 바리때와 상의를 손에 들고, 탁발(托鉢)을 하려고 슈라바스티시의 큰 시가를 걸어갔다. 스승은 탁발을 끝내고 돌아와 식사를 마쳤다.

식사가 끝나자 음식 동냥을 해 온 바리때와 상의를 정돈하고 발을 씻은 후, 이미 마련된 자리에 가부좌를 틀고 앉아 몸을 바르게 하고 정신을 가다듬었다. 이때 많은 구도승들이 스승이 있는 자리로 다가갔다.

가까이 접근한 그들은 존경을 표시하는 뜻으로 스승의 두 발에 머리를 대고 그의 둘레를 바른쪽으로부터 세 바퀴씩 돌고 나서 그의 옆에 앉았다.

〈해설〉

＊『금강경』의 원명은 『금강반야바라밀경(金剛般若波羅密經)』이라고 하는

데, 어떤 물건이든지 끊을 수 있는 이 세상에서 가장 단단한 금강석과 같은 진리를 추구하는 지혜로 번뇌 망상을 끊고 피안(彼岸)으로 향해 나아가는 경전이라는 뜻이다.

* 금강 : 금강석.

* 반야 : 지혜.

* 바라밀 : 산스크리트어의 파라밀다에서 온 말로서 생로병사로 고뇌하는 현실세계에서 벗어나 저쪽 진리의 세계인 피안으로 가는 수행이라는 뜻.

* '제타 숲의 의지할 데 없는 고독한 사람들에게 음식을 나누어 주는 장자(長者)의 동산'은 한역(漢譯)으로는 기수급고독원(祇樹給孤獨園) 또는 생략해서 기원정사(祇園精舍)라 한다.

* 탁발(托鉢) : 음식 동냥.

제2장 청원

바로 그때 수보리 장로(長老)도 스승 곁에 와서 앉았다. 그런데 수보리 장로는 자리에서 일어나 예법대로 상의를 한쪽 어깨에 걸치고 바른쪽 무릎을 땅에 대고 스승이 앉은 쪽을 향해 합장하고 다음과 같이 아뢰었다.

"스승이시여, 거룩하시고 복된 분이시여, 올바르게 깨달으신 스승님 덕분에 보살들이 '최상의 은혜'로 감싸이게 된 것은 참으로 다행한 일이옵니다.

또 부처님 덕분에 보살들이 '최상의 부촉(咐囑)'을 받은 것은 지극히 거룩한 일이옵니다. 하오나 스승이시여, 최상의 깨달음을 얻으려는 선남선녀들은 어떻게 머물러야 하고, 어떻게 행동하고, 어떻게 마음을 항복받는 것이 좋겠나이까?"

부처가 수보리 장로에게 일렀다.

"그렇다. 그렇구말구. 수보리야, 네가 말한 그대로이니라. 여래는 모든 보살들을 최상의 은혜로 감싸고 있느니라. 또한 여래는 모든 보살들에게 최상의 부촉을 하고 있느니라. 그러므로 수보리야, 잘 듣고, 잘 생각해야 하느니라.

구도의 길로 나아가려는 선남선녀는 어떻게 머물러야 하고, 어떻게 행동하고, 어떻게 마음을 항복받아야 하는가를 내가 그대에게 말해 주리라."

수보리 장로는 스승에게 말했다.

"그렇게 해 주시옵소서. 스승이시여."

〈해설〉

＊ 여래(如來) : 여(如)는 진리를 말하므로 여래(如來)는 글자 그대로 진리를 따라왔고, 진리의 구현체로 나타난 사람을 말한다. 여기서는 석가모니 자신을 말한다.

＊ 보살 : 상구보리(上求菩提), 하화중생(下化衆生) 하려는 구도자.

＊ 최상의 은혜 : 선호념(善護念).

＊ 부촉(附囑) : 다른 사람에게 부탁하고 위촉하는 것. 부처님은 설법을 마친 후에 청중 가운데서 어떤 사람을 가려내어 그 법의 유통을 촉탁하는 것이 상례였다.

제3장 개체 없는 구도자

스승은 다음과 같이 말했다.

"수보리야, 구도의 길로 나아가려는 자는 다음과 같이 마음을 내어야 할 것이니라. 수보리야, 대체로 살아 있는 모든 것, 즉 알에서 태어나는 난생(卵生), 모태에서 태어나는 태생(胎生), 습기에서 태어나는 습생(濕生), 남에게 의존하지 않고 스스로 태어나는 화생(化生), 형태가 있는 것, 형체가 없는 것, 상념(想念)이 있는 것, 상념이 없는 것, 상념이 있는 것도 없는 것도 아닌 것, 그 밖의 살아 있는 것으로 생각되는 일체의 것들을 가리지 않고 모조리 제도(濟度)하여 괴로움이 없는 영원한 평안(平安)의 경지로 인도해야 할지니라.

그러나 이와 같이 살려고 하고 또 살아 있는 것들을 제도하여 영원한 평안으로 이끌어 들인다 하여도 사실은 누구 한 사람 제도된 자가 없으니 이게 도대체 무엇 때문이겠느냐?

왜 그러냐 하면, 수보리야, 그것은 보살이 아상(我相), 인상(人相), 중생상(衆生相), 수자상(壽者相)을 가진 채 중생제도를 했을 때 일어나는 현상인데, 그런 보살은 곧 보살이 아니기 때문이니라."

〈해설〉

＊ 괴로움이 없는 영원한 평안(平安) : 무여열반(無餘涅槃).

＊ 아상(我相) : '나'라는 이기심이나 상념에 집착하는 것.

＊ 인상(人相) : 우리는 만물의 영장(靈長)인 사람이므로 다른 짐승들은 인간보다 마땅히 열등(劣等)하다고 생각하여 살생을 함부로 하고 육식을

당연시하는 견해나 관념.

　＊ 중생상(衆生相) : 괴로운 것을 싫어하고 즐겁고 편안한 것을 탐내는 무명(無明) 중생들의 그릇된 상념에 사로잡힌 아집과 집착.

　＊ 수자상(壽者相) : 우리 인간은 짧든 길든 간에 태어날 때부터 하늘이 점지해 준 수명(壽命)을 타고났다는 망상.

제4장 무주상보시(無住相布施)

　"수보리야, 보살은 물건에 대한 집착을 가진 채 보시(布施)를 해서도 아니 되느니라. 그 밖에 무엇에든지 착심(着心)을 가진 채 보시를 해서도 안 되고, 색깔에 집착한 채 보시를 해도 아니 되고 소리, 향기, 맛, 느낌, 의식의 대상(色聲香味觸法)에 집착한 채 보시를 해서도 아니 되느니라.

　수보리야, 보살은 응당 무슨 발자취 같은 것을 남기겠다는 생각 따위에 집착한 채 보시를 해도 아니 되느니라.

　왜 그러냐 하면, 수보리야, 보살이 만약에 집착 없이 보시를 하게 되면 그 공덕(功德)이야말로 거듭 쌓이고 쌓여서 쉽사리 헤아릴 수 없게 되기 때문이니라.

　수보리야, 너는 어떻게 생각하느냐. 동방 허공의 양(量)을 쉽사리 헤아릴 수 있겠느냐?"

　수보리가 대답했다.

　"스승이시여, 그걸 어찌 헤아릴 수 있겠나이까?"

　스승이 다시 말했다.

　"그럼 남서북상하 등 시방(十方)의 허공의 양도 헤아릴 수 있겠느냐?"

수보리가 대답했다.

"스승이시여, 그걸 또 어찌 헤아릴 수 있겠나이까?"

그러자 스승이 말했다.

"수보리야, 이치가 바로 이와 같느니라. 보살이 만약에 마음에 일체의 집착을 두지 않고 보시를 하게 되면 그 공덕은 이처럼 한정 없이 쌓일 것이니라.

수보리야, 보살의 길로 나아가려는 자는 이처럼 발자취를 남기겠다는 집착 없는 보시를 하지 않으면 안 될 것이니라."

〈해설〉

＊ 무주상보시(無住相布施) : 발자취를 남기겠다는 집착 없는 보시.

제5장 상(相) 아닌 상(相)

"수보리야, 너는 어떻게 생각하느냐? 여래는 상(相)을 갖춘 자라고 볼 수 있느냐?"

수보리가 말했다.

"스승이시여. 그렇게 보이지는 않사옵니다. 여래께서 상을 갖춘 분이라고 볼 수는 없습니다. 그 이유인즉 스승께서는 '상을 갖추고 있다는 것은 상을 갖추고 있지 않다는 것이니라'하고 말씀하셨기 때문이옵니다."

그러자 스승은 수보리 장로에게 일렀다.

"수보리야, 상을 갖추고 있다는 말은 다 허망한 소리니라. 만약에 모든 상에서 상 아님을 본다면 그것이야말로 여래를 보는 것이니라."

〈해설〉

＊ 상(相) : 사물의 특징, 개인적인 특성, 상대세계의 생주이멸(生住異滅)의 무상한 변화 양상.

제6장 미래의 『금강경』

스승이 이렇게 말하자 수보리 장로가 말했다.

"스승이시여, 지금으로부터 세월이 흘러 후세가 되어, 제2의 5백 년이 되어 정법(正法)이 쇠망하게 된다면, 지금 말씀하시는 경전이 전파되더라도 그것을 진실이라고 믿을 사람이 있겠나이까?"

스승이 일렀다.

"수보리야, 너는 그렇게 말해서는 아니 되느니라. 후세에 제2의 5백 년에 정법이 쇠망할 때 이 경전(『금강경』)이 전파될 즈음에는 이것을 진리라고 믿을 사람이 분명 있을 것이니라.

수보리야, 또 그때에는 기필코 덕망이 높고 계율을 잘 지키고 지혜로운 구도자들과 보살들과 선남선녀 신도들이 나타날 것이니라. 그리하여 이 경전 말씀이 전파될 때 그들은 이를 진리라고 믿을 것이 틀림없나니라.

수보리야, 또 그들 구도자들은 한 사람의 부처에게 귀의하거나, 한 사람의 부처 밑에서 선근(善根)을 심게 될 것이니라.

그뿐 아니라 몇십만이라는 많은 부처들에게 귀의하거나, 몇십만이라는 많은 부처들 밑에서 선근을 심은 사람들이 이러한 경전의 말씀이 설해질 때에 한결같이 청정한 믿음을 틀림없이 얻게 될 것이니라.

수보리야, 여래는 깨달은 사람의 지혜로 그들을 알고 있느니라.

수보리야, 여래는 깨달은 사람의 눈으로 그들을 보고 있느니라.

수보리야, 여래는 깨달은 사람의 마음으로 그들을 기억하고 있느니라.

수보리야, 그들은 모두 헤아릴 수 없고 측량할 수 없는 공덕을 쌓아 자기 것으로 만들 것이 틀림없나니라.

왜 그러냐 하면 수보리야, 이들 구도자와 훌륭한 신도들에게는 아상(我相), 인상(人相), 중생상(衆生相), 수자상(壽者相)도 없을 것이기 때문이니라.

또 수보리야, 이들 구도자와 신도들에게는 법상(法相)도 일어나지 않고 비법상(非法相)도 일어나지 않을 것이기 때문이니라.

또 수보리야, 그들에게는 생각이 일어나는 것도 없고, 생각이 아닌 것이 일어나는 것도 없기 때문이니라.

왜 그러냐 하면, 수보리야, 만약에 그들 구도자와 신도들에게 상(相)이 일어난다면 그들에게는 아상, 인상, 중생상, 수자상이 일어날 것이기 때문이니라. 만약에 상(相)이 아니라는 생각이 일어난다고 해도 그들에게는 아상, 인상, 중생상, 수자상이 일어날 것이기 때문이니라.

왜 그럴까? 수보리야, 실은 구도자와 신도들은 법(法)에 집착해도 안 되고 법 아닌 것에 집착해도 안 되기 때문이니라.

뗏목을 타고 고해를 건너 피안에 도달한 후에는 그 뗏목도 버려야 한다는 법문을 아는 사람은 방편인 법마저 버리지 않으면 안 되느니라. 하물며 법 아닌 것이야 더 말해 무엇 하겠느냐."

〈해설〉

＊ 제2의 5백 년 : 석가모니가 입멸(入滅) 뒤에 일어날 일들을 5백 년씩 끊어서 예언한 것을 말함.

＊ 선근(善根) : 좋은 과보를 받을 수 있는 인연.

＊ 법(法) : 불교에서 말하는 법은 이법(理法), 경전(經典), 석존의 설법(說法) 등을 말한다. 그러나 여기 나오는 법은 '실체가 없는 허상'이라는 뜻으로 썼다.

＊ 법상(法相) : 만물은 그 본바탕은 하나지만 그것이 외부에 나타나는 모양은 가지각색이라는 말. 또는 실체 없는 허상(虛相)을 뜻한다.

제7장 무위법

스승은 또 수보리 장로에게 말했다.

"수보리야, 너는 여래가 위없는 올바른 깨달음을 얻었다고 생각하느냐? 또 여래가 설한 법은 과연 있다고 생각하느냐?"

"스승이시여, 스승의 가르침을 듣고 제가 이해한 바로는 여래께서는 위없는 올바른 깨달음을 얻으신 것은 분명하지만 여래께서 설한 법은 아무것도 없사옵니다.

왜 그런고 하면 여래께서 지금까지 말씀하신 법은 파악할 수도 없고 입으로 설명할 수도 없기 때문이옵니다. 그것은 또한 법도 아니고 법 아닌 것도 아니기 때문이옵니다.

그 이유인즉 성현들은 무위법(無爲法)을 쓰므로 피조물이 아니라 자기 스스로 나타나고 존재하기 때문이옵니다."

〈해설〉

＊ 무위법(無爲法) : 육안으로 보이는 상대세계, 즉 현상계의 유위법(有爲

法) 이면의 절대적이고, 무한정한 존재의 근원으로서 무정형(無定型)한 세계를 말한다. 생사, 시공, 유무를 초월한 불생불멸(不生不滅), 불구부정(不垢不淨), 부증불감(不增不減)의 세계.

제8장 사행시(四行詩)

스승이 물었다.

"수보리야, 너는 어찌 생각하느냐? 보살이 삼천대천세계를 일곱 가지 보배로 가득 채워 여래에게 보시를 했다면, 그 보살은 그 일로 인해서 많은 공덕을 쌓았다고 볼 것이냐?"

수보리가 대답했다.

"스승이시여, 그 보살은 그로 인해 수많은 공덕을 쌓았을 것이옵니다. 왜 그런고 하면 여래께서 말씀하시기를 '공덕을 쌓는 것은 공덕을 쌓지 않는 것이라'고 하셨기 때문이옵니다. 그렇기 때문에 여래께서는 공덕이 많다고 설하신 것이옵니다."

스승이 말했다.

"수보리야, 보살이 삼천대천세계를 칠보(七寶)로 가득 채우고, 여래에게 보시를 한다고 해도, 이 법문에서 사행시(四行詩) 한 편이라도 가려내어 남에게 가르쳐 준다면, 그렇게 하는 것이 칠보로 보시하는 것보다 측량할 수도 헤아릴 수도 없이 많은 공덕을 쌓는 것이 되느니라.

왜 그런지 아느냐? 수보리야, 그것은 실로 여래의 위없는 올바른 깨달음도 이로부터 생겨났기 때문이니라.

수보리야, 그것은 '깨달은 사람들의 이법(理法)은 깨달은 사람의 이법이 아니라'고 여래는 가르쳤기 때문이니라. 이것이 바로 여래의 이법이니라."

〈해설〉

＊ 사행시(四行詩) : 사구게(四句偈)라고 한역된다. 네 개의 문구로 되어 있는 진리를 설파하는 글 또는 시를 말한다.

실례를 들면 다음과 같은 것이 있다.

『금강경』 제5장 끝부분에 보면

상(相)을 갖추고 있다는 말은
다 허망한 소리니라.
만약에 모든 상에서 상 아님을 본다면
그것이야말로 여래를 보는 것이니라.

『금강경』 제10장에 보면

집착하지 않는 마음이어야 하고
어떤 것에도 착심(着心)을 일으켜서는 안 되며
색깔, 소리, 향기, 맛, 느낌, 마음의 대상에
집착하지 말아야 할지니라.

『금강경』 제26장에 보면

만약에 겉모습으로 나를 알아보려 하거나
목소리로 나를 찾는다면
그는 분명코 잘못된 길을 가고 있나니
끝끝내 여래를 볼 수 없으리라.

『금강경』 제32장에 보면

일체의 현상계는
꿈이요 허깨비요 물거품이요 그림자요
이슬이요 번개 같은 것이라고
응당 관하기 때문이니라.

＊ 이법(理法) : 원리와 법칙, 이성(理性)과 도리(道理).

＊ '공덕을 쌓는 것은 공덕을 쌓지 않는 것이라'고 하셨기 때문이옵니
다. 그렇기 때문에 여래께서는 공덕이 많다고 설하신 것이옵니다 : 공덕
을 쌓되 공덕을 쌓았다고 생각한다면 그것은 이미 공덕을 쌓은 것이 아
니라는 말이다. 상(相) 없는 공덕이야말로 진정한 공덕이라는 뜻이다.

왜냐하면 공덕을 쌓되 공덕을 쌓았다는 상념을 갖는다면 그것이 자기
자신을 구속해 버리므로 그것은 이미 공덕을 쌓은 것이 아니기 때문이다.
노자의 이른바 '도라고 일컬어지는 도는 이미 도가 아니라'는 말과 같다.
공덕을 쌓되 아무런 상도 없이 쌓은 것이야말로 참다운 한 공덕이다.

남에게 선행을 하되 자기가 선행을 한다는 생각을 품거나 공치사를 하는 것은 이미 그것 자체가 자기 자신을 제약해 버리므로 이미 진정한 선행이 될 수 없다. 남에게 선행을 하되 오른손이 하는 것을 왼손이 모르게 하는 것이 진정한 선행인 것이다. 이른바 무주상보시(無住相布施)가 그것이다.

제9장 무상(無相)

제1절 수다원

세존이 말했다.

"수보리야, 너는 어떻게 생각하느냐? 영원한 평안으로 향하는 흐름을 탄 자가 '나는 영원한 평안으로 향하는 흐름을 탄 자의 성과에 도달했다'고 생각을 할 수 있겠느냐?"

수보리가 아뢰었다.

"스승이시여, 그러한 일은 없을 것이옵니다. 영원한 평안으로 향하는 흐름을 탄 자가 '나는 영원한 평안으로 향하는 흐름을 탄 자의 성과에 도달했다'는 생각을 일으킬 리가 없사옵니다.

왜냐하면, 스승이시여, 그는 사실 아무것도 얻은 것이 없기 때문이옵니다. 그렇기 때문에 '영원한 평안으로 향하는 흐름을 탄 자'라고 말하는 것이옵니다.

그는 색깔을 얻은 것도 아니고, 소리나 향기나 맛이나 느낌이나 마음의 대상을 얻은 것도 아니옵니다. 그러하므로 '영원한 평안으로 향하는 흐름을 탄 자'라고 말하는 것이옵니다.

스승이시여, 만약에 영원한 평안으로 향하는 흐름을 탄 자가 '나는 영원한 평안으로 향하는 흐름을 탄 자의 성과에 도달했다'고 한다면 그에게는 아상, 인상, 중생상, 수자상이 있는 것이 될 것이옵니다."

〈해설〉

＊ 영원한 평안으로 향하는 흐름을 탄 자 : 수다원(須陀洹)이라는 수행의 경지에 이른 사람, 영원한 평안으로 향하는 흐름을 탔다고 하여 입류(入流) 또는 예류과(預流果)라고도 한다.

수다원의 경지에 이른 사람은 입안에 단침이 고이고, 지병이 자연 치유되며, 단전이 따뜻해지며 용모가 맑고 탐욕이 일지 않는다고 『능가경』에는 기록되어 있다. 선도에서 기문(氣門)이 열리고 운기가 막 시작된 수행자와 비슷한 데가 있다.

＊ 색깔, 소리, 향기, 맛, 느낌, 마음의 대상 : 색성향미촉법(色聲香味觸法)이라고 한역(漢譯)된다.

제2절 사다함

스승이 물었다.

"수보리야, 너는 어찌 생각하느냐? 다시 한 번 더 태어나야 깨닫게 될 자가 '나는 다시 한 번 태어나야 깨달을 자의 성과에 도달했다'는 생각을 일으킬 것이냐?"

수보리가 대답했다.

"스승이시여, 그런 일은 없을 것이옵니다. 다시 한 번 더 태어나야 깨달을 자가 '나는 다시 한 번 더 태어나야 깨달을 자의 성과에 도달했다' 는 생각을 일으킬 리가 없사옵니다. 왜 그러냐 하오면, 다시 한 번 더 태어나야 깨달을 자가 되었다고 하더라도, 그런 일은 이미 있지 않기 때문이옵니다. 바로 이 때문에 '다시 한 번 태어나야 깨달을 자'라고 일컫는 것이옵니다."

〈해설〉

＊ 다시 한 번 더 태어나야 깨달을 자 : 사다함이라는 수행의 경지에 도달한 사람을 말한다. 다시 한 번 더 태어나야 깨닫게 될 자라고 하여 한역으로는 일래과(一來果) 또는 일환과(一環果)라고도 한다.

사다함의 경지에 도달한 사람은, 『능가경』에 따르면, 기운이 충만하여 깃털처럼 몸이 가볍고 눈에서 번개 같은 광채가 나고, 시력이 좋아져서 백 보 밖의 머리카락도 보이고, 몸에 있던 흉터나 주름살이 저절로 없어지고, 먹지 않아도 배가 부르며 며칠 동안 굶어도 힘이 넘친다고 한다. 선도의 소주천 경지와 비슷한 데가 있지만 반드시 일치하지는 않는다.

제3절 아나함

스승이 물었다.

"수보리야, 너는 어찌 생각하느냐? 앞으로 다시는 이 세상에 태어나지 않을 자가 '나는 앞으로 다시는 이 세상에 태어나지 않을 자의 성과에 도달했다'는 생각을 일으킬 것으로 보느냐?"

수보리가 대답했다.

"스승이시여, 그러한 일은 없을 것이옵니다. 앞으로 다시는 이 세상에 태어나지 않을 자가 '나는 다시는 이 세상에 태어나지 않을 자의 성과에 도달했다'는 생각을 일으킬 리가 없사옵니다.

왜 그런고 하오면, 스승이시여, '앞으로 무슨 일이 있어도 다시는 이 세상에 태어나지 않을 자가 있다'고 하더라도 그러한 일이 있을 리는 없기 때문이옵니다. 바로 이 때문에 '앞으로 다시는 이 세상에 태어나지 않을 자'라고 말하는 것이옵니다.

〈해설〉

＊ 앞으로 다시는 이 세상에 태어나지 않을 자 : 아나함이라는 수행의 경지에 도달한 사람. 다시는 생로병사의 윤회를 하지 않는다고 하여 불래(不來) 또는 불환과(不還果)라고도 한다.

아나함 경지에 도달한 사람은, 『능가경』에 따르면, 이차돈과 같이 붉은 피를 하얀 피로 바꾸고, 노인이 되어도 젊어지고, 백발이 검어지며, 빠졌던 이가 다시 나고, 남의 몸에 손을 대지 않고도 병을 치료해 주고, 입김만으로 수은(水銀)을 말릴 수 있고, 추위도 더위도 타지 않는다.

그런가 하면 맨손으로 진흙에 글을 쓰듯 바위에 글을 새길 수 있다. 옥 같은 자태에 피부는 금빛이 돌고 투명하며, 잠을 자지 않아도 피곤을 모른다고 한다. 선도의 대주천 이상의 경지와 유사한 데가 있지만 반드시 똑같지는 않다.

제4절 아라한

스승이 물었다.

"수보리야, 너는 어찌 생각하느냐? 존경받을 만한 사람이 '나는 존경받을 만한 사람이 되었다'는 생각을 일으킬 것이냐?"

수보리가 대답했다.

"스승이시여, 그러한 일은 없을 것이옵니다. 존경받을 만한 사람이, '나는 존경받을 만한 사람이 되었다'는 생각을 일으킬 리가 없사옵니다. 왜 그런고 하오면, 스승이시여, 존경받을 만한 사람이 되었다라고 불릴 것이 아무것도 없기 때문에 존경받을 만한 사람이 되었다라고 불려지는 것이 옵니다. 스승이시여, 존경받을 만한 사람이 '나는 존경받을 만한 사람이 되었다'는 생각을 일으켰다면 아상, 인상, 중생상, 수자상에 집착하고 있다고 할 수 있을 것이기 때문이옵니다.

〈해설〉

＊ 존경받을 만한 사람 : 아라한의 경지에 오른 사람. 최고의 깨달음을 얻은 자를 말한다. 응공(應供)이라고도 하는데 이것은 공양을 받을 자격이 있다는 뜻이다. 부처를 대응공(大應供)이라고도 한다. 또는 적살(賊殺)이라고도 한다. 번뇌의 적(賊)을 죽였다는 의미다. 불생(不生) 또는 무생(無生)이라고도 하는데, 이것은 영원히 열반의 깨달음에 들어가서 다시는 미혹의 세계에 태어나지 않는다는 뜻이다.

제5절 무쟁삼매

"스승이시여, 부처님께서는 저(수보리)를 보시고 '다툼이 없는 경지를 즐기는 제일인자'라고 말씀하셨습니다'만은 저는 결코 '나는 존경받을 만한 사람이라거나 욕망을 떠나 있다'라는 생각을 일으키는 일이 없사옵니다.

스승이시여, 제가 만약에 '나는 존경받을 만한 경지에 도달해 있다'는 생각을 품고 있다면, 여래께서는 저를 보시고 '훌륭한 젊은이인 수보리는 갈등과 미혹을 떠난 경지를 즐기는 제일인자이며 아무것에도 집착하지 않으므로 다툼을 떠난 자'라고 단언하시지는 않으셨을 것입니다."

〈해설〉

＊ 다툼이 없는 경지를 즐기는 제일인자 : 무쟁삼매(無諍三昧)라고 한역된다. 다툼이 없는 경지에 몰입해 있다는 뜻이다. 다시 말해서 마음속에 갈등과 미혹이 없어진 경지에 도달한 사람을 말한다.

제10장 연등불의 처소

스승이 물었다.

"수보리야, 너는 어떻게 생각하느냐? 여래가 전생(前生)에 연등불(燃燈佛)의 처소에서 무엇인가 얻은 것이 있다고 생각하느냐?"

수보리가 대답했다.

"스승이시여, 그렇지 않사옵니다. 여래께서는 연등불의 처소에서 아무것도 얻은 것이 없사옵니다."

스승이 말했다.

"수보리야, 만약에 어떤 구도자가 '나는 불국토(佛國土)를 장엄(莊嚴)한다'고 말했다면 그는 말을 잘못한 것이니라. 왜냐하면, 수보리야, 여래는 '불국토 장엄은 불국토 장엄이 아니라'고 설했기 때문이니라. 그러므로 바로 '불국토 건설'이라 불리는 것이니라.

바로 이 때문에, 수보리야, 보살은 집착하지 않는 마음이어야 하고, 어떤 것에도 착심을 일으켜서는 안 되며, 색깔, 소리, 향기, 맛, 느낌, 마음의 대상(色聲香味觸法)에 집착하지 말아야 할지니라.

수보리야, 여기 어떤 사람이 있다고 하자. 그의 몸집은 아주 훌륭하고 산 중의 왕인 수미산을 닮았다고 한다면 너는 그의 몸이 크다고 생각하겠느냐?"

수보리가 대답했다.

"크다 하겠습니다, 스승이시여. 왜냐하면 여래께서는 사람들이 "몸 몸" 하고 말하지만 그러한 것은 실체가 없다고 말씀하시고, 몸 아닌 몸을 큰 몸이라 이름 붙이셨기 때문이옵니다."

〈해설〉

＊ 연등불(燃燈佛) : 석존 이전에 이 세상에 나타났다고 하는 24분의 과거세(過去世)의 부처님의 한 분으로서, 석존이 전생에 이분으로부터 미래의 부처가 되리라는 수기(授記)를 받았다고 한다.

＊ 장엄(莊嚴) : 아름답고 좋게 꾸미고 장식하는 것.

＊ 색깔, 소리, 향기, 맛, 느낌, 마음의 대상(色聲香味觸法)에 집착하지 말아야 할지니라 : 응무소주이생기심(應無所住而生其心), 어디에도 집착하지 말고 마음을 내어야 한다.

＊ 몸 아닌 몸 : 물질과 시공(時空)의 제한을 받는 색신(色身)이 아닌 법신(法身) 또는 진리 그 자체를 말한다. 색신은 물질과 시공의 구속을 받으므로 아무리 크다고 해도 한계가 있지만 법신은 아상, 인상, 중생상, 수자상이 없어서 무한대이므로 그 한계를 정할 수 없으므로 정말 큰 몸(大身)이라고 이름 붙일 수 있다.

제11장 갠지스강의 모래알

스승이 물었다.

"수보리야, 너는 어떻게 생각하느냐? 갠지스 큰 강의 모래알만큼이나 많은 갠지스강이 있다고 치자. 그 많은 강들에 있는 모래알은 또 얼마나 많겠느냐?"

수보리가 대답했다.

"스승이시여, 그렇게 많은 갠지스강의 수효만 해도 헤아릴 수 없을 지경인데, 그 많은 갠지스강의 모래알의 수효에 이르러서는 더 말해 무엇하오리까?"

스승이 말했다.

"수보리야, 나는 네가 충분히 알아듣도록 설명하리라. 그 많은 갠지스강의 모래알만큼이나 많은 세계를, 어떤 사람이 일곱 가지 보물로 가득 채우고, 여래에게 보시를 했다고 치자. 수보리야 너는 어떻게 생각하느냐? 그 사람이 그 일로 인해 많은 공덕을 쌓은 것이 되겠느냐?"

수보리가 대답했다.

"스승이시여, 그 사람은 그 일로 인하여 측량할 수 없이 많은 공덕을 쌓았을 것이옵니다."

스승이 말했다.

"수보리야, 어떤 사람이 그렇게 많은 세계에 일곱 가지 보물로 보시를 했다고 해도 이 경전(『금강경』) 안에서 사행시 하나만이라도 인용하여 남이 알아듣게 해설해 준다면 그 공덕이 칠보 보시보다 훨씬 더 클 것이니라.

〈해설〉

＊ 갠지스강 : 구마라습 한역에서는 항하(恒河)로 되어 있다.

제12장 탑묘

수보리야, 어떠한 곳에서든 누가 이 경전에서 사행시 하나라도 인용하여 해설한다면 그곳은 천신과 인간과 아수라(阿修羅)들이 사는 혼탁한 세계 속이라 할지라도 탑묘(塔廟)와도 같은 곳이 될 것이니라.

그런데 한술 더 떠서, 이 경전을 남김없이 기억하고 읽고 연구하고, 남에게 자상하게 해설해 주는 사람이 있다면, 수보리야, 그 사람이야말로 최고의 공덕을 쌓는 것이 아니겠느냐?

수보리야 그러한 곳에는 기필코 스승으로 우러러 존경받는 총명한 사람이 살게 될 것이니라.

〈해설〉

＊ 탑묘(塔廟) : 부처님의 사리를 묻고 그 위에 흙이나 돌이나 탑을 쌓

은 무덤. 불심(佛心)이 서려 있는 곳.

제13장 32상

스승이 말을 마치자 수보리가 물었다.

"세존이시여, 이 경전의 이름을 무엇이라고 해야 하겠나이까? 그리고 이것을 어떻게 기억했으면 좋겠나이까?"

스승이 수보리에게 말했다.

"수보리야, 이 경전은 지혜의 완성(금강반야바라밀경)이라 하고 그렇게 기억해 두는 것이 좋겠다. 왜냐하면 여래는 지혜의 완성은 지혜의 완성이 아니라고 설했기 때문이니라. 그러니 지혜의 완성이라고 부르는 것이 좋을 것이다.

수보리야 너는 어떻게 생각하느냐? 여래에 의해서 설해진 법이라는 것이 진정 있다고 생각하느냐?"

수보리가 대답했다.

"스승이시여, 그러한 것은 없사옵니다. 여래에 의해서 설해진 법은 아무것도 없사옵니다."

스승이 물었다.

"수보리야, 너는 어찌 생각하느냐? 이 삼천대천세계(三千大千世界)의 대지의 티끌을 많다 할 것이냐?"

수보리가 대답했다.

"스승이시여, 그것은 이루 말할 수 없이 많사옵니다. 왜냐하면 대지의 티끌은 대지의 티끌이 아니라고 여래께서는 말씀하셨기 때문이옵니다.

또 여래께서는 이 세계는 세계가 아니라고 말씀하셨기 때문이옵니다. 그러므로 세계라고 불리는 것이옵니다."

스승이 물었다.

"수보리야, 너는 어떻게 생각하느냐? 여래, 존경할 만한 분, 올바르게 깨달은 분은 위대한 인물이 갖추고 있는 서른두 가지 상(相)으로 구별할 수 있을 것 같으냐?"

수보리가 대답했다.

"스승이시여, 그렇지 않사옵니다. 여래, 존경할 만한 분, 올바르게 깨달은 분은 위대한 인물에게 구비되어 있는 32상에 의해 구별되는 것이 아니옵니다. 왜냐하면 위대한 인물에게 구비된 32상은 상이 아니라고 여래께서는 말씀하셨기 때문입니다. 바로 그 때문에 위대한 인물에게 구비된 32상이라고 불리는 것입니다."

스승이 말했다.

"그런데 수보리야, 어떤 사람이 매일 갠지스강의 모래알의 수효만큼의 횟수로 몸을 바쳤고, 이러한 헌신을 갠지스강의 모래알 수만큼 무한한 시간에 걸쳐서 계속했다고 해도, 이 경전 안에서 사행시 하나를 인용하여 남이 알아듣도록 설명해 주는 사람이 있다면 그렇게 하는 것이 헌신보다도 훨씬 더 많은 공덕을 쌓는 것이 될 것이니라."

〈해설〉

＊ 삼천대천세계(三千大千世界) : 한없이 넓은 우주의 경지를 뜻한다.

제14장 가리왕

그때에 수보리는 스승의 법문(法門)에 감동하여 눈물을 흘렸다. 그는 눈물을 닦고 나서 스승에게 말했다.

"스승이시여, 참으로 훌륭하십니다. 구도자를 위하여 이렇게 좋은 법문을 해 주시다니 무엇이라고 감사해야 할지 모르겠사옵니다.

스승이시여, 그리고 이 법문으로 인하여 저희들에게는 지혜가 생겼습니다. 저는 지금까지 이러한 법문을 들어 본 일이 없습니다. 이 경(經)을 듣고 진리를 깨닫는 구도자는 더없이 탁월한 자질을 지닌 사람들일 것이옵니다.

그것은 왜 그런고 하면 진실이라는 생각은 진실이라는 생각이 아니기 때문이옵니다. 그렇기 때문에 여래께서는 '진실이라는 생각, 진실이라는 생각' 하고 설파하신 것이옵니다.

그러나 스승이시여, 이 법문이 설해졌을 때 그것을 이해하는 것은 그다지 어려운 일이 아닙니다. 그러나 이제부터 후세의 제2의 5백 년대에 이르러 올바른 가르침이 쇠망할 즈음에 어떤 사람들은 이 법문을 듣고 기억하고, 외우고 연구하고 다른 사람들에게 자세히 해설할 터인데, 이 사람들이야말로 빼어난 자질을 갖춘 사람들일 것이옵니다.

왜 그런고 하오면, 이 사람들은 아상도 없고 인상도 없으며, 중생상도 수자상도 없을 것이기 때문이옵니다. 또한 이들에게는 아상은 상(相)이 아니오 인상, 중생상, 수자상도 곧 상이 아니기 때문이옵니다. 왜냐하면 불세존(佛世尊)들은 일체 상을 멀리 여의었기 때문이옵니다."

스승이 수보리에게 일렀다.

"그러하니라. 수보리야, 이 경이 설해질 때 놀라지 않고 두려워하지 않고 공포에 떨지 않는 사람들은 더없이 훌륭한 자질을 갖춘 사람들일 것이니라. 왜냐하면 여래가 설한 이 지혜의 완성은 실은 지혜의 완성이 아니기 때문이니라.

또한 여래가 지혜의 완성이라고 설한 바로 이 경은 헤아릴 수 없이 많은 깨달은 분과 부처가 이미 설하고 있기 때문이니라. 그렇기 때문에 지혜의 완성이라고 말하는 것이니라.

그런데 수보리야, 여래에게는 인욕(忍辱)의 완성은, 실은 인욕의 완성이 아니니라. 왜냐하면 일찍이 내 전생에 가리왕(歌利王)이 내 몸과 손발에서 살점을 도려내고 갈가리 찢어낼 때에도 나에게는 아상도 없었고, 인상도 없었고 중생상도 없었고 수자상도 없었기 때문이니라.

만약에 그때에 나에게 아상, 인상, 중생상, 수자상이 있었다면 응당 화내고 원망하고 원통한 마음을 일으켰을 것이기 때문이니라.

수보리야, 과거 5백 생(生) 동안에 내가 인욕선인(忍辱仙人)이었다는 것을 나는 분명 기억하고 있느니라. 그때 나에게는 아상도 인상도 중생상도 수자상도 없었느니라.

그러므로 수보리야, 바로 이 때문에 보살은 일체의 상을 버리고, 위없이 올바른 깨달음의 마음을 일으켜야 하느니라. 색깔, 소리, 향기, 맛, 느낌, 마음의 대상(色聲香味觸法)에 집착해서는 아니 되느니라. 법(法)에 집착해서도 아니 되고, 법 아닌 것에 집착해서도 아니 되느니라. 어떠한 것에도 착심을 일으켜서는 아니 되느니라.

만약에 마음에 머문다 하여도 그것에 얽매이면 아니 되느니라. 그렇기 때문에 부처님께서는 '구도자는 응당 색(色)에 머물러 하는 보시는 해서는 안 되며, 일체 중생을 위해서 보시를 해야 한다'고 설하셨느니라.

여래께서는 또 '일체의 상은 곧 상이 아니다'라고 설하셨으며, 또한 '일체의 중생은 곧 중생이 아니다'라고 설하셨느니라.

수보리야, 여래는 진리를 말하고 진실을 말하는 분이며, 있는 그대로의 진상을 말하는 분이고, 거짓을 말하는 분이 아니니라.

수보리야, 여래가 얻은 이 법은 실(實)도 없고 허(虛)도 없느니라.

수보리야, 만약에 구도자가 마음이 법에 얽매인 채 보시를 한다면, 이는 사람이 어둠 속에서 아무것도 보지 못하는 것과 같느니라.

만약에 구도자가 법에 얽매이지 않고 보시를 한다면, 그것은 마치 사람이 밝은 대낮에 밝게 비치는 햇빛 속에서 가지가지 색깔을 보는 것과 같나니라.

수보리야, 앞으로 다가올 세상에 어떤 선남선녀가 이 경을 받아 지니고, 읽고 외우고 남에게 해설해 준다면, 여래는 부처의 지혜로 이들을 빠짐없이 다 살피고 있으므로 이들이 무량무변(無量無邊)의 공덕을 모두 다 성취할 수 있게 할 것이니라.

〈해설〉

＊ 가리왕(歌利王) : 세존이 전생에 인욕선인(忍辱仙人)으로서 산속에서 인욕(忍辱)수행을 하고 있을 때였다. 때마침 그 지방을 다스리고 있던 가리왕이 많은 신하와 궁녀들을 거느리고 그곳에 사냥을 나왔다가 점심을 먹은 후에 식곤증으로 잠시 잠이 들었다가 깨어나 보니 주위에 궁녀들이 보이지 않았다.

가리왕은 궁녀들을 찾아다니다가 이상한 광경과 마주치게 되었다. 자기가 찾던 궁녀들이 인욕수행을 하고 있는 선인인 세존에게 꽃을 바치는가 하면 절을 하고 있는 것이었다. 그 순간 질투심으로 눈이 확 뒤집혀버린 가리왕은 세존이 궁녀들을 유혹했다고 욕설을 퍼부었다.

그러나 인욕선인은 태연한 얼굴로 말했다.

"나는 궁녀들을 추호도 탐낸 일이 없소이다."

그러자 가리왕은 칼을 빼어 들어 선인인 세존의 몸을 내리쳐 깊은 상처를 내면서 소리쳤다.

"이래도 내 시녀들을 탐냈다고 이실직고하지 않겠다는 말이냐?"

그러나 선인은 미동도 않고 "나는 지금 인욕계(忍辱戒)를 하고 있는 중이오"하고 말하면서 태연자약했다.

가리왕은 성이 머리끝까지 치밀었다. 그러자 이번에는 선인의 몸을 칼로 찌르면서 물었다.

"이래도 아프지 않느냐?"

"예 아프지 않소."

그러자 가리왕은 더욱더 화가 치밀어 칼로 선인의 사지를 찢고 뼈를 마디마디 난도질을 했다.

"이래도 너는 원통하지도 않고, 화도 나지 않는단 말이냐?"

"내 이미 있지 않거늘 누가 성을 내고, 누가 무엇을 원통해한단 말이냐?"

선인은 의연히 태연자약하게 말했다. 그때 하늘이 노하여 가리왕에게 돌비를 퍼부었다. 그 통에 가리왕은 혼비백산하여 초주검이 되었다.

선인은 그때서야 조용한 목소리로 꾸짖었다.

"너는 여자 때문에 애꿎은 내 몸을 이렇게 갈가리 찢고 토막을 내었으나 나는 여자를 탐낸 일이 없다. 내가 내세에 불도를 성취하는 날 반드시 지혜의 칼로 너의 극악한 마음을 도려내어 바로잡아 놓으리라.”

　가리왕은 벌벌 떨면서 아무 말도 못했고, 선인은 어느 틈에 아무런 상처도 없는 몸으로 원상회복되어 있었다 한다.

　＊ 일체의 상은 곧 상이 아니다 : 일체의 상 속에서 상 아님을 보아야 비로소 여래도 진리도 볼 수 있다고 여래는 시종일관 강조하고 있다.『금강경』의 일관된 주제이다.

　＊ 일체의 중생은 곧 중생이 아니다 : 일체의 상은 곧 상이 아니라는 말과 같은 맥락이다. 제행무상(諸行無常)이라는 말 그대로 삼라만상은 시시각각으로 변하므로 고정불변하는 것은 아무것도 없다. 우주도 지구도 만물만생도, 정신세계도 중생도 모두가 무상(無常)하고 허망하다.

　영원불변하는 것은 아무것도 없다. 따라서 중생도 무상하다. 바로 이 아무것도 없는 데서, 그리고 무상 속에서 구도자는 진리를 발견한다. 이것을 일컬어 견성이라고 한다.

　＊ 실(實)도 없고, 허(虛)도 없다 : 실도 허도, 생(生)도 사(死)도, 유(有)도 무(無)도 다 초월한 것이 실상이다.

제15장 무한 공덕

　수보리야, 만약에 어떤 선남선녀가 아침나절에 갠지스강의 모래알만큼 몸으로 보시하고, 낮 나절에도 다시 갠지스강의 모래알만큼 많이 몸으로 보시하고, 저녁나절에도 또다시 갠지스강의 모래알만큼 많이 몸으로 보시하기를 이루 헤아릴 수 없는 백천만억겁년(百千萬億劫年)을 두고 계속했다고 치자.

그런데 여기에 또 다른 어떤 사람이 이 경전(『금강경』)을 듣고는 거역하는 마음을 일으키지 않고 오직 믿는 마음만 지니고 있다 해도 방금 전에 말한 복덕(福德)보다 훨씬 클 것인데, 하물며 이 경을 베껴 쓰고 받아지니고, 읽고 외우고 남이 알아듣도록 해설하는 공덕이야 더 말해 무엇 하겠느냐?

수보리야, 요컨대 이 경이야말로 실로 불가사의하고, 가히 측량할 수 없는 무한한 공덕을 지니고 있느니라.

그러므로 여래는 모든 구도심을 품은 사람들을 위하여 이 경을 설한 것이요, 또한 최상의 이타행을 하는 사람들을 위하여 이 경을 설했느니라.

만약에 어떤 사람이 이 경을 순순히 받아들이고 읽고 외우고 이웃에 널리 설한다면, 여래는 그 사람을 늘 잘 살펴서 알고 있으므로 그가 실행하고 있는 헤아릴 수 없고, 이루 말할 수 없고, 가없는 불가사의한 공덕은 모두 유감없이 성취될 것이니라. 이러한 사람들은 곧 여래의 최고의 깨달음을 터득하여 자기 것으로 만들 것이니라.

내가 왜 이렇게 말하는고 하니, 수보리야, 만약에 작은 법을 즐기는 자는 아견(我見), 인견(人見), 중생견(衆生見), 수자견(壽者見)에 사로잡혀 이 경을 알아듣지도 받아들이지도 읽지도 외우지도 못하고, 더구나 이웃에게 설하는 일은 꿈도 꾸지 못할 것이기 때문이니라.

수보리야, 만약 이 세상, 가는 곳마다 어디든지 이 경이 있다면 일체의 천상계(天上界), 인간계(人間界), 아수라계(阿修羅界)가 기필코 공양할 것이니 너는 마땅히 이것을 알아야 할지니라. 그곳은 곧 탑(塔)이 되어 모두들 응당 공경하고 예배 드리고 에워싸고 돌며 갖가지 꽃과 향을 그곳에 뿌리게 될 것이니라."

〈해설〉

✻ 작은 법을 즐기는 자 : 소법(小法) 즉 소승(小乘)에 만족하는 자를 말한다. 자기 한몸만 생각하고 어떻게 하든지 극락세계에만 태어나겠다는, 생각이 좁고 용렬한 사람을 말한다.

✻ 아견(我見) : 일명 신견(身見)이라고도 한다. '나'라고 하는 것은 원래 사대(四大) 요소 즉 흙, 물, 불, 바람이 인연 따라 모여서 생긴 것이므로 일단 숨이 끊어지면 원래의 사대(四大)로 되돌아가는데도 잘못 알고 나의 소유에 집착하는 견해이다.

✻ 인견(人見) : 우리 인간은 만물의 영장이므로 지옥 중생이나 축생과는 다른 우월한 존재라는 견해이다.

✻ 중생견(衆生見) : 괴로운 것을 싫어하고 편리하고 즐거운 것만을 탐내는 중생들의 그릇된 집착에 빠진 견해.

✻ 수자견(壽者見) : 인간은 길든 짧든 하늘에서 수명을 부여 받았다고 집착하는 견해.

제16장 무량한 과보

"그리고 또 수보리야, 어떤 선남선녀가 이 경을 마음으로 받아들여 고이 간직하고 외웠다고 해서 남에게 경멸과 천대를 받았다면, 그 사람은 원래 전생에 지은 죄업으로 인하여 마땅히 악도(惡道)에 떨어져야 할 것이로되, 바로 이 경 때문에 세상 사람들에게서 경멸과 천대를 받았으므로 전생에 지은 죄업이 곧 소멸되어 반드시 구경각(究竟覺)을 얻게 될 것이니라.

수보리야, 나는 이렇게 생각하느니라. 내가 살아온 지난날의 헤아릴 수 없는 아득한 아승기겁을 생각해 보니, 그때 연등불(燃燈佛)이 나시기 전에 팔백사천만억 나유타(八百四千萬億 那由他)의 여러 부처님들을 모두 다 만나 보고 이들에게 다 공양하고, 그들의 뜻을 받들어 섬기고 하여 한 분도 헛되이 지나쳐버린 일이 없었느니라.

만약에 또 어떤 사람이 있어 후말법(後末法) 세상에 능히 이 경을 받아들여 읽고 외우고 하여 얻은 공이야말로 내가 여러 부처에게 공양한 공덕 따위는 그 백분의 일에도, 아니 그 발뒤꿈치에도 미치지 못할 것이니라.

수보리야, 만약에 후말법 세상에서 이 경을 받아 지니고 읽고 외우는 사람의 공덕을 내가 다 말한다면, 어떤 사람은 그 내용이 하도 엄청나서 무슨 말인지 도무지 알아들을 수 없어서 당황한 나머지 여우처럼 의심을 품게 될 것이다.

수보리야, 너는 마땅히 알아야 한다. 이 경은 그 뜻도 가히 이해하기 어렵거니와 그 과보(果報) 역시 쉽사리 짐작하기 어려우니라.”

〈해설〉

＊ 최고의 깨달음, 구경각(究竟覺), 지혜의 완성 : 아뇩다라삼먁삼보리를 필자는 이렇게 의역했다.

＊ 아뇩다라삼먁삼보리 : 원어를 직역하면 ‘최상의 올바른 깨달음으로 향하는 마음’이 된다. 무상정등정각(無上正等正覺) 또는 무상정등각(無上正等覺)이라고 한역된다. 아뇩다라는 위가 없다, 즉 무상(無上)이고, 삼먁은 바르고 평등하다, 즉 정등(正等)이고, 삼보리는 성문(聲聞) 보리, 연각(緣覺) 보리, 제불(諸佛) 보리로서, 모든 진리를 똑바로 깨달은 부처의 마음을 뜻한

다. 육조 혜능은 무상정변지(無上正偏智)라고 해석했다.

＊ 아승기겁(阿僧祇劫) : 산수(算數)로는 표현할 수 없는 가장 많은 수를 가리키는 인도어.

＊ 팔백사천만억 나유타(八百四千萬億 那由他) : 가장 많은 수를 말한다.

＊ 후말법(後末法) 세상 : 사람들의 마음이 타락하여 온갖 죄악이 날뛰는 시대.

제17장 무아법

이때 수보리가 부처에게 말했다.

"세존이시여, 선남선녀들이 구경각을 얻으려면 어떻게 머물러야 하고 행동해야 하고, 어떻게 마음을 항복받아야 마땅하오리까?"

부처가 수보리에게 말했다.

"만약에 선남선녀로서 최고의 깨달음을 얻으려는 자는 일체 중생으로 하여금 인과에서 벗으나 깨달음(멸도(滅度))을 얻도록 제도해야 하리라. 그리고 일체중생이 다 멸도(滅度)한 뒤에도 실은 한 중생도 멸도한 자가 없다고 해야 하리라.

그것은 무슨 까닭인고 하니, 수보리야, 만약에 보살이 아상, 인상, 중생상, 수자상을 가지면 곧 보살이 아니기 때문이니라. 또한 무슨 까닭인고 하니 수보리야, 정해진 법이 없어야 구경각을 얻을 수 있기 때문이니라.

수보리야, 네 생각엔 어떠하냐? 여래가 연등불의 처소에서 정해진 법이 있어서 구경각을 얻었겠느냐?"

"그렇지 않사옵니다, 세존이시여. 제가 부처님의 말씀을 듣고 이해한 바로는, 부처님께서는 연등불의 처소에서 정해진 법이 있어서 구경각을 얻으신 것은 아니옵니다."

부처가 말했다.

"그러하니라. 참으로 그러하니라. 수보리야, 실인즉 정해진 법이 있어서 여래가 최고의 깨달음을 얻은 것은 아니니라.

수보리야, 만약에 정해진 법이 있어서 여래가 구경각을 얻었다면 연등불이 나에게 수기(授記)를 주면서 '네가 내세에 반드시 부처가 될 것이고, 이름을 석가모니라 하리라'고 하지는 아니하였을 것이니라. 실상은 정해진 법이 없어야 구경각을 얻을 수 있으므로 연등불이 나에게 수기를 주면서 '너는 내세에 반드시 부처가 될 것이니 이름을 석가모니라 하리라'는 말씀을 하셨느니라.

왜 그런고 하니, 여래라 함은 곧 모든 법이 진리인 그대로 여여(如如)하다는 뜻이기 때문이니, 만약에 어떤 사람이 '여래가 구경각을 얻었다'고 말할지라도, 수보리야, 실제로는 정해진 법이 없이 부처님이 구경각을 얻은 것이니라.

수보리야, 여래가 얻은 구경각 가운데에는 참된 것도 없고 허망한 것도 없느니라. 그러므로 여래가 설하기를 일체의 법이 모두 불법이라 한 것이니라.

수보리야, 일체법(一切法)이라고 하는 것은 곧 일체법이 아니니라. 그러므로 그 이름이 일체법이니라.

수보리야, 비유해서 말하자면 사람의 몸이 장대(長大)하다는 것과 같은 것이니라."

수보리가 말했다.

"세존이시여, 여래께서 사람이 장대하다고 말씀하신 것은 장대한 몸을 두고 말씀하신 것이 아니라, 다만 그 이름을 장대한 몸이라 하셨을 뿐이옵니다."

"그러하니라. 수보리야, 보살도 또한 이와 같아, 만약 '나는 응당 헤아릴 수 없이 많은 중생을 멸도했다'고 말했다면 그는 보살이라는 이름으로 부를 수 없을 것이니라.

왜 그러냐 하면, 수보리야, 사실은 정해진 법이 없어야 보살이라는 이름으로 부를 수 있기 때문이니라. 그러므로 여래께서는 설파하시기를 일체법이란 아상도 인상도 중생상도 수자상도 없는 것이라고 하셨느니라.

수보리야, 만약에 보살이 '내가 마땅히 불토(佛土)를 장엄(莊嚴)하리라'고 말했다면 그는 보살이라는 이름으로 부를 수 없나니라. 왜 그러냐 하면 여래가 말한 불토장엄은 그것이 곧 장엄하는 것이 아니고 그 이름을 장엄이라고 말하기 때문이니라.

수보리야, 만약에 보살이 무아법(無我法)에 통달한 사람이라면 여래는 그를 참다운 보살이라고 말할 것이니라."

〈해설〉

＊ 아상(我相) : 실재(實在)하지도 않는 '나'라는 상(相)에 집착하는 것.

＊ 인상(人相) : 사람은 만물의 영장(靈長)이라는 우월감에 사로잡혀 사람 이외의 중생들을 멸시하는 것.

＊ 중생상(衆生相) : 괴로운 것을 싫어하고 즐거운 것을 탐하는 동물적인 신념에 집착하는 중생들의 그릇된 아집.

＊ 수자상(壽者相) : 사람은 길든 짧든 간에 하늘이 정한 수명을 타고났

다는 생각에 집착하는 것.

　＊ 수기(授記) : 부처가 어떤 사람에게 '장래에 깨달은 사람이 될 것이라'고 예언하는 것.

　＊ 석가모니(釋迦牟尼) : 석가는 샤카라는 종족의 이름을 말하고, 모니는 무니 즉 성자(聖者)라는 뜻이므로 샤캬족의 성인이라는 말이 된다.

　＊ 일체법(一切法) : 우주 전체의 삼라만상.

　＊ 보살(菩薩) : 상구보리(上求菩提) 하화중생(下化衆生) 하려는 구도자.

　＊ 멸도(滅度) : 인과를 여의고 진리를 깨닫는 것.

　＊ 장엄(莊嚴) : 아름답고 좋은 것으로 꾸미고 장식하는 것.

　＊ 무아법(無我法) : '나'라는 것은 원래 인연 화합으로 일시적으로 나타난 현상일 뿐 실상이 없는 것.

제18장 마음 아닌 마음

"수보리야, 네 생각엔 어떠하냐? 여래에게 육안(肉眼)이 있다고 보느냐?"

"그러하옵니다, 세존이시여. 여래께서는 육안이 있사옵니다."

"수보리야, 그렇다면 네 생각엔 어떠하냐? 여래에게 천안(天眼)이 있겠느냐?"

"있사옵니다, 세존이시여. 여래께서는 천안이 있사옵니다."

"수보리야, 그러면 네 생각엔 어떠하냐? 여래에게 혜안(慧眼)이 있겠느냐?"

"있사옵니다, 세존이시여. 여래께서는 혜안이 있사옵니다."

"수보리야, 그럼 네 생각엔 어떠하냐? 여래에게 법안(法眼)이 있겠느냐?"

"있사옵니다, 세존이시여. 여래께서는 물론 법안이 있사옵니다."

"수보리야, 네 생각엔 어떠하냐? 여래에게 불안(佛眼)이 있겠느냐?"

"있사옵니다, 세존이시여. 여래께서는 분명 불안이 있사옵니다."

"수보리야, 네 생각엔 어떠하냐? 갠지스강 속의 모래알에 대하여 여래가 말한 일이 있느냐?"

"있사옵니다, 세존이시여. 여래께서는 모래알에 대하여 말씀하신 일이 있사옵니다."

"수보리야, 그렇다면 네 생각엔 어떠하냐? 하나의 갠지스강 속의 모래알 수효만큼의 갠지스강이 있다고 치자. 그 모든 갠지스강의 모래알만큼의 부처님의 세계가 있다면 많다고 하겠느냐?"

"엄청나게 많다고 할 수 있겠사옵니다. 세존이시여."

부처가 수보리에게 말했다.

"수보리야, 그렇게 많은 부처님 세계 속에 있는 모든 중생들의 온갖 종류의 마음을 여래는 남김없이 다 알고 있느니라. 왜 그런고 하니, 여래는 모든 마음이 다 마음이 아니라고 설하고, 다만 이를 이름 하여 마음이라 설했기 때문이니라.

무슨 말인고 하니, 수보리야, 과거의 마음도 헤아릴 수 없고, 현재의 마음도 헤아릴 수 없고, 미래의 마음도 헤아릴 수 없기 때문이니라."

〈해설〉

＊ 육안(肉眼) : 시간과 공간 그리고 물질의 제한을 받는 무명(無明) 중

생들의 눈.

　＊ 천안(天眼) : 육안으로는 볼 수 없는, 수행을 통하여 얻은, 시공과 물질의 한계를 초월하여 사물을 볼 수 있는 눈을 말하는 데 이것을 수득천안(修得天眼)이라 하고, 천상(天上)에 태어남으로써 얻는 눈이 있는데 이것을 생득천안(生得天眼)이라고 한다.

　＊ 혜안(慧眼) : 우주의 진리를 보는 지혜의 눈이기는 하지만 아직은 중생을 제도할 단계엔 이르지 못한 눈을 말한다.

　＊ 법안(法眼) : 일체의 사물의 진상을 분명하게 꿰뚫어 볼 수 있는 눈. 보살은 이 눈으로 중생들을 제도한다고 한다.

　＊ 불안(佛眼) : 부처의 지혜의 눈.

　＊ 과거의 마음도 헤아릴 수 없고, 현재의 마음도 헤아릴 수 없고, 미래의 마음도 헤아릴 수 없기 때문이니라 : 과거의 마음도 현재의 마음도 미래의 마음도 실은 상(相)이 없으므로 헤아릴 수 없다는 뜻이다. 상(相) 속에서 상(相) 아닌 것을 보아야 진상(眞相)을 볼 수 있음을 말하고 있다.

제19장 복덕 없는 복덕

"수보리야, 너는 어떻게 생각하느냐? 만약에 어떤 사람이 삼천대천세계(三千大千世界)를 가득 채울 만한 칠보(七寶)로서 보시를 한다면 그 사람은 이 인연으로 하여 얻는 복덕(福德)이 많지 않겠느냐?"

"그렇사옵니다. 세존이시여. 그 사람은 이 인연으로 하여 얻은 복덕이 이루 헤아릴 수 없을 것이옵니다."

"수보리야, 만약에 복덕이라는 것이 진실로 있는 것이라면 여래는 복덕이 많다고 말하지 않았을 것이니라. 복덕이라는 것은 본래부터 없는 것이기 때문에 여래는 복덕을 많이 얻을 것이라고 말했느니라."

〈해설〉

만약에 복덕이라는 것이 진실로 있는 것이라면 여래는 복덕이 많다고 말하지 않았을 것이니라. 복덕이라는 것은 본래부터 없는 것이기 때문에 여래는 복덕을 많이 얻을 것이라고 말했느니라 : 이것 역시 유상(有相) 속에서 무상(無相)을 보아야 진상(眞相)을 볼 수 있다는 진리를 말한 것이다.

만약에 정말 복덕이 있는 것이라면 제아무리 많다고 해도 그 수량에는 한계가 있을 것이므로 시공(時空)과 물질의 제한을 벗어날 수 없을 것이므로 사실은 없는 것이다. 이렇게 한정되어 있는 것을 보고 여래가 많다고 말할 리가 없는 것이다.

모든 상은 실은 무상이기 때문이다. 따라서 진정한 의미의 복덕이라면 이처럼 제한을 받을 리가 없는 것이어야 한다. 오감(五感)으로 측량할 수도 없고 마음으로 헤아릴 수도 없는 무궁무진한 무상(無相)의 복덕만이 진정한 복덕이므로 여래는 '복덕을 많이 얻을 것이라'고 말했던 것이다.

제20장 색과 상

"수보리야, 네 생각엔 어떠하냐? 부처가 색신(色身)을 다 갖추고 있기 때문에 부처로 보느냐, 아니면 색신을 다 갖추고 있지 않기 때문에 부처로 보느냐?"

"그렇지 않사옵니다, 세존이시여. 여래가 색신을 다 갖추고 있다고 보아서는 아니 되옵니다. 왜냐하면 여래께서는 '색신을 다 갖추고 있다는 것은 곧 색신을 갖추고 있는 것이 아니라'고 말씀하셨기 때문이옵니다. 이것을 보고 다만 색신을 갖추고 있다고 이름 붙였을 뿐이옵니다."

"수보리야, 네 생각엔 어떠하냐? 여래가 모든 상을 다 갖추고 있다고 해서 여래로 보느냐, 그렇지 않으면 모든 상을 다 갖추지 않았기 때문에 여래로 보느냐?"

"그렇지 않사옵니다. 세존이시여. 여래가 모든 상을 다 갖추고 있다고 보아서는 아니 되옵니다. 왜냐하면, 여래께서 '모든 상을 다 갖추고 있다는 것은 곧 모든 상을 갖추고 있지 않은 것이니라'고 말씀하셨기 때문입니다. 이것을 보고 다만 모든 상을 다 갖추었다고 이름 붙였을 뿐이옵니다."

〈해설〉

＊ 모든 상(相) : 부처의 32상(三十二相).

＊ 삼십이상(三十二相) : 부처가 갖고 있는 보통 사람과는 다른 서른두 가지 색다른 신체적 특징. 예를 들면 발바닥이 판판하고 손바닥에 수레바퀴 같은 손금이 있다든가 하는 서른두 가지 신체적 특징을 말한다.

제21장 가르칠 법이 없다

"수보리야, 너는 내가 응당 법을 가르쳤다고 생각해서는 아니 되느니라. 왜냐하면, 어떤 사람이 '여래가 법을 가르쳤다'고 말한다면 그것은 부처를 비방하는 것이 될 뿐만 아니라 내가 말하는 뜻을 제대로 이해하지 못한 것이기 때문이니라.

수보리야, 법을 가르친다고 하나 실은 가르칠 만한 법이 없는 것이고, 다만 이것을 법을 가르친다고 이름 지었을 뿐이니라.

그때에 혜명(慧命) 수보리가 부처에게 말했다.

"세존이시여, 다가오는 미래세(未來世)에 많은 중생들이 이러한 법의 가르침을 듣고 믿는 마음이 생기겠습니까?"

부처가 말했다.

"수보리야, 그들은 중생이 아니며 중생 아닌 것도 아니니라. 왜냐하면, 수보리야, 여래는 '중생, 중생 하는 자는 실은 중생이 아니라'고 말했기 때문이니라. 다만 이것을 중생이라고 이름 지었을 뿐이니라."

〈해설〉

＊ 부처를 비방하는 것이... : 본래 가르치는 자도 없고 가르치는 법도 없고 가르침 자체도 없는데, 부처가 법을 가르쳤다고 한다면 그것은 틀림없이 부처를 비방하는 것이 될 수밖에 없다. 오직 법을 가르친다는 이름이 있을 뿐이다.

＊ 법을 가르친다고 하나 실은 가르칠 만한 법이 없는 것이고... : 법은 본래 공(空)한 것인 이상 가르칠 만한 법이 따로 있을 수 없다는 말이다. 유상(有相) 속에서 무상(無相) 즉 공을 보아야 진리를 볼 수 있는 것이다.

＊ 혜명(慧命) : 존귀한 사람의 이름 앞에 붙이는 일종의 존칭.

＊ 그들은 중생이 아니며 중생 아닌 것도 아니니라 : 모든 중생에게는 빠짐없이 불성(佛性)이 있으므로 고정불변하는 중생 같은 것은 있을 수 없다. 생로병사의 무명(無明)에 사로잡혀 윤회를 거듭하면 중생이고 진리를 깨달아 무명에서 벗어나면 누구나 부처인 것이다.

제22장 얻은 것이 없다

수보리가 부처에게 말했다.

"세존이시여, 부처님께서 구경각을 얻으신 것은 얻은 일이 없는 것이 되옵니까?"

부처가 말했다.

"그러하니라. 진실로 그러하니라. 수보리야, 내가 구경각의 경지에 도달했다고 하지만 거기에서는 조그마한 법도 얻을 것이 없으며, 다만 그 이름이 곧 구경각일 뿐이니라."

〈해설〉

＊ 얻으신 것은 얻은 일이 없는 것이 되옵니까? : 비록 구도자가 각고의 수행 끝에 최상의 깨달음을 얻었다고 해도 자기가 그러한 깨달음을 얻었다는 상에 사로잡히거나 그것에 집착하게 되면 그것은 진정한 깨달음이라고 할 수 없다. 추호라도 집착하거나 자만하게 되면 그것은 이미 구경각도 무상정등정각도 아뇩다라삼먁삼보리도 아닌 것이다.

충무공 이순신은 최후까지 목숨을 바쳐 나라를 구했건만 숨을 거두는 순간까지 자기가 나라를 구했다는 생각 같은 것은 추호도 가져 본 일이 없다. 숨이 넘어가는 찰나도 자기의 죽음을 싸움이 끝날 때까지 외부에 알리지 말라고 부하들에게 유언함으로써 오직 자기 직분에 최선을 다했을 뿐이다.

바로 이 때문에 그는 세월이 흐를수록 위대한 구국의 성웅으로 높이 떠받들려지는 것이다. 그는 결코 어떤 퇴직 고관처럼 자기가 위기에서 나라를 구했다는 공치사 따위를 입에 올리는 어리석음은 저지르지 않았다.

제23장 선법 아닌 선법

"다시 이르겠노라. 수보리야, 이 법은 평등하여 높고 낮음이 있을 수 없나니라. 그리하여 그 이름을 무상정등정각(無上正等正覺) 즉 아뇩다라삼먁삼보리라 하느니라.

아(我)도 인(人)도 중생(衆生)도, 수자(壽者)도 없는 마음으로 일체 선법(善法)을 닦으면 곧 구경각을 얻으리라.

수보리야, 내가 말한 선법이란 무엇이겠느냐? 여래가 말한 대로 선법이란 곧 선법이 아니고 다만 이름이 선법일 뿐이니라."

〈해설〉

＊ 선법(善法) : 이름 그대로 사람을 착하게 만드는 법이다. 오계(五戒), 십선(十善), 삼학(三學), 육바라밀(六波羅密) 같은 것이 있다.

오계(五戒)는
1. 살생하지 말 것,
2. 남의 물건을 훔치지 말 것,
3. 음란한 짓을 하지 말 것,
4. 거짓말하지 말 것,
5. 술 마시지 말 것.

십선(十善)은

1. 살생하지 말 것,

2. 도둑질하지 말 것,

3. 음란한 짓을 하지 말 것,

4. 남의 험담을 하지 말 것,

5. 한 입으로 두말하지 말 것,

6. 욕하지 말 것,

7. 자기 이익을 챙기려고 말을 꾸며서 하지 말 것,

8. 탐욕하지 말 것,

9. 성내지 말 것,

10. 사견(邪見)을 갖지 말 것.

삼학(三學)은

1. 계율을 지킬 것,

2. 선정(禪定)을 할 것,

3. 지혜(智慧)를 닦을 것.

육바라밀(六波羅密)은

1. 보시(布施),

2. 지계(持戒),

3. 인욕(忍辱),

4. 정진(精進),

5. 선정(禪定),

6. 지혜(智慧).

위에 나온 오계, 십선, 삼학, 육바라밀을 공부한 뒤에는 아상, 인상, 중생상, 수자상의 사상(四相)에 얽매이지 않는 마음이 되어 선법이 곧 선법이 아니고 다만 이름만이 선법인 경지에 들어야 견성과 해탈에 도달할 수 있다.

제24장 칠보와 사행시의 비교

"수보리야, 만약에 삼천대천세계 속에 있는 모든 산 중의 왕인 수미산 크기만 한 칠보의 무더기를 가지고 어떤 사람이 보시를 한다고 치자. 그리고 또 어떤 사람이 이『금강경』속에 있는 사행시 하나만이라도 소화하여 마음에 늘 지니고 읽고 외우고 남에게 가르친다고 하자.

그러면 앞의 복덕은 뒤의 것의 백분의 일에도 아니, 백천억만분의 일에도 미치지 못할 것이며, 어떠한 숫자의 비유로도 능히 미치지 못할 것이니라."

〈해설〉

이 장에서도『금강경』의 진정한 보시에 대한 일관된 가르침이 강도 높게 되풀이되고 있다. 배고픈 사람에게 밥을 주고 병든 사람의 병을 고쳐 주는 것도 큰 공덕이지만, 그것보다 훨씬 더 큰 공덕은 생로병사의 무명 속에 빠져 허덕이면서도 그것을 모르고 있는 중생에게 진리를 일깨워 주는 것이다.

제25장 제도할 중생이 없다

"수보리야, 네 생각엔 어떠하냐? 너희들은 여래가 '내가 마땅히 중생을 제도해야 할 것이라'고 생각할 줄 아느냐? 그렇지 않느니라.

수보리야, 행여 이런 생각을 갖지 않도록 하여라. 무슨 연유인고 하면 실은 여래가 제도할 중생이 없기 때문이니라. 만약에 여래가 제도할 중생이 있다고 생각한다면 여래에게는 곧 아상, 인상, 중생상, 수자상의 사상(四相)이 있는 것이 되느니라.

수보리야, 여래가 '내'가 있다고 말한 것은 정말 '내'가 있어서 그런 것이 아니라, 범부들이 '내'가 있다고 생각하는 것을 그렇게 말한 것이니라.

수보리야, 범부라고 하는 것마저도 실은 범부가 아니고 다만 그 이름이 범부일 뿐이라고 여래는 말할 따름이니라."

〈해설〉

25장 역시 상 속에서 상 아님을 보아야 진상(眞相)을 볼 수 있다는 것을 새삼 부처는 강조하고 있다.

제26장 법신은 상이 아니다

"수보리야, 네 생각엔 어떠하냐? 32상(三十二相)을 가지고 여래라고 과연 인정할 수 있겠느냐, 없겠느냐?"

수보리가 대답했다.

"그러하옵니다, 세존이시여. 32상으로 응당 여래를 알아볼 수 있사옵니다."

부처가 말했다.

"수보리야, 만약에 32상으로 여래를 알아본다면 전륜성왕(轉輪聖王)도 여래라고 할 수 있겠구나."

그러자 수보리가 부처에게 다시 아뢰었다.

"세존이시여, 방금 생각났습니다만 부처님께서 말씀하신 뜻을 새겨들었다면 32상을 가지고는 여래를 인정할 수 없사옵니다."

이때 부처는 시구(詩句)로 다음과 같이 가르쳤다.

"만약에 겉모습으로 나를 알아보려 하거나

목소리로 나를 찾는다면

그는 분명코 잘못된 길을 가고 있나니

끝끝내 여래를 볼 수 없으리라."

〈해설〉

＊ 전륜성왕(轉輪聖王) : 법의 수레를 굴렸다는 고대 인도의 아쇼카 왕. 하늘을 날아다닐 수 있어서 비행황제(飛行皇帝)라고도 한다. 몸에 32상을 지니고 있지만 아직 부처와 같은 최고의 깨달음을 얻지는 못했다고 한다.

제27장 끊어짐도 없어짐도 없다

"수보리야, 너는 어떻게 생각하느냐? 32상을 갖추었다고 해서 여래가 최상의 깨달음을 과연 얻었을 것 같으냐? 너는 그렇게 생각해서는 아니 되느니라.

왜냐하면 32상을 갖추었다고 해서 여래가 구경각을 진정으로 얻는 일은 없기 때문이니라. 여래는 32상을 갖추지 않았기 때문에 최상의 깨달음을 얻었느니라.

수보리야, 너는 행여 '구경각의 경지에 오른 자에게는 모든 법이 끊어지거나 없어진다'고 생각할지도 모른다. 그러나 그렇게 생각해서는 아니 될 것이니라.

왜냐하면 구경각의 경지에 오른 자에게는 법이 끊어지거나 없어지는 일은 결코 없기 때문이니라."

〈해설〉

구경각을 얻는 데는 32상과 관련이 없지만, 또 한편 생각하면 아주 관련이 없는 것도 아니다. 그러나 여기서 간과해서는 안 될 것은 구경각은 32상과는 관련이 없다고 부인하는 생각 자체까지 없애 버리라는 것이 여래의 주문이다.

'구경각의 경지에 오른 자에게는 법이 끊어지거나 없어지는 일은 결코 없다'는 말도 같은 맥락에서 이해되어야 한다. 긍정에 집착해서도 안 되고 부정에 집착해서도 안 되며, 무에 집착해서도 안 되고 그렇다고 유에 집착해서도 안 된다. 좌우간에 일체의 집착에서 떠나야 비로소 진리를 볼 수 있음을 가르치고 있다.

제28장 탐냄도 집착도 없다

"수보리야, 만약에 어떤 보살이 갠지스강의 모래알 수효와 같은 세계에 가득찰 만큼 많은 칠보로서 보시를 한다고 치자.

그리고 여기 또 다른 누군가가 있어서 일체법이 무아임을 알고 인(忍)을 얻어 도를 성취했다고 한다면, 이 보살이 얻은 공덕은 앞에 말한 보살이 얻은 공덕과는 도저히 비교도 할 수 없이 두드러질 것이다. 왜 그러냐 하면 모든 보살은 복덕을 받지 않기 때문이니라."

수보리가 부처에게 말했다.

"세존이시여, 보살은 무엇 때문에 복덕을 받지 않는다고 하시나이까?"

"수보리야, 보살은 지은 복덕을 탐내거나 집착해서는 아니 될 것이니라. 그렇기 때문에 복덕을 받지 않는다고 말한 것이니라."

〈해설〉

＊ 일체법이 무아임을 알고 : 촉목보리(觸目菩提)라는 말이 있다. 깨닫고 보면 눈에 보이는 모든 것 속에 진리 아닌 것이 없다는 뜻이다. 일체법 역시 일체 만물이 갖는 진리를 말한 것이다. 이처럼 일체가 다 진리임을 깨닫게 되면 자아가 따로 없게 되므로 차라리 무아라고 표현하는 것이 합당하다.

＊ 인(忍)은 참는다는 뜻. 인내(忍耐), 인내심(忍耐心) 이외에도 사물을 인정하여 확실하게 시인한다는 뜻도 들어 있다. 그래서 이것을 인가결정(忍可決定)이라고 한다.

다시 말해서 자기의 뜻에 맞지 않는 환경이나 어떤 사태에 대해서 화를 내거나 불쾌한 감정을 품지 않고 참고 견디거나, 이보다 한 걸음 더 적극적으로 나아가 어떠한 환경이나 사태에든지 자기 마음을 순응시킴으로써 도리어 편안한 마음을 갖게 되어 외부의 어떠한 조건에 의해서도 동요되지 않는 것을 말한다.

✽ 인(忍)에는 2인(二忍), 3인(三忍), 4인(四忍), 5인(五忍)이 있다.

2인(二忍)은 중생인(衆生忍)이라고도 하는데, 일체 중생에게 성내지 않고 원망하지 않고 보복하지 않고 참는 것이다. 우리 속담에도 참을 인(忍)자 셋이면 살인도 면한다는 말이 있다. 2인(二忍)에는 또 생인(生忍)과 법인(法忍) 두 가지가 있다.

· 생인(生忍)은 남이 나를 욕하고 때리고 해꼬지해도 성내지 않고 참아내는 것.

· 법인(法忍)이란 추위, 더위, 굶주림, 생로병사 등에 대해 번민이나 원망을 하지 않고 잘 참아내고, 희로애락 등 정신적인 번뇌를 잘 견디어내는 것이다.

3인(三忍)에는 내원해인(耐怨害忍), 안수고인(安受苦忍), 관찰법인(觀察法忍)이 있다.

· 내원해인(耐怨害忍)은 남에게서 박해를 당하더라도 참고 견디면서, 자기의 전생과 과거의 숙업(宿業)을 생각하고 다른 사람의 원망과 해꼬지를 참아내는 것.

· 안수고인(安受苦忍)은 질병, 수화(水火), 도장(刀杖)으로 인한 고통을 참아내는 것, 또는 부처가 된다는 큰 뜻을 품고 추위와 더위의 괴로움을 견디어내는 것.

· 관찰법인(觀察法忍)은 모든 법의 체성(體性)이 태어나지도 사라지지도

않는다는 것을 관찰하고 바위처럼 묵직하게 마음을 움직이지 않는 것.

4인(四忍)에는 무생인(無生忍), 무멸법인(無滅法忍), 인연인(因緣忍), 무주인(無住忍)이 있다.

· 무생인(無生忍)은 불생불멸의 진리를 깨닫고 실천함으로써 거기에 안주하여 전연 마음의 동요가 없는 것.

· 무멸법인(無滅法忍)은 일체의 법은 본래 생기는 법도 없고 멸하는 법도 없다는 진리를 직접 인정하면서 계율을 지켜 나가는 것이다.

· 인연인(因緣忍)은 일체의 법은 모두 다 인연으로 인하여 생기는 것이며 그 자체가 변하지 않는 것이 없다는 진리를 깨닫는 것이다.

· 무주인(無住忍)은 모든 법에 집착하지 않는 것이다.

5인(五忍)에는 복인(伏忍), 신인(信忍), 순인(順忍), 무생인(無生忍), 적멸인(寂滅忍)이 있다.

· 복인(伏忍)은 번뇌를 완전히 끊은 것은 아니지만 일단은 제압하여 일어나지 않게 하는 것. 도심이 싹터서 부처가 되기까지를 10단계로 볼 때, 1단계 이전의 상태.

· 신인(信忍)은 아미타불을 염하면 구원받는다는 것을 믿어 의심치 않는 것. 또는 모든 욕심을 비우고 진정한 지혜가 발현되어 불(佛) 법(法) 승(僧)의 삼보(三寶)를 믿는 마음이 일어나는 것. 1, 2, 3단계.

· 순인(順忍)은 진리에 순응하여 무생의 깨달음을 향하는 것. 4, 5, 6단계.

· 무생인(無生忍)은 일체의 법은 모두 자성(自性)이 공적(空寂)해서 본태는 나타나지 않는 것이라는 것을 깨달아 보살계를 참고 지켜 나가는 것. 7, 8, 9단계.

· 적멸인(寂滅忍)은 모든 의혹에서 벗어나 적정(寂靜)의 깨달음에 안주(安住)하여 부처가 되는 것. 10단계.

제29장 오는 것도 가는 것도 아닌 여래

"수보리야, 만약에 어떤 사람이 여래가 온다거나 간다거나 앉는다거나 눕는다거나 한다고 하면 이 사람은 내가 지금껏 말한 말뜻을 새기지 못한 것이니라. 왜 그러냐 하면 여래라고 하는 것은 본래 어디서 오는 것도 아니고, 그렇다고 해서 어디로 가는 것도 아니기 때문이니라. 그렇기 때문에 이름 하여 여래(如來)라 하느니라."

〈해설〉

여래가 온다거나 간다거나 앉는다거나 눕는다거나 : 겉으로 나타난 내거좌와(來去坐臥)의 네 가지 동작을 가지고 진정한 여래라고 속단해서는 안 된다는 뜻이다. 즉 색신(色身)과 법신(法身)을 혼동하지 말라는 것이다. 여래는 오고 가고, 앉고 눕는 상(相)이 있는 것이 아니지만 그것이 또 여래를 떠나 있지도 않다는 뜻이다.

여래라고 하는 것은 본래 어디에서 오는 것도 아니고, 그렇다고 해서 어디로 가는 것도 아니기 때문이니라 : 거울을 상상하면 쉽게 이해할 수 있는 문구다. 거울이란 그 거울에 비치는 상(相)에 따라 그때그때 모양을 바꾸지만 거울 그 자체에는 아무런 변함도 없다. 바로 이러한 특성을 따서 경허(鏡虛)라는 유명한 대선사(大禪師)의 법호도 나왔다.

여래도 이와 같아서 그 법신이 상이 아니며, 상이 아님도 아니므로 가는 일도 오는 일도 없고 변함도 없는 것이다.

우리는 진리를 볼 수도 있지만 보지 못할 수도 있다. 무엇 때문인가? 그것은 순전히 우리의 마음의 상태에 달려 있다. 마음에 한 점 욕심도 없고 걸린 것이 아무것도 없어서 온갖 집착에서 완전히 떠나 한 점 티도 없는 맑은 거울과 같다면 진리도 여래도 볼 수 있다. 그러나 그렇지 못하면 눈앞에서 움직이는 상(相)만 보일 뿐 언제까지나 진상(眞相)은 볼 수 없을 것이다.

그렇다면 진리는 무엇인가? 무슨 일이 있어도 어떠한 악조건 속에서도 모든 것을 수용하고 창조하는 조화를 일으키면서도 미동도 않는 마음의 평화이다. 흔들림 없는 마음의 고요가 바로 진리이다.

제30장 일합상

"수보리야, 만약에 어떤 선남선녀가 삼천대천세계를 쳐부수어 티끌을 만든다면, 네 생각에는 어떻겠느냐? 그 티끌들이 많다고 하겠느냐, 적다고 하겠느냐?"

수보리가 아뢰었다.

"아주 많사옵니다, 세존이시여. 왜 그런고 하오면, 만약에 그 티끌들이 정말 있는 것이라면, 부처님께서는 그것을 곧바로 티끌이라고 말씀하시지 않았을 것이기 때문이옵니다. 여래께서는 '티끌이란 그것 자체가 티끌이 아니라 그 이름이 티끌이라'고 말씀하셨기 때문이옵니다.

세존이시여, 여래께서 말씀하시는 삼천대천세계는 그것 자체가 삼천대천세계가 아니라 그 이름이 삼천대천세계일 뿐이옵니다. 왜 그런고 하오면, 만약에 삼천대천세계가 있는 것이라면 이는 곧 일합상(一合相)인 것이오니, 여래께서는 '일합상은 그것 자체가 일합상이 아니고 그 이름을 일합상이라고 말할 뿐이라'고 말씀하셨기 때문이옵니다."

부처가 말했다.

"수보리야, 일합상이라는 것은 말로는 표현할 수 없는 것인데도, 다만 범부들이 그것에 집착하고 있느니라."

〈해설〉

* 그것 자체가 티끌들이 아니라 그 이름이 티끌들이라 : 우리의 오감(五感)으로 감지될 수 있는 모든 물질은 실은 실체가 없다. 왜냐하면 현대 물리학에서조차도 물질을 최후까지 분석해 들어가면 물질도 비물질도 아닌 일종의 에너지의 파동인 소립자(素粒子)가 되기 때문이다.

소립자는 결국 우주에너지의 변화과정일 뿐 고정된 것이 아닌 공(空)한 것이다. 좀 더 정확히 말해서 진공묘유(眞空妙有)인 것이다. 공이고 무이면서도 그 속에 실은 모든 것이 다 들어 있는 것이다. 그래서 부처는 티끌이란 그것 자체가 티끌이 아니라 그 이름이 티끌일 뿐이라고 말했던 것이다.

무상(無常)한 티끌은 실체가 없고 오직 하나의 과도적인 현상만 있을 뿐인데 우리는 그 현상을 보고 이름을 붙일 수 있는 것이 고작인 것이다. 그러므로 모든 물체는 그 자체는 존재하지도 않고 오직 그 명칭만이 있게 되는 것이다.

그렇다면 우리들 눈에 물질로 비치는 현상은 왜 일어나는 것일까? 그것은 탐진치(貪瞋癡)의 작용이 있기 때문인 것이다. 이 탐진치가 아무것도 없는 공에서 우리들 눈에 물질로 비치는 삼라만상을 만들어 내는 것이다.

우리가 이 탐진치의 소생인 만물만생 중에서 그 어느 하나에라도 집착하는 한 생로병사의 윤회는 끊임없이 계속되는 것이다. 따라서 수행의 목적은 오로지 이 탐진치를 극복하는 것이다. 탐진치를 완전히 벗어나면 생로병사의 윤회의 굴레도 벗을 수 있다.

＊ 일합상(一合相) : 모든 것을 하나의 온전한 실체 곧 전일체(全一體)로 보고 그것이 실존한다고 착각하고 그것에 집착하는 것을 말한다.

제31장 법상 아닌 법상

"수보리야, 만약에 어떤 사람이 여래께서 '아견(我見)과 인견(人見)과 중생견(衆生見)과 수자견(壽者見)에 대해서 말씀하셨다'고 말했다면, 네 생각엔 어떠냐? 이 사람은 내가 말한 뜻을 안다고 하겠느냐, 알지 못한다고 하겠느냐?"

수보리가 아뢰었다.

"세존이시여, 그 사람은 여래께서 말씀하신 뜻을 알지 못하고 있나이다. 왜 그런고 하오면, 여래께서는 '아견, 인견, 중생견, 수자견은 곧 그것이 아견, 인견, 중생견, 수자견이 아니라'고 가르치셨기 때문이옵니다."

부처가 일렀다.

"수보리야, 최상의 깨달음의 경지에 오른 사람은 일체법에 대하여 응당 이와 같이 알아야 하며, 이와 같이 보아야 하며, 이와 같이 믿고 알아서 법상(法相)을 갖지 말아야 할 것이니라.

수보리야, 여래는 법상이라는 것은 그 자체가 곧 법상이 아니고 다만 그 이름이 법상일 뿐이라고 말했느니라."

〈해설〉

＊ 법상(法相) : 삼라만상의 근본을 파악하기보다는 그 미세한 존재양상에 더 관심을 갖는 것.

＊ 법상을 갖지 말아야 할 것이니라 : 한역으로는 불생법상(不生法相)이라고 한다. 최고의 깨달음의 경지에 오른 사람은 아견, 인견, 중생견, 수자견에 사로잡혀서는 진리를 볼 수 없으니 일체의 상(相)에서 떠나야 한다는 것을 말하고 있다.

제32장 몽환포영로전(夢幻泡影露電)

"수보리야, 만약에 어떤 사람이 무량아승기(無量阿僧祇) 세계를 가득 채울 만한 칠보(七寶)를 가져다가 보시를 했다고 치자. 그리고 만약에 보살심(菩薩心) 많은 다른 선남선녀가 이『금강경』의 사행시 같은 것이라도 진정으로 받아들이고 간직하고 읽고 읊으며, 남에게 가르쳐 준다면 그 복덕(福德)이야말로 먼저 것보다 훨씬 더 나을 것이니라.

그렇다면 어떻게 가르쳐야 할 것인가? 현상에 치우치지 않는다면 마음이 한결같아서 흔들림이 없을 것임을 유념해야 할 것이니라. 왜 그렇겠느냐? 일체의 현상계는 꿈이요 허깨비요 물거품이요, 그림자요 이슬이요 번개 같은 것이라고 응당 관(觀)하기 때문이니라."

부처는 마침내『금강경』에 대한 말씀을 마쳤다. 그러자 부처의 말씀에 처음부터 끝까지 귀를 기울이고 있던 수보리 장로를 비롯하여 모든 비구와 비구니, 우바새와 우바이, 그리고 세상에 나와 있는 모든 천(天), 인(人)과 아수라(阿修羅)들이 한결같이 뛸 듯이 기뻐하고 즐거워하면서 이를 기꺼이 받아들이고 받들어 실행하였다.

〈해설〉

＊ 무량아승기(無量阿僧祇) : 도저히 헤아릴 수 없이 많은 수.

＊ 칠보(七寶) : 금(金), 은(銀), 유리(琉璃), 수정(水晶), 백산호(白珊瑚), 적진주(赤眞珠), 마노(瑪瑙) 따위의 일곱 가지 보물.

＊ 보살심(菩薩心) : 보리심(菩提心)과 같다. 보살의 마음을 말한다. 그럼 보살은 어떤 사람인가? 네 가지 큰 서원(誓願)을 가진 사람이다. 네 가지 큰 서원이란 어떤 것인가?

첫째, 중생을 다 제도하리라.

둘째, 번뇌를 다 끊으리라.

셋째, 법문(法門)을 다 배우리라.

넷째, 불도를 다 이루리라.

이것을 사홍서원(四弘誓願)이라고 한다. 다시 말해서 보살은 상구보리(上求菩提) 하화중생(下化衆生)을 필생의 숙제로 삼은 사람들이다. 지장보살(地藏菩薩)과도 같이 한 사람이라도 성불하지 못한 중생이 남아 있는 한 성불하지 않겠다고 작정한 보살도 있다. 보살은 이처럼 무한한 대자대비심을 가진 사람을 일컫는다.

그런데, 요즘 우리나라 사찰에서는 흔히 여자 신도나 심지어 생전 절에 처음 가 보는 여자를 보고도 덮어놓고 보살님이라고 부르니, 처음 듣는 사람은 어떻게 된 셈판인지 몰라 어리둥절하게 한다. 어쩌다가 사홍

서원을 한 보살이 평범한 여신도인 우바이나 보통 여자로 전락되었단 말인가? 같은 말이라도 때와 장소와 지칭하는 인물에 따라 그 의미와 뉘앙스가 달라진다는 것을 명심할 필요가 있겠다.

＊ 사행시 : 한역판에서의 사구게(四句偈)와 같다.

＊ 현상에 치우치지 않는다면 마음이 한결같아서 흔들림이 없을 것임을 염두에 두어야 할 것이니라 : 일체의 상(相)에 집착하지 말아야 마음이 평안하다는 뜻이다. 좀 더 구체적으로 말하면, 깨끗하고 공평한 마음으로 일체의 중생을 평등하게 자비로 대하되 그 마음이 한결같이 흔들림이 없어야 하고, 아무데도 얽매임이 없어야 한다는 뜻이기도 하다.

'상(相) 속에서 상(相) 아님을 보아야 여래를 볼 수 있다'는 『금강경』의 중심 명제를 마지막으로 다시 한 번 더 강조하고 있다.

＊ 비구(比丘) : 출가한 남자 스님.

＊ 비구니(比丘尼) : 출가한 여자 스님.

＊ 우바새(優婆塞) : 출가하지 않고 집에서 부처를 믿는 남자 신도. 불(佛), 법(法), 승(僧)에 귀의(歸依)하고 오계(五戒)를 실천해야 한다.

＊ 우바이(優婆夷) : 출가하지 않고 집에서 부처를 믿는 여자 신도. 역시 불, 법, 승에 귀의하고 오계를 실천해야 한다.

＊ 천(天), 인(人) : 천상계(天上界) 천신, 인간계의 유정(有情) 중생.

＊ 아수라(阿修羅) : 아수라계에 사는 중생.

금강경 번역을 마치고

"일체의 현상계(現象界)는 꿈이요 허깨비요 물거품이요, 그림자요 이슬이요 번개 같은 것이라고 응당 관(觀)하기 때문이니라" 흔히 말하는 몽환포영로전(夢幻泡影露電)이다. 『금강경』은 바로 이 한마디 속에 그 핵심 지혜가 전부 다 농축되어 있다. 만약에 구도자가 이 한마디를 완전히 체득(體得)했다면 그는 이미 견성을 했다고 할 수 있다.

이것은 모든 구도자의 종착점이기도 하다. 이제 남은 것이 있다면 철두철미한 보림을 통해서 우주의 핵심에서 뻗어져 나온 전선과 구도자 자신이 직결되어 통전 현상을 일으켜 우아일체(宇我一體)를 실감하는 것이다. 그렇게 함으로써 후배들에게 가피력(加被力)과 천백억화신(千百億化身)을 구사하는 마지막 관문이 남아 있다.

이러한 구도의 과정은 반드시 불교의 울타리 안에서만 달성되는 것은 아니다. 바르고 착하고 슬기로운 구도자라면 종교적 색채 따위와는 상관없이 누구나 맞힐 수 있는 과녁이기도 하다.

그래서 원불교의 창시자 소태산은 누구의 가르침도 받지 않고 오직 혼자서 15년간의 피나는 수행 끝에 1916년에 드디어 깨달음을 얻은 뒤에, 그때 국내에 보급되어 있던 여러 경전들을 섭렵하다가 『금강경』의 바로 이 대목을 읽고는 깊은 감동에 사로잡혔다고 한다.

자기의 깨달음과 너무나도 흡사한 대목이기 때문이었다. 바로 이 때문에 그는 자신이 창시한 종교가 순전히 자생 종교이면서도 불교라는 이름을 넣어 원불교(圓佛敎)라는 명칭을 쓰게 되었다고 한다.

그런데 산스크리트판 『금강경』을 보면 몽환포영로전으로 되어 있지 않고 좀 다르게 나와 있다. 참고로 그 사행시를 옮겨 보기로 하자.

현상계(現象界)라고 하는 것은
별이나 깜빡이는 눈이나 등불이나 환상이나
이슬이나 거품이나 꿈이나 번개나 구름과 같은 것,
그와 같이 관(觀)하는 것이 좋으리라.

한역판(漢譯版 또는 韓譯版)에서처럼 '꿈, 허깨비, 물거품, 그림자, 이슬, 번개'의 여섯 가지 현상이 아니고 '별, 깜빡이는 눈, 등불, 환상, 이슬, 물거품, 꿈, 번개, 구름'의 아홉 가지로 나와 있다.

이것을 비교하고 나서 나는 많은 생각을 해 보았다. 번역이란 무엇인가? 번역이란 한마디로 내용만 살려서 하나의 문화권의 문장에서 다른 문화권의 문장으로 이행하는, 새로운 문장의 재창조 작업이라고 할 수 있다. 특히 경전의 경우 원문 그대로 한 문자 한 문구라도 빠뜨리지 않고 그대로 옮기는 것은 별 의미가 없다고 본다.

문제는 그것을 읽는 독자가 원문의 뜻을 얼마나 정확하고 깊이 있게 파악하고 깨달음을 얻느냐가 중요한 것이다. 그렇게 되기 위해서 문제가 되는 것은 번역자가 양쪽 언어에 얼마나 능통하고 또 얼마나 진리를 깨달았느냐에 달려 있다고 본다.

그런 의미에서 나는 산스크리트 원문판을 그대로 옮긴 것보다는 도리어 번잡하고 유장한 원문을 대담하게 생략하고 압축하여 간결하게 표현한 한역판(漢譯版)이『금강경』의 내용을 동양권 독자들의 정서에 알맞게 그 내용을 전달하는 데는 훨씬 더 효과적이라는 것을 알게 되었다.

바로 이 때문에 필자는『금강경』번역에서『금강경』한역판과 산스크리트판 한국어 번역본과 한역판 한국어 번역본을 참고하는 요령을 터득할 수 있게 되었다.

『금강경』의 핵심 내용은 이미『선도체험기』시리즈에 수없이 언급되어 왔었다는 것을 독자 여러분들은 알고 있을 것이다.『금강경』이 말하는 '상 없는 상'과 '몽환포영로전'은 석가모니뿐만이 아니라 모든 구도자가 거쳐야 할 과정이기도 하기 때문이다.

한글로 번역한 반야심경(般若心經)

관자재보살(觀自在菩薩)은 진리를 깨닫는 공부에 깊이 몰입하다가 존재의 다섯 가지 구성 요소가 다 텅 비어 있음을 알아내고 일체의 고액(苦厄)에서 벗어났느니라.

사리풋타야, 색(色)은 공(空)과 다르지 않고, 공은 또한 색과 다르지 않나니라. 그러므로 색이 곧 공이요 공이 곧 색이니라. 느낌, 생각, 의지작용, 의식도 이와 같나니라.

사리풋타야, 이 모든 존재의 공상(空相)은 태어나지도 아니하고 사라지지도 아니하며, 더러운 것도 아니고 깨끗한 것도 아니며, 늘어나지도 않고 줄어들지도 않느니라.

그러므로 공(空) 속에는 색도 없고 느낌, 생각, 의지작용, 의식도 없나니라. 눈, 귀, 코, 혀, 몸, 의식도 없으며 색깔, 소리, 냄새, 맛, 감촉, 의식의 대상도 없으며, 눈의 영역도 없고 의식의 영역까지도 없나니라.

무명(無明)도 없고 무명의 다함도 없으며, 늙음과 죽음도 없고 늙음과 죽음의 다함까지도 없으며, 무명 중생의 괴로움과 괴로움의 원인과 괴로움을 없앰과 괴로움을 없애는 길도 없으며, 지혜도 없고, 얻을 것도 없나니라.

얻을 것이 없으므로 보살은 구도(求道)의 완성에 의지하게 되므로 마음에 걸림이 없고, 걸림이 없으므로 두려울 것이 없고, 전도몽상(顚倒夢想)에서 멀리 떠나 마침내 열반(涅槃)에 들어가느니라.

과거, 현재, 미래의 모든 부처들도 진리를 깨닫는 공부의 완성으로 최상의 깨달음을 얻었나니라. 그러므로 반야바라밀이야말로 위대하고 신령스러운 주문(呪文)이며 가장 밝고, 가장 높고, 무엇과도 견줄 수 없는 진언(眞言)이니라.

그것은 온갖 괴로움을 없애고, 진실하고 거짓이 없나니라. 그러므로 반야바라밀다주를 다음과 같이 일렀느니라.

'가는 이여, 가는 이여, 피안으로 가는 이여, 피안으로 온전히 가는 이여, 진리를 깨달을지어다.'

〈해설〉

＊『반야심경』 : 원명은 반야바라밀다심경(般若婆羅密多心經)이다. 반야바라밀다심경이 원명이지만 금강반야바라밀경을 『금강경』이라고 부르듯이 보통 『반야심경』이라고 생략해서 부른다.

＊ 반야(般若) : 지혜, 진리.

＊ 바라밀다(婆羅密多) : 미혹(迷惑)의 이 언덕에서 깨달음의 저 언덕에 이르는 공부. 바라밀이나 바라밀다나 같은 말이다.

＊ 반야바라밀다 : 지혜의 공부의 완성, 지혜의 완성, 진리를 깨닫는 공부에의 매진, 구도의 완성을 향한 수행 등을 말한다.

＊ 관자재보살(觀自在菩薩) : 스스로 존재하는 자성(自性)을 관(觀)하는 보살. 자력구도(自力求道)에 전력투구하는 구도자상을 엿볼 수 있다. 창조주(創造主)를 내세우고 자기 자신은 피조물(被造物)임을 유독 강조함으로써 절대자에 대한 기도에만 전적으로 의존하는 타력(他力) 종교와는 근본적으

로 다른 점이 여기에 있다.

 * 존재의 다섯 가지 구성 요소 : 오온(五蘊) 즉 색수상행식(色受想行識)을 말한다.

색(色) : 물질(物質) 또는 물질적 현상.

수(受) : 느낌, 인상감각(印象感覺).

상(想) : 지각(知覺), 표상(表象), 생각.

행(行) : 의지(意志) 기타의 마음의 작용.

식(識) : 마음, 의식.

 * 인간은 인연 또는 인과응보에 의해 흙, 물, 불, 바람의 사대(四大) 요소가 화합 작용을 일으키어 형성이 되었다. 이렇게 생성된 인간은 색(色)이라고 표현되는 물질과, 외계의 사물에 대한 느낌인 수(受)와, 지각(知覺)을 나타내는 상(想)과, 의지 작용을 하는 행(行)과, 마음을 뜻하는 식(識)과 같은 다섯 가지의 인간 존재의 구성 요소로 되어 있음을 전제로 하고『반야심경』은 시작되고 있다.

 * 고액(苦厄) : 고통과 액난(厄難).

 * 색불이공(色不異空) : 색은 공과 다르지 않고

 * 공불이색(空不異色) : 공은 또한 색과 다르지 않나니라.

 * 색즉시공(色卽是空) : 색은 곧 공이요

 * 공즉시색(空卽是色) : 공은 색이다. 이 문구들은『선도체험기』에서 하도 많이 언급했으므로 모르는 독자는 없을 것이다.

 * 공(空) : 비물질 즉 허공.

 * 수상행식(受想行識) : 느낌, 생각, 의지 작용, 의식. 여기서 색(色)이 빠지기는 했지만 오온(五蘊)을 말한 것이다.

* 불생불멸(不生不滅) : 태어나지도 아니하고 사라지지도 아니하며

* 불구부정(不垢不淨) : 더러운 것도 아니고 깨끗한 것도 아니며

* 부증불감(不增不減) : 늘어나지도 않고 줄어들지도 않느니라.

* 안이비설신의(眼耳鼻舌身意) : 눈, 귀, 코, 혀, 몸, 의식의 육근(六根).

* 색성향미촉법(色聲香味觸法) : 색깔, 소리, 냄새, 맛, 감촉, 의식의 대상의 육경(六境).

* 안계(眼界) : 눈의 영역.

* 의식계(意識界) : 의식의 영역.

* 무명진(無明盡) : 무명의 다함.

* 노사진(老死盡) : 늙음과 죽음의 다함. 여기서 '다함'이란 '끝 또는 최후'를 의미한다.

* 무명 중생의 괴로움과 괴로움의 원인과 괴로움을 없앰과 괴로움을 없애는 길 : 고집멸도(苦集滅道)의 네 가지 진리. 석가모니가 네란자라강가 큰 보리수 아래에서 깨달음을 얻은 후 최초로 다섯 제자에게 베푼 가르침이다.

* 전도(顚倒) : 도리에 어긋난 것, 거꾸로 곤두선 것. 부조리.

* 열반(涅槃) : 타오르는 번뇌의 불을 멸진(滅盡)해서 지혜의 보리(菩提)를 완성한 경지.

* 보리(菩提) : 깨달음의 지혜.

* 아뇩다라삼먁삼보리 : 최고의 깨달음 또는 구경각.

* 삼세(三世) : 과거, 현재, 미래.

반야심경 번역을 마치고

『금강경』은 시종 부처와 수보리 사이에서 묻고 대답하는 대화로 되어 있지만『반야심경』은 관자재보살이 사리풋타라는 제자에게 자기가 수행을 통해서 깨달은 경지를 일방적으로 담담하게 피력하는 형식으로 되어 있다.『금강경』이 '상(相)에서 상 아님을 보아야 여래를 볼 수 있다'고 시종일관 가르치고 있는 데 비해서『반야심경』은 그러한 공상(空相)을 통과하여 깨달음을 얻은 열반의 경지를 차분하게 알려주고 있는 가장 짧은 경전이다.

관자재보살(觀自在菩薩)이라는 이름 속에 함축되어 있는 뜻 그대로 그의 수행법은 어디까지나 타력(他力) 신앙에 의해서가 아니라 자력(自力) 수행에 바탕을 두고 있고, 먼저 깨달은 수도의 선배가 후배에게 자기가 겪어온 과정을 차분하게 일러주고 있다.

『금강경』이 마음에 걸림이 없고 머무름이 없는 보시(無住相布施)와 집착 없는 마음 씀(應無所住而生其心) 그리고 현상계 일체가 몽환포영로전임을 가르치고 있는 데 비해서『반야심경』은 색은 공(色卽是空)일 뿐만 아니라 공은 색(空卽是色)이고 이 색공상(色空相)에서 한 걸음 더 나아가 삼라만상은 원래 태어나지도 않고 사라지지도 않으며(不生不滅), 더러운 것도 깨끗한 것도 없고(不垢不淨), 늘어나지도 줄어들지도 않으며(不增不減), 오온(五蘊)도 육근(六根)도 육경(六境), 늙음과 죽음도, 늙음과 죽음의 다함도, 고집멸도

(苦集滅道)도 없고, 걸릴 것도 구할 것도 없으므로 두려울 것도 없고 전도몽상에 시달릴 것도 없는 완전 해탈의 경지를 말해 주고 있다.

그야말로 지혜의 완성, 구경각(究竟覺)의 경지를 손에 잡힐 듯이 생생하게 묘사해 주고 있다. 불과 16절지 반밖에 안 되는 아마도 『천부경』 다음으로 짧은 문장 속에 진리에 대한 깨달음의 실상이 모조리 다 함축되어 있다.

『금강경』과 『반야심경』 속에서는 불교의 전체 가르침의 핵심이 전부 다 농축되어 있다는 것을 이번 번역을 통해서 새삼 절감하는 바이다.

이 번역이 어느 정도 독자 여러분에게 먹혀들지는 모르지만 필자로서는 최선을 다했음을 밝히는 바이다. 독자 여러분의 독후감을 참고로 하여 앞으로 더 좋은 번역을 시도하려고 한다. 부디 여러분의 마음공부에 큰 전진이 있기를 바란다.

육조단경

선도체험기 46권을 내면서

『선도체험기』 46권에는 『육조단경(六祖壇經)』을 필자가 직접 한문에서 우리말로 번역하여 실었다. 『육조단경』은 달마 대사가 중국에 선불교를 전한 이래 비로소 동아시아인에 의한 독자적인 선종의 기틀을 확립한 육조 혜능이 법문한 것이다. 그뿐 아니라 혜능은 우리나라 불교를 주도하고 있는 조계종의 원조이기도 하다.

그래서 그런지 『육조단경』은 인도 안에서 쓰인 다른 경전과는 다르게 우리 동양인에게는 유난히 친밀감을 느끼게 한다. 한 번 읽을 때마다 가슴에 뿌듯하게 와닿는 깊은 법열을 느끼게 한다. 『육조단경』은 워낙 유명한 경전이어서 번역판도 여러 가지가 있다.

그러나 내가 이 경전을 한문에서 우리말로 직접 번역하여 『선도체험기』에 싣게 된 것은 이미 번역되어 나온 그 어느 것을 읽어 보아도 내 마음에 차지 않았기 때문이다.

다행히도 『선도체험기』 40권 이후 필자가 직접 한문이나 영어에서 우리말로 번역하여 내보낸 『도덕경』, 『금강경』, 『반야심경』, 『대학』, 『중용』, 『채근담』, 『명심보감』, 마태복음을 읽은 독자들의 호응이 기대 이상이어서 필자는 글 쓰는 보람을 느낀다.

한 독자가 보내 온 편지의 한 부분을 인용해 본다.

"요즘엔 『명심보감』과 『채근담』 부분을 다시 처음부터 읽으며 마음공부를 하고 있는 바, 읽으면 읽을수록 또 몇 번을 되풀이 읽어도 처음 읽는 것 같은 새로운 맛과 감동을 느낍니다. 다른 책으로 『채근담』과 『명심보감』을 읽을 때는 그저 동양 고전의 윤리 도덕론으로 무미건조하게 읽어 왔는데, 김 선생님께서 그러한 옛글에 생기를 불어넣어 주셨기 때문에 높은 진리 차원으로 승화되어 구도인에게는 법열(진리공부의 기쁨)을 주는 것이라고 생각됩니다.

서울 양천구 문하생 이원호 올림"

이 밖에도 『선도체험기』 46권에는 얼마 전에 정부에서 갑자기 불거져 나온 한자병용 문제에 대하여 비교적 상세히 다루었다. 글 쓰는 것을 직업으로 삼고 있는 나에게는 유달리 관심이 가는 일이기 때문이다.

또한 필자와 독자 여러분을 맺어주는 매체 역시 글이기 때문에 더욱더 관심이 쏠리지 않을 수 없다. 다 아시다시피 우리나라는 단군시대 이후 지난 2천 년 동안 한자를 주요 기록 수단으로 이용해 왔다.

세종대왕의 훈민정음 반포 이후에도 한자는 여전히 정부 공문서로 이용되어 왔다. 구한말과 경술국치 이후에는 한자와 한글이 혼용되다가 해방 후 1948년에 한글 전용법이 시행된 이후에 비로소 정부 공문서는 한글을 전용하기에 이르렀다.

한글은 세계 문자 사상 그 민주적인 독자성과 과학적인 창의성에서 경이적인 문자임은 전 세계가 공인하고 있다. 그리고 한글은 그 끈질긴 생명력으로 돋보이는 글자다. 그것은 한글전용이 시행된 지 불과 반세기만에 우리나라 출판물의 거의 1백 프로가 한글을 전용하고 있는 것만 보아도 알 수 있는 일이다.

그런데 일제 때 교육받은 일부 지식인들은 아직도 한자의 중독에서 못 깨어난 채 한자혼용을 완강하게 고집하고 있다. 그들은 일본이 가나와 한자를 섞어 쓰는 것처럼 우리도 한글과 한자를 섞어 써야 한다고 떼를 쓴다.

여기에 김대중 정부 출범 이래 일본문화 유입이 현실화됨에 따라 일본은 우리나라에 일본식 한자 사용을 요구했고 이에 편승한 한자혼용론자들의 기세가 올랐다. 이번에 마치 쿠데타라도 치르듯이 공청회 한 번 거치지 않고 공문서에 한자를 병기한다고 국무회의가 발표해 버린 것도 이러한 배경에서였다.

일본은 자기네의 불완전한 문자 체계를 이웃 한국에까지 전파하려고 할 것이 아니라 가나 대신에 한글을 이용해야 한다. 그렇게 하는 것이 그들의 국가 이익에도 부합된다.

요즘 한창 베스트셀러 순위에 올라 있는 『맞아 죽을 각오를 하고 쓴 한국, 한국인 비판』을 쓴 일본인 이케하라 마모루 씨는 문제의 그의 저서(86면)에서 다음과 같이 말했다.

"무엇보다 한글의 자음과 모음을 조합하면 140개의 소리를 낼 수 있다는 것이 그렇게 부러울 수가 없다. 그 정도면 전 세계 어느 나라 말이든지 거의 원음에 가깝게 표현할 수 있다. 일본 말(가나)로는 기껏해야 48개의 소리를 구분할 수 있을 뿐이다.

예를 들어 'Battery'라는 영어 단어를 가지고 생각해 보자. 한글로는 이것을 '배터리'라고 쓸 수 있다. 한국 사람이 한국말로 '배터리' 하면 어지간한 미국 사람도 battery로 알아듣는다. 그러나 일본말로는 아무리 기를 써도 '밧데리'라고 밖에 안 된다. 일본 사람이 아닌 다음에야 '밧데리'를 Battery라고 알아들어 줄 사람이 지구상에 몇이나 되겠는가? 그런데도 아직 '밧데리, 밧데리' 하는 습관을 버리지 못하는 한국 사람이 엄청나게 많다."

이 밖에도 여러 가지 면에서 한자혼용론자들의 억지 주장이 얼마나 황당한가 하는 것을 일일이 실증을 들어가며 밝혀 놓았다.

이 두 가지 외에도 지금 전국적인 현안이 되고 있는 실업자와 왕따 문제를 구도자의 입장에서 조명해 보았다. 그리고 구도자에게는 언제나 극도의 주의를 요하는 사이비 종교 교주와 가짜 스승을 감별해 내는 방법을 될 수 있는 대로 상세히 다루었다. 순진하고 우직한 초심자가 빠지기 쉬운 함정들을 역점을 두어 다루어 보았다.

어수룩한 환자들에게 돌팔이들이 판을 치듯이 구도의 초심자들에게는 사이비 종교 교주나 가짜 스승들이 언제나 큰 골칫덩이다.

이들에게 한 번 잘못 걸려들어 맹종자나 광신자가 되어버리면 한평생을 깡그리 망쳐 버릴 뿐만 아니라 그 가족에게도 엄청난 피해를 가져오기 일쑤이다. 『선도체험기』는 이들 가짜들과의 대결을 통하여 성장하여 왔다고 해도 과언이 아니다.

끝으로 필자는 독자 여러분에게 도서출판 유림과 함께 진정으로 사과해야 할 일이 있다. 『선도체험기』 45권 머리말의 2면과 3면이 뜻밖에도 수주처에서의 노사분규 와중에서 서로 바뀌었다. 앞으로 다시는 이러한 불상사가 없을 것을 다짐한다.

단기 4332(1999)년 4월 9일
서울 강남구 논현동 우거에서
김태영 씀

육조단경(六祖壇經)에 대한 필자의 서문

불교의 팔만대장경이라는 방대한 가르침 중에서 인도 이외의 지역에서 나온 경전은 오직 『육조단경』이 있을 뿐이다. 『육조단경』이야말로 동양 삼국의 선종(禪宗)의 근본이 되는 경전이다. 그러면 선(禪)은 원래 어디에서 연유된 것일까?

석가모니가 꽃 한 송이를 꺾어들자 가섭이 그 속뜻을 알아차리고 미소를 지었다는 의미의 염화미소에서 선은 비롯되었다고 한다. 이처럼 선은 석가모니의 마음이 가섭에게로 이심전심(以心傳心)되고 그것이 계속 이어져 내려오다가 제35대의 보리 달마의 대에 이르러 동쪽 땅으로 전해지게 된다.

따라서 보리 달마는 동양 선종의 제1조가 되고 제2조 혜가를 거쳐 제5조인 홍인의 뒤를 이어, 제6조인 혜능(慧能) 대에 이르러서야 비로소 중국 특유의 동양적인 선종이 단단한 뿌리를 내리고 진정한 제 모습을 갖추게 된다. 따라서 육조 혜능은 동양 선종의 사실상의 시조(始祖)인 셈이다. 『육조단경』은 바로 이 혜능이 법문한 것이다.

그렇다면 『육조단경』의 기본 사상은 무엇인가? 그것은 자기 마음으로 자기 자신을 알아내어 그 본성을 직접 보는 것이다. 이를 일컬어 식심견성(識心見性)이라고 한다. 문자(文字)나 기존 지식이나 관법에 의존하지 않고 직접 자기 자신의 본성을 꿰뚫어 보는 것을 말한다. 이것을 불립문자

(不立文字)라고 한다.

또한 기존의 종교적인 가르침 따위에도 의존하지 않는다고 해서 교외별전(敎外別傳)이라고 했다. 여기서 한 걸음 더 나아가서 문자나 가르침의 도움을 받지 않고 오직 자기 마음만을 직접 파고 들어간다고 하여 직지인심(直指人心)이라고 한다.

이처럼 자기의 마음을 지속적으로 끈질기게 파고 들어가다가 보면 참된 자기 본성을 발견하게 되는데 이것이 부처를 이루는 지름길이라는 것이다. 이것을 견성성불(見性成佛)이라고 한다. 다시 말해서 자기 마음속에서 자기의 참모습인 본성(本性)을 찾아내는 것이 바로 부처가 되는 길인 것이다.

그럼 부처란 무엇인가? 부처란 한마디로 진리를 깨달은 사람을 말한다. 선도에서 말하는 마음이 밝아진 사람을 뜻하는 철인(哲人)이다. 부처를 뜻하는 한자인 불(佛)자는 사람 인(人)자에 아니 불(弗)자가 합쳐서 된 글자이다. 사람은 사람이되 사람이 아니라는 뜻이 내포되어 있다. 사람이면서도 보통 사람과는 똑같지 않은 깨달은 사람을 뜻하는 것이다.

누구든지 구도심을 갖고 자기의 마음을 끈질기게 파고 들어가다가 보면 조만간에 자기의 본성을 찾게 되어 부처가 된다는 뜻의 직지인심(直指人心), 견성성불(見性成佛)은 모든 구도자의 최후의 소망이자 목표이기도 하다.

성불하기까지의 길이 파란만장하고 험난하기 짝이 없지만 누구나 도심(道心)을 잃지 않고 인내력과 지구력을 갖고 지속적으로 파 들어가다가 보면 예외 없이 도달하게 되어 있는 목표이기도 하다.

왜냐하면 인간은 누구나 그 근본 바탕은 부처이고, 부모미생전본래면목(父母未生前本來面目)이며 진리 그 자체이기 때문이다. 육조 혜능은 말했다.

"선(善)도 보지 말고 악(惡)도 보지 말고, 오직 지금의 네 모습만을 보라. 이 본래의 네 모습이 바로 네가 이 세상에 낳기 전부터 있어 온 네 본래의 모습이니라."

어떠한 추상, 관념, 지식, 낭만 혹은 신비적인 색채도 배제한 직접적이면서도 명백하고 구체적이고 현실적이고 실용적인 것 속에서 자신의 본래 모습을 찾으라는 것이다. 여기에는 어떠한 인도적(印度的)인 추상, 개념, 철학, 관념, 학문, 사변(思辨), 논리(論理) 그리고 신비주의도 개입할 여지가 없다.

여기에는 오직 선도(仙道)에서 뻗어나간 노장철학과 결합된 불교적인 관법의 새로운 변용이 있을 뿐이다. 이것이 이른바 육조 혜능에 의해 토대가 구축된 동아시아의 선(禪)의 정체이다. 선도를 뿌리로 하여 뻗어나갔던 인도의 불교와 중국의 노장사상이 절묘하게 결합된 산물이 바로 선종이다.

따라서 선종은 지감(止感), 조식(調息), 금촉(禁觸)으로 일의화행(一意化行), 반망즉진(返妄卽眞), 발대신기(發大神機)하여 성통공완(性通功完)하는 한국선도의 수행법과는 가장 가까운 거리에 있다.

그래서 지금 한국 불교의 주종을 이루고 있는 조계종(曹溪宗)은 바로 육조 혜능의 본거지인 조계산에서 그 이름을 딴 것이다.

육조 혜능이 열반한 뒤 그의 등신불의 머리는 그의 생전의 예언대로 김대비(金大悲)라는 신라승의 사주로 중국 인부에 의해 머리가 잘려져 서해를 건너 지리산 하동 쌍계사의 육조정상탑에 봉안되어 있고, 중국 광동성의 조계산 남화사에 있는 머리가 잘려나간 그의 등신불에서는 새로운 머리가 돋아났다고 한다. 이래저래 육조 혜능과 한국 불교와는 인연이 깊다.

원래 혜능은 일자무식으로서 5조인 홍인 대사 밑에서 방앗간의 허드렛일을 하고 있었다. 그때의 홍인 대사의 상좌(上座)는 불경에 달통했다는 신수(神秀)였다. 하루는 신수가 다음과 같은 게송(偈頌)을 내걸었다.

몸은 보리수요
마음은 명경대(明鏡臺)와 같다.
때때로 부지런히 털고 닦아서
티끌과 때가 일지 않게 하리라.
(身是菩提樹 心如明鏡臺

時時勤拂拭 勿使惹塵埃)

글을 모르는 혜능은 동료들의 입을 통하여 그 내용을 전해 듣고는, 글 쓸 줄 아는 승려의 도움으로 다음과 같은 게송을 지어 내걸게 했다.

보리는 본래 나무가 없고,
명경 또한 대(臺)가 아니다.
본래 한 물건도 없거늘,
어디에서 티끌이 일어난단 말인가?
(菩提本無樹 明鏡亦非臺

本來無一物 何處惹塵埃)

이 두 개의 게송만 비교해 보아도 두 사람의 수행은 하늘과 땅의 차이가 있음을 알 수 있다. 깨달음은 학문의 유무와는 관계가 없다는 것을 알게 해 주는 극적인 대목이다. 이로써 혜능은 홍인에 의해 비밀리에 육조(六祖)로 지명된다.

이러한 육조 혜능이 법문해 남긴 『육조단경』을 이제부터 읽어 보기로 하자.

『육조단경』은 지금부터 무려 1천3백여 년 전에 씌어진 이래 지금까지 전래되는 과정에서 여러 가지 이본(異本)들이 많이 나와 학자들을 곤혹케 했었지만 근래에 돈황의 석굴 속에서 천 년 이상이나 비장되어 온 고본(古本)이 발견되어 여러 가지 의문이 해소되었다.

원본으로는 『성철 스님 법어집』 2집 1권 돈황본 단경을 참고하였지만, 번역만은 필자의 의도대로 했음을 밝혀 둔다.

성철 스님의 서문

조계육조(曹溪六祖) 이후 선(禪)은 천하를 풍미(風靡)하여 당, 송, 원, 명 시대에 불교가 꽃피우게 한 핵심적 역할을 하였다. 그러나 오랜 세월이 흐름에 따라 육조 본연의 종지(宗旨)가 많이 변하여 육조의 정통 사상을 찾아보기 힘들게 되었다.

대저 육조의 종지(宗旨)는 육조가 항상 주창한 '오직 돈법만을 전한다(唯傳頓法)'고 한 것으로서, 점문(漸門)은 일체 용납지 않는 것이다. 그러나 중간에 교가(教家)의 점수사상(漸修思想)이 혼입되어 선문(禪門)이 교가화(教家化)됨으로써, 순수선(純粹禪)은 없는 실정이다.

'단경'은 육조의 법문을 전한 유일한 자료이나, 그 유통 과정에서 첨삭(添削)이 많아 학자들을 곤혹케 하였다. 다행히도 최고본(最古本)인 '돈황단경'은 천여 년 동안 석굴에 비장되어 뒷사람들의 첨삭을 면할 수 있었으므로, 육조의 성의(聖意)를 잘 전하고 있는 것으로 여겨진다.

그 가운데서 오락(誤落)된 부분은 각 유통본을 참조하여 엄정교정(嚴正校訂)하고 사의(私意)는 개입시키지 않았으며, 토를 달고 번역을 하였다. 그리고 약해를 붙여서 성의 파악에 도움이 될까 생각하니, 권두(卷頭)의 지침과 함께 읽기 바란다.

'선교결'은 서산(西山) 만년(晩年)의 명저(名著)로서 단경 이해에 도움이 되겠기에 더불어 실으니, 참고학류(參考學流)는 단경을 근본 삼아 육조정법을 선양하기 바란다.

불기 2531(1987)년 가을,
가야산 해인사 퇴설당에서
퇴옹 성철 씀

제1편 단경지침

머리말

단경(壇經)은 육조(六祖)의 법손(法孫)인 동토(東土)의 선종의 뿌리가 되는 성스러운 경전이다. 단경은 전래되는 과정에서 이본(異本)들이 많이 나와 학자들을 곤혹케 했으나 돈황고본(敦煌古本)이 발견되어 그동안 쌓였던 의문들이 해결되었다고 한다.

그리하여 근래 일본의 고마자와 대학의 선종사(禪宗史)연구회에서는 그중에서 기본이 되는 다섯 본(本)을 서로 대조하여 『혜능연구(慧能硏究)』라는 책을 발간함으로써 단경 연구에 공헌했다.

다섯 본은 돈황본, 대승사본(大乘寺本), 흥성사본(興聖寺本), 덕이본(德異本), 종보본(宗寶本)이다. 또한 열두 가지 종류의 다른 판들을 영인 수록한 『육조단경제본집성(六祖壇經諸本集成)』도 좋은 자료가 되었다.

이에 가장 오래된 돈황본을 중심으로 네 본을 서로 대조하고 다른 본을 참고하여 단경지침(壇經指針)을 작성하여 보았다.

돈황본은 베껴 쓸 때 부주의하여 글자를 잘못 쓰거나 빠뜨린 것이 많으나, 다른 본들을 참조하여 성의(聖意)를 파악하는 데 별로 지장이 없다. 각 본의 자구(字句) 차이는 대강의 뜻만 취하고, 하나하나 지적하지 않았으니 양해하기 바란다.

단경의 근본 사상은 마음을 알아 성품을 보는 식심견성(識心見性)이고, 이는 법신불(法身佛)의 안팎을 환히 꿰뚫는 내외명철(內外明徹)이어서 견성(見性)이 곧 성불(成佛)이므로, 깨달은 뒤에는 부처님 행을 수행한다 하여 수행불행(修行佛行)이라고 분명히 밝혔다.

뒷날 교가(敎家)의 점수사상(漸修思想)이 섞여 들어와 깨달은 뒤에 점차 닦아나간다는 오후점수론(悟後漸修論)이 성행하고 있으나 이는 단경에 크게 어긋나는 것이니, 육조 대사의 법손인 선가(禪家)는 단경으로 되돌아와 육조 대사의 본연의 종풍(宗風)을 떨치기 바란다.

제1장 마음을 알아내어 성품을 본다

만법이 오로지 자신의 마음속에 있거늘 어찌하여 자기의 마음속에서 진여(眞如)의 본성(本性)을 보지 못한단 말인가? 『보살계경(菩薩戒經)』에는 "나의 본래의 근원인 자성(自性)은 맑고 깨끗하다" 하였으니, 마음을 알아내어 성품을 보면 불도(佛道)를 스스로 이루어 곧바로 활연히 깨달아 본래의 마음을 도로 찾게 되나니라.

〈해설〉

"모든 중생의 마음속에는 본래 예외 없이 불성이 다 들어 있다"고 한 석가모니의 말 그대로 사람의 마음속에는 만법 즉 진리와 삼라만상 즉 우주 전체가 통째로 다 들어 있으므로 그 속에서 참다운 본성을 보지 못할 이유가 없다. 그리고 마음만 깨닫게 되면 누구든지 견성성불(見性成佛)할 수 있다는 얘기다.

삼세(三世)의 모든 부처님과 십이부경(十二部經)의 경전들이 사람의 성품 속에 본래부터 갖추어져 있다고 한다. 그런데도 자기의 성품을 깨닫지 못한다면 마땅히 선지식(善知識)을 찾아 그의 지도를 받아 견성(見性)해야 할지니라.

〈해설〉

우리의 마음속에는 본래부터 모든 진리가 다 들어 있는데도 이것을 자기 힘으로 깨닫지 못한다면 마땅히 선지식 즉 스승을 찾아가 그의 지도를 받아 견성(見性)을 해야 한다.

수행자는 각자 스스로 자기 마음을 관찰하여 자기의 본성을 어느 한 순간에 갑자기 깨달아야 하는데, 만약에 그렇게 스스로 깨닫지 못하면 응당 스승을 찾아가 그의 지도를 받아 견성해야 한다.

〈해설〉

앞에 나온 것과 내용은 거의 같다. 먼저 나온 것은 돈황본이고 뒤의 것은 전래된 여러 이본들을 종합한 것이다.

보리반야(菩提般若)의 지혜는 세상 사람들이 본래부터 가지고 있거늘 다만 마음이 미망에 사로잡혀 있어서 스스로 깨닫지 못하므로, 마땅히 큰 스승의 지도를 받아 견성을 해야 할지니라.

〈해설〉

보리반야의 지혜란 진리를 깨닫는 지혜를 말한다. 이러한 진리를 깨닫는 지혜는 누구나 다 가지고 있건만 사람마다 마음들이 번뇌 망상에 가려 있어서 혼자 힘으로는 진리를 깨달을 능력이 없으므로, 응당 큰 스승을 찾아가서 그의 지도하에 견성을 하도록 해야 한다.

사람의 성품은 본래 청정하건만 망념이 서려 있어서 진여(眞如)를 뒤덮고 있으므로 이 망념만 걷어내면 본성은 스스로 깨끗해질 것이니라.

〈해설〉

진여(眞如)란 진리의 실상을 말한다. 인성(人性)은 본래부터 청정한데도 번뇌 망상이 그 진상을 가리고 있으니까 이것만 제거해 버리면 스스로 깨끗한 본성을 드러내게 된다.

망상을 없애 버리면 처음부터 청정한 자성이 스스로 드러나게 되는데, 이것을 일컬어 식심(識心) 즉 마음을 알아내는 것이라고 하는데 이것이 다름 아닌 바로 견성이다.

자기의 본래의 마음을 알아내는 것이 견성이니라.

〈해설〉

견성이란 어렵게 생각할 것이 없다. 자기의 본마음의 정체를 확실히 알아내는 것이다.

본래의 마음을 알아내지 못하면 불법을 배워도 이로움이 없다. 마음을 알아내어 성품을 보면 그 즉시 큰 뜻을 깨우치게 되느니라.

〈해설〉

본래의 마음 즉 본성을 깨닫지 못하면 아무리 공부해도 쓸모가 없지만 견성한 뒤에는 곧바로 큰 뜻을 깨닫게 된다.

앞생각이 미혹하면 곧 범부요, 뒷생각에 깨달음을 얻으면 곧 부처니라.

〈해설〉

깨달음을 얻어 부처가 되고 깨달음을 얻지 못하여 범부가 되는 것은 마음의 상태 여하에 달려 있다는 말이다. 일체유심조(一切唯心造)를 생각하게 하는 대목이다.

자성이 미혹하면 부처도 곧바로 중생이 되고, 자성을 깨달으면 중생도 곧바로 부처가 되느니라.

〈해설〉

중생이냐 부처냐 하는 것은 순전히 깨달음의 상태 여하에 달려 있다는 말이다. 아무리 견성해탈한 부처라고 해도 그의 마음이 미혹하면 당장 중생이 되고, 아무리 미천한 중생이라도 마음을 깨닫게 되면 그 순간에 부처가 되는 것이다.

제2장 안팎을 환히 꿰뚫어 본다

무엇을 청정법신불(淸淨法身佛)이라 하는가? 세상 사람들의 성품은 본래 스스로 청정하므로 만법이 다 자기의 성품 속에 들어 있느니라. 일체의 법이 자성 가운데 있으니까 자성은 항상 청정하니라.

해와 달은 항상 밝지만 다만 구름이 덮여 있어서 위는 밝건만 아래는 어두워서 일월성신(日月星辰)을 뚜렷하게 보지 못하다가, 갑자기 지혜의 바람이 불어와서 구름과 안개를 말끔히 걷어가 버리면 한꺼번에 온갖 것들이 그 참모습을 드러내느니라.

세상 사람들의 성품이 깨끗한 것도 마치 청명한 하늘과 같다. 지(智)는 달과 같고 혜(慧)는 해와 같아서 지혜가 항상 밝은데도 사람들은 밖의 경계에 집착하여 망념의 뜬구름에 덮여서 자성이 밝아질 수 없나니라.

그러므로 참다운 법을 열어 알게 해 주는 스승을 만나 미망을 걷어버리면 안팎을 환히 꿰뚫어 볼 수 있어서 자신의 성품 속에서 만법이 그 모습을 드러낸다. 그러므로 견성한 사람은 일체의 법에 구속받음이 없이 자유자재하므로 이러한 사람을 일컬어 청정법신불이라 하느니라.

〈해설〉

사람은 누구나 항상 밝은 지혜를 타고났는데도 '밖의 경계' 즉 세속적인 욕망에 사로잡혀 마치 구름과 안개가 참모습을 가려버리듯 하므로, 한번 지혜의 눈이 뜨이기만 하면 청량한 한 줄기 바람처럼 이 구름과 안개를 한 순간에 날려 버린다.

이때 구도자는 자신의 참자아를 발견하게 되는데 이것이 바로 견성이고 이 견성이 곧 성불(成佛)임을 육조는 강조하고 있다. 차츰차츰 깨달아 가는 점수(漸修)가 아니라 어느 때 한순간에 갑자기 활짝 지혜의 눈이 뜨이는 돈오(頓悟) 쪽을 그는 시종일관 강조하고 있음을 볼 수 있다.

자성의 마음자리를 지혜로 비추어 보면 자신의 본마음을 알게 된다. 만약 자기의 본마음을 알게 되면 이것이 곧 해탈이다. 이미 해탈을 성취했다면 이것이 바로 반야삼매(般若三昧)이고, 반야삼매를 깨달으면 이것이 바로 무념(無念)이니라.

〈해설〉
자기 마음을 알아내는 식심(識心)이 바로 견성이고, 견성이 곧 성불이며 해탈이고, 해탈이 다름 아닌 반야삼매이고 무념이고, 이것이 또한 법신불이고 무념인 것이다. 같은 뜻이지만 경우에 따라 표현이 무상하게 바뀌고 있음을 알 수 있다.

견성을 성취하면 곧 반야삼매에 들어가느니라.

〈해설〉
여기서도 견성이 곧 반야삼매임을 강조하고 있다.

육진(六塵) 속에 살면서도 그것과 동떨어지거나 물들지도 않아서 행동거지에 구애됨이 없는 것이 반야삼매이며 자유자재로 해탈하는 것이니, 이를 불러 무념행(無念行)이라 하느니라.

〈해설〉

육진(六塵)은 육경(六境)이라고도 한다. 색성향미촉법(色聲香味觸法)으로서 안이비설신의(眼耳鼻舌身意)의 인식대상이다. 즉 세속적인 생활을 하면서도 세속적 욕망에 집착하거나 물들지 않고 행동거지가 자유자재한 경지가 바로 해탈이요 무념이라는 얘기다.

연꽃이 시궁창 속에서 피어났으면서도 그 시궁창에 물들거나 연연하지 않으므로 그 시궁창에 빠지는 일이 없는 것과 같은 경지를 해탈이요 무념이라고 한다.

제3장 오직 돈법만을 전한다

오조(五祖)가 『금강경』을 해설하는 것을 혜능(慧能)이 한 번 듣고 금방 깨달았다. 그날 밤에 법을 받으니 아무도 알지 못했다. 갑자기 오조 홍인은 돈법(頓法)과 가사(袈裟)를 혜능에게 전하면서 "그대를 육대조(六代祖)로 삼느니라"하고 말했다.

〈해설〉

돈법(頓法)은 돈오법(頓悟法)이라고도 하는데 점수(漸修)와는 반대되는 용어로서 어느 한순간에 갑자기 진리를 깨닫는 것을 말한다. 오조(五祖)가 육조(六祖)에게 법을 전한 과정을 설명해 주고 있다. 모든 것이 마치 전광석화처럼 신속하게 진행되고 있다.

스승의 말끝에 만법이 자기의 성품 안에 있다는 것을 문득 깨닫고 나서 내(혜능)가 말했다.

"스님이 아니라면 제가 어찌 자성이 본래 청정함을 알았겠으며, 또 어찌 자성에는 본래 생멸이 없음을 알았겠으며, 자성에는 본래 모든 것이 갖추어져 있음을 어찌 알았겠으며, 또 자성은 본래 움직이지도 흔들리지도 않으면서 만법을 만들어냄을 어찌 알겠나이까?"

오조는 내가 본성을 깨달았음을 알고 말했다.

"본마음을 알지 못하면 법을 배워도 별 이득이 없느니라. 만약 내 말 끝에 스스로 본마음을 알아내어 스스로 본성을 보았다면 이야말로 '인천(人天)의 스승'이라 일컬을 수 있나니라."

삼경(三更)에 법을 받으니 아무도 아는 사람이 없었다. 그리고는 심인(心印)한 돈법과 의발(衣鉢)을 전하면서 "너를 육대 조사(六代祖師)로 삼을 것이니라"고 했다.

〈해설〉

＊ 인천(人天)의 스승 : 인간계(人間界)와 천계(天界)의 중생들을 다 같이 가르칠 수 있는 큰 스승.

＊ 삼경(三更) : 오경(五更)의 하나. 곧 하룻밤을 다섯 번 등분한 세 번째. 밤 11시부터 오전 1시까지.

＊ 심인(心印) : 마음으로 도장을 찍어 인가하는 것.

오직 돈교법(頓敎法)만을 전하여 세상에 나가서 사악한 종교를 쳐부술 것이니라.

〈해설〉

＊ 돈교법(頓敎法) : 견성돈오교법(見性頓悟敎法).

우리 조사(祖師)가 오직 이 돈법만을 전하니 배우는 이들은 한몸이 될 지어다.

〈해설〉

조사와 조사 사이에 돈법이 서로 전해져 내려오므로 그 조사 밑에서 공부하는 수도자들은 비록 사람은 다르지만 마음은 하나라는 뜻이다.

이렇게 하는 것은 오직 돈교(頓敎)가 있을 뿐인데 이를 일러 대승(大乘) 이라고도 한다. 미혹에 사로잡히면 여러 억겁의 세월을 허송하지만 깨닫 는 것은 다만 한순간에 지나지 않느니라.

〈해설〉

수많은 세월을 암중모색하다가도 갑자기 어느 한순간에 깨우치게 되 므로 돈오(頓悟)라고 한다. 육조의 법문에는 시종일관 오직 돈오만 있을 뿐 점수(漸修)는 없다. 이를 일러 유돈무점(唯頓無漸)이라고 한다. 이렇게 하여 일단 돈오하면 그 순간에 부처의 경지로 직접 뛰어드는 것이니 이 를 일러 직입불지(直入佛地)라고 한다.

이것이 『육조단경』의 기본 노선이다. 육조는 또 이렇게 하여 당장 부 처가 되는 것을 일컬어 직료성불(直了成佛)이라고 했다.

나는 오조(五祖)인 홍인(弘忍) 스님 아래서 한 번 듣는 말끝에 갑자기 크게 깨달아 진여본성(眞如本性)을 보았다. 그러므로 이 돈법을 훗날에 널리 퍼지게 하여 도를 공부하는 이들로 하여금 단번에 깨달아 지혜의 문이 열리게 함으로써, 각자 스스로 자기 마음을 관찰하여 자기의 본성을 한 순간에 깨우치게 할 것이니라.

〈해설〉

직접 자기 마음속에 뛰어들어 한꺼번에 깨달아 부처가 되는 것을 일컬어 직지인심(直指人心) 견성성불(見性成佛)이라고 한다. 이것은 마치 바싹 마른 불쏘시개가 언제 어디서든 불만 만나면 당장 활활 타오르는 것과 같다고 하겠다.

그 바싹 마른 불쏘시개는 물론 수행자가 항상 준비하고 있어야 한다. 아무 사전 준비도 없이 무슨 일이든지 갑자기 이루어지는 일은 없기 때문이다. 그렇다면 그 마른 불쏘시개가 되는 것은 무엇을 뜻하는가?

그것은 두말할 것도 없이 언제나 바르고 착하고 지혜롭게 사는 일이다. 항상 마음을 비우고 역지사지방하착(易地思之放下着)하고 애인여기(愛人如己)하는 이타행(利他行)이 바로 그것이다. 이것이 바로 하늘에 핀 구름과 안개를 걷어내는 작업이다. 이러한 준비 작업도 없이 갑자기 깨닫기를 바라는 것은 우물에 가서 숭늉이 나오기를 기다리는 격이 될 것이다.

법에는 원래 단번에 깨닫는 것과 차츰 깨닫는 것의 차이가 없지만 사람에게는 영리함과 우둔함의 차이가 있게 마련이다. 미혹한 사람은 공부의 진척이 마냥 느리지만 깨달은 사람은 그 공부의 속도가 그야말로 번개처럼 빠르다.

자기의 본래 마음을 알아내는 것이 본성을 보는 것이니 한번 깨닫고 나면 원래 차별이 있을 수 없나니라.

〈해설〉

중생들은 육상경기를 할 때 골인 지점을 설정해 놓고 먼저 들어온 선수와 나중에 들어온 선수의 차이를 중요시하지만, 도의 세계에서는 목표 지점만 일단 통과하고 나면 먼저와 나중의 차이가 없이 다 똑같아진다는 얘기다.

미혹한 사람은 차츰차츰 배워 나가고 깨달은 사람은 단번에 익혀 버린다. 그러나 스스로 본마음을 알아내고, 제힘으로 본성을 발견하면 차별은 없어지느니라.

〈해설〉

본(本)이 달라서 문장 형식에는 차이가 있지만 근본 뜻은 앞의 문장과 같다.

"대사님, 세우지 않는다는 것은 무슨 뜻입니까?"
스님이 대답했다.
"자성은 잘못도 없고 어리석지도 않고 혼란스럽지도 않아서 생각마다 밝은 지혜로 비추어 보아 항상 법상(法相)을 떠나서 종횡무진하여 거칠 것이 없으니 무엇을 세운단 말인가? 자성을 스스로 깨우쳐 한순간에 깨닫고 한순간에 익혀 버리니 차츰차츰 배워 나간다는 것은 역시 있을 수 없느니라."

〈해설〉

한순간에 깨닫고 한순간에 익혀 버리는 것을 돈오돈수(頓悟頓修)라고 하고 차츰차츰 배워나가는 것을 점수(漸修)라고 한다. 육조의 기본 사상은 어디까지나 돈오돈수이고 일체의 점수를 배제하고 있다. 불교계에서는 심심치 않게 이 돈오돈수와 점수의 유효성을 놓고 논쟁이 불붙곤 한다.

반야지혜로 관조(觀照)하면 한 찰나에 망념이 사라져 버린다. 이때 만약에 자성을 알아내면 단 한 번의 깨우침으로 부처의 지위에 오르게 되느니라. 지혜로 비추어 보아 안팎을 환히 꿰뚫어 볼 수 있게 되면 스스로 본마음을 알게 될 것이다.

본마음을 알게 되면 곧 진정한 해탈이다. 해탈이 이루어지면 곧바로 반야삼매니 이것이 곧 무념이니라.

법달(法達)이 스승의 말끝에 크게 깨달은 바 있어 말했다.

"이후부터는 한시도 잊지 않고 부처행을 수행하겠나이다."

그러자 대사(大師)가 말했다.

"부처행이 곧 부처이니라."

〈해설〉

한 찰나에 깨달아 견성하여 즉 돈오견성(頓悟見性)하면 이미 부처의 경지에 들어간 것이므로 깨달은 후에 차츰 배워 나간다는 이른바 오후점수

(悟後漸修)는 필요 없다. 곧바로 부처행으로 들어가는데 부처행이 바로 부처라는 얘기다. 스승다운 행동을 하는 사람이 스승이고, 사장다운 행동을 하는 사람이 사장인 것과 같이 부처다운 행동을 하는 사람이 바로 부처라는 말이다.

자성은 삼신(三身)을 갖추었으니 마음이 밝으면 사지(四智)를 이루게 되므로 이 세상에 살면서 보고 듣는 인연을 떠나지 않고도 초연히 부처의 지위에 오르느니라.

〈해설〉

＊ 삼신(三身) : 법신(法身), 보신(報身), 응신(應身). 법신은 영원불변한 만유의 본체를 말한다. 보신은 인연 따라 나타나는 불신(佛身), 응신은 보신불을 친견하지 못한 이를 제도하기 위해 나타나는 불신으로 역사적 존재인 석가모니와 같은 불신이다.

＊ 사지(四智) : 대원경지(大圓鏡智), 평등성지(平等性智), 묘관찰지(妙觀察智), 성소작지(成所作智). 대원경지는 원만하고 분명한 지혜, 평등성지는 차별심을 떠나 대자대비한 지혜, 묘관찰지는 불가사의한 힘을 관찰하는 지혜, 성소작지는 견성하지 못한 수행자들을 이롭게 하는 지혜.

제4장 무념을 으뜸으로 삼다

나의 법문(法門)은 예부터 무엇보다도 무념(無念)을 세워 그 으뜸으로 삼고, 모습 없음(無相)으로 주체를 삼고, 집착 없음(無住)으로 근본을 삼느니라.

〈해설〉

육조가 말하는 무념(無念)은 번뇌 망상을 모두 다 털어 버린 불심(佛心)을 말한다.

그러므로 무념을 세워 그 종(宗)을 삼느니라(돈황본).
이 법문은 무념을 세워 종(宗)으로 삼느니라(기타본).

〈해설〉

여기서 종(宗)은 '으뜸 되는 가르침'을 말한다. 육조는 자기의 근본 입장을 천명하기 위해서 무념을 으뜸으로 삼는 무념위종(無念爲宗)을 거듭 강조하고 있다.

세상 사람들이 자신의 견해를 버리고 생각을 일으키지 않아 유념(有念)이 없으면 무념 역시 일어나지 않으리라. 없다는 것은 무엇이 존재하지 않는다는 것이고, 생각한다는 것은 무엇에 대하여 머리를 굴리는 것이다.

없다는 것은 상대되는 두 가지 양상의 번뇌를 떠나는 것이다. 진여(眞如)는 생각의 주체이며 생각은 진여의 쓰임이다. 자성이 비록 생각을 일으키어 보고 듣고 느끼고 알기는 하지만, 만 가지 경계에 물들지 않고 항상 자재(自在)하느니라.

『유마경』이 말했다.

"밖으로 능히 여러 가지 법상(法相)을 분별하지만 안으로 제일의(第一義)로 움직임 없는 것이니라."

143

〈해설〉

무념(無念)이란 유위계(有爲界)의 상대적 개념인 생사, 유무, 선악 따위를 완전히 초월한 무위(無爲)의 경지를 말한다.

이 법을 깨닫는 것이 곧 무념이므로 기억도 없고 집착도 없으며 망념도 없어서 망령된 짓을 하지 않고, 자기의 진여 성품을 이용하여 지혜로 관조함으로써 일체의 법을 취하지도 버리지도 않는다. 이것이 곧 견성성불 하는 길이니라.

〈해설〉

깨닫는 것은 곧 무념이요 견성성불이라고 육조는 말하고 있다.

무념법이란 만법을 보더라도 만법에 이끌리지 아니하고 만법을 두루 경험하더라도 만법에 집착하지 않느니라. 만법을 보더라도 마음이 그것에 물들거나 집착하지 않으면 그것이 곧 무념이니라.

어떠한 경계를 당하더라도 그에 물들지 않는 것을 일컬어 무념이라 하느니라. 일만 가지 경계를 당하더라도 마음이 늘 고요하고 생각이 언제나 모든 경계를 떠나고 경계를 염두에 두지 않는다. 그러므로 무념을 으뜸으로 삼느니라.

어떠한 경계에서도 마음이 물들지 않는 것이 무념이다. 자기의 생각이 항상 경계를 떠나 있고 경계에 마음이 끌리지 않는다.

〈해설〉

이 세상 그 어떤 일에도 마음이 끌리거나 물들지 않는 것이 무념인데, 이것이야말로 구경각의 경지라는 뜻이다.

무념법을 깨달은 이는 만법에 달통하고 무념법을 깨달은 이는 모든 부처의 경계를 보고, 무념법을 깨달은 이는 부처의 지위에 오르느니라.

〈해설〉

위에 말한 것이 『육조단경』의 대강의 줄거리이다. 즉 단경이 지향하는 목표는 마음을 알아내어 자기의 참성품을 발견하는 식심견성(識心見性)이며, 이로써 안팎을 환히 꿰뚫어 보아 내외명철(內外明徹)하게 되는데 이를 일러 반야삼매, 해탈, 무념이라고 했다. 이러한 과정으로 점수(漸修)가 아니라 한 순간에 부처가 되어 버리는 직료성불(直了成佛)하는 돈수(頓修)를 택한다.

그러므로 육조는 오직 돈법만을 전한다고 외친 것이다. 이것을 유전돈법(唯傳頓法)이라고 한다. 그리하여 일단 깨달은 뒤에는 곧바로 수행불행(修行佛行)으로 들어간 것이다. 이리하여 하택(荷澤), 규봉(圭峯)의 점수(漸修) 사상은 교가(敎家)의 전통이고, 육조의 전통은 돈수가 되었다.

제5장 정과 혜는 한몸

나의 이 법문은 정(定)과 혜(慧)로써 근본을 삼나니 정과 혜가 서로 다르다고 잘못 말하지 말라. 정과 혜는 한몸이요 둘이 아니니라. 정은 혜의 본체이고, 혜는 정의 쓰임이니라. 곧 혜의 때에 정이 혜에 있고, 정의 때에 혜가 정에 있나니라. 이 뜻을 안다면 정과 혜를 함께 배울 것이니라.

〈해설〉

선정(禪定)을 닦은 후에 지혜를 수행한다는 종전의 일부 행법은 잘못임을 지적하고 있는 것이 눈길을 끈다.

정과 혜는 무엇과 같은가? 등불과 빛 같아서 등불이 있으면 빛이 있고 등불이 없으면 빛이 없나니라. 등불은 빛의 본체요, 빛은 등불의 쓰임이다. 이름은 비록 둘이지만 몸은 본래 하나이니 정과 혜도 이와 같나니라.

〈해설〉

정혜는 구경각(究竟覺)의 경지를 말한다. 점문(漸門)에서는 '정(定)으로 어지러움을 다스리고 혜로 무기(無記)를 다스린다'고 하여 이것을 '정혜쌍수(定慧雙修)'라고 한다. 그러나 이것은 육조가 말하는 정혜일체(定慧一體)와는 전연 그 취지가 다르다. 정혜는 어디까지 하나로 결합되어 있는 것이지 별개의 것이 아니기 때문이다. 무기(無記)란 선(善)도 아니고 악(惡)도 아닌 혼란스러운 상태.

최상승법(最上乘法)을 닦으면 틀림없이 성불하여, 가는 것도 없고 머무는 것도 없고 오는 것도 없나니라. 정혜가 하나가 되어 일체법에 물들지 아니하므로 삼세(三世)의 여러 부처들도 이를 준행하여 삼독(三毒)을 계정혜(戒定慧)로 바꾸었느니라.

〈해설〉

여기서 최상승법은 정혜일체법(定慧一體法)을 말한다. 삼독(三毒)은 탐진
치(貪瞋癡).

정과 혜가 다르다는 견해를 가진 사람은 두 가지 모습의 법을 좇는 자
이니라.

〈해설〉

정과 혜를 별개로 보는 것은 육조의 종문(宗門)에서 엄금하는 것이다.

마음이 곧 혜이고 부처가 곧 정이니, 정과 혜가 한몸이 되어야 마음속
이 청정하니라. 이 법문을 깨우치는 것은 그대가 익힌 성품으로 인한 것
이니라. 쓰임은 본래 무생(無生)이니 고요한 가운데 관조하는 두 가지(定
慧) 공부를 함께 함이 옳으니라.

제6장 태어남이 없는 서방정토

어리석은 사람은 염불하여 서방정토(西方淨土)에 태어나려고 하지만 깨
달은 사람은 스스로 자기 마음을 깨끗이 닦느니라.
그래서 부처님이 말했다.
"마음이 깨끗해지면 불국토도 깨끗해지느니라."

〈해설〉

서방정토라는 것은 어리석은 중생들을 깨닫게 하기 위한 하나의 방편이지 마음 밖에 따로 존재하는 것은 아니다. 다시 말해서 마음이 청정하면 그것이 바로 불국토요 서방정토인 것이다.

마음이 깨끗하면 서방정토가 멀지 않지만 마음이 더러우면 아무리 염불을 해 보았자 극락에 태어나기는 애당초 그른 일이니라. 마음자리가 착하면 서방정토가 그리 멀지 않지만, 마음보가 착하지 못하면 아무리 염불을 해 보았자 극락에 태어나기는 처음부터 그른 일이니라.

〈해설〉

정토가(淨土家)에서는 업을 지니고도 극락세계에 태어날 수 있다고 주장한다. 다시 말해서 착하지 못한 사람도 아미타불의 원력으로 극락에 갈 수 있다고 한다. 그러나 이것은 어디까지나 각자의 인과응보에 얽매인 환상일 뿐 부처의 실지정토(實地淨土)는 물론 아니다. 부처의 극락정토는 바르고 착하고 슬기로운 사람의 마음속에 있기 때문이다.

안팎을 환히 꿰뚫어 볼 수 있으면 이것이 바로 서방정토이니라. 이러한 수행을 쌓지 않고 어떻게 서방정토에 갈 수 있겠는가?

〈해설〉

이기심과 집착에서 떠나야 욕망의 검은 구름이 걷히고 마음이 청정해진다. 이렇게 된 사람이라야 안팎을 환히 꿰뚫어 볼 수 있는데 이것을 내외명철(內外明徹)이라고 한다. 내외명철이 구경각이다. 구경각을 얻는 마음이야말로 서방정토 그 자체인 것이다.

만약 태어남이 없는 무생돈법(無生頓法)을 깨달으면 찰나지간(刹那之間)에 서방정토를 볼 수 있나니라.

〈해설〉

단경에서는 자성을 스스로 깨닫는 것 이외의 것은 일체 인정하지 않는다.

> 한 마음이 청정하면
> 곳곳에 연꽃이 만발하나니
> 꽃 하나에 정토 하나
> 땅 한 뙈기에 한 여래로다.
> (방거사의 송구)

누구나 스스로 자기 마음을 관찰하여 한 찰나에 견성해탈하지 못하는 한 어떠한 왕생도 한낱 꿈속의 유희에 지나지 않는다.

제7장 오염되지 않는 수행

스승이 말했다.

"무슨 물건이 이렇게 오는고?"

"한 물건이라고 말씀드린다 해도 맞지 않을 것입니다."

스승이 말했다.

"그럼 수증(修證)하는가?"

"수증은 없지 않으나 오염은 될 수 없습니다."

스승이 말했다.

"오염되지 않는 것만은 모든 부처님들께서 호념(護念)하시는 바이니 그대 이미 그러하고 나 또한 그러하니라."

〈해설〉

* 수증(修證) : 닦아서 증득(證得)하는 것.

* 호념(護念) : 부처나 보살이 잊지 않고 염송(念誦)하는 일. 섭수(攝受)라고도 한다.

육조는 불오염(不汚染)을 무념(無念), 내외명철(內外明徹), 불지(佛地)라고 했다. 그러므로 오염되지 않는 수행은 부처행을 수행하는 것을 말한다.

제8장 부처님 깨달음의 씨앗

만약에 수행을 하여 부처가 되고자 함에 어디서 진리를 찾아야 할지 알기 어렵다. 만약에 몸속에 스스로 진리가 있다고 한다면 그것이 곧 성불의 씨앗이니라.

〈해설〉

'만약에 몸속에 스스로 진리가 있다고 한다면' 하고 나와 있지만 실은 그 몸을 움직이는 마음속에 있는 진리를 말하는 것이다. 몸은 마음이 떠나면 썩어 없어지기 때문이다. 그렇다면 왜 '마음속에' 라고 하지 않고 '몸속에'라고 했을까? 만약에 마음속에서 진리를 보았다면 그것은 곧 식심견성(識心見性)이요 곧바로 견성성불(見性成佛)이 되기 때문에 그 전 단계를 이렇게 표현한 것으로 보인다.

화신(化身), 보신(報身), 법신(法身) 세 몸은 원래 한몸이니라. 만약에 몸 가운데서 스스로 발견할 수 있는 능력을 찾으면 부처의 깨달음을 이루는 씨앗이 되느니라.

〈해설〉

'몸 가운데 스스로 발견할 수 있는 능력을 찾으면'이라고 한 것도 앞 절에서 말한 것과 같은 이유에서다. 만약에 '몸 가운데' 대신에 '마음 가운데'라고 쓴다면 곧바로 견성이 되므로 그것을 피하기 위해서 이러한 표현을 쓴 것이다.

제2편 돈황본단경(敦煌本壇經)

남종돈교(南宗頓敎) 최상대승(最上大乘) 마하반야바라밀다경

육조 혜능 대사가 소주(韶州) 대범사(大梵寺) 강당에서 베푼 법단경(法壇經) 일 권과 무상계(無相戒)를 받은 홍법(弘法) 제자 법해(法海)가 편집한 기록.

제1장 머리말

혜능 대사가 대범사 강단의 높은 법좌에 올라 마하반야바라밀법을 설하고 무상계(無相戒)를 수여했다. 그때 법좌 아래에는 비구, 비구니, 도교인, 속인 일만여 명이 있었다.

소주자사(韶州刺史) 위거(韋璩)와 여러 관료 30여 명과 유가(儒家)의 선비 몇몇 사람이 대사에게 마하반야바라밀법을 설해 주기를 청하였고, 자사는 곧바로 문인(門人) 법해로 하여금 이를 모아서 기록하게 했다. 혜능 대사는 후대에 널리 유포케 함으로써 도를 공부하려는 사람들이 더불어 이 종지(宗旨)를 이어받아 대대로 전수케 하여, 귀감이 될 만한 것을 후학들이 이어받게 하려고 이 단경을 설하였다.

제2장 스승을 찾아

혜능 대사가 말했다.

"선지식들이여, 마음을 깨끗이 하여 마하반야바라밀법을 생각하라!"

대사는 말을 끊고 마음과 정신을 가다듬고 나서 한참 침묵을 지키다가 드디어 입을 열었다.

"선지식들이여, 조용히 들어 주기 바란다. 혜능의 아버지의 본관(本官)은 범양(范陽)으로, 좌천당하여 영남(嶺南)의 신주(新州)로 옮겨 백성이 되었느니라. 혜능은 어린 나이에 아버지를 여의었다. 그 후 늙은 어머니와 외로운 아들은 남해(南海)로 이사하여 땔나무를 해다가 장터에서 팔아서 근근이 입에 풀칠을 하게 되었다.

한번은 손님이 땔나무를 샀다. 혜능은 나무를 지고 어느 관사(官舍)에 이르러 나무를 부려 놓았고, 손님은 혜능에게 나무 값을 치렀다. 돈을 받아 쥔 혜능이 막 문을 나서려는데 갑자기 길 지나던 사람이 『금강경』을 읽는 것을 보았다.

혜능은 『금강경』 읽는 소리가 귀에 들어오자 자기도 모르게 마음이 밝아지면서 문득 어떤 깨달음이 왔으므로 그 과객에게 물었다.

"어디서 오신 분이시기에 그런 경전을 읽고 계십니까?"

과객이 대답했다.

"나는 기주 황매현(黃梅縣) 동빙무산에서 오조(五祖) 홍인 화상(弘忍和尙)에게 예배했는데, 지금 그곳에는 문인(門人)이 천 명이 넘습니다. 나는 그곳에서 오조 대사가 승려와 속인들에게 『금강경』 한 권만 가지고 다니면서 읽으면 자성을 보고 곧바로 부처를 이루게 된다고 권하는 것을 들었습니다."

그 말을 들은 혜능은 숙세의 인연이 있었던지, 어머니에게 하직을 고하고 황매의 동빙무산으로 가서 오조 홍인 화상에게 예배했다. 홍인 화상이 혜능에게 물었다.

"그대는 어디 사람인데 이곳 산에까지 와서 나에게 예배하는가? 나한테서 구하는 것이 무엇인가?"

혜능이 대답했다.

"제자는 영남 사람으로 신주의 백성이옵니다. 먼 곳에서 이곳까지 와서 큰스님께 예배드리는 것은 다른 것이 아니옵고 다만 부처 되는 법을 구하고자 할 뿐이옵니다."

오조 대사는 대뜸 혜능을 꾸짖으면서 말했다.

"너는 영남 사람이고 더구나 오랑캐로서 어찌 부처가 되고자 한단 말이냐?"

혜능이 대답했다.

"사람에게는 남북이 있겠지만 불성에는 어찌 남북이 있을 수 있겠습니까? 오랑캐의 몸은 비록 스님과 같지 않겠지만 불성에야 무슨 차별이 있겠습니까?"

오조 대사는 더 얘기를 하고 싶었지만 좌우에 사람들이 둘러서 있는 것을 보고 더 이상 말하지 않았다. 그리고 혜능이 대중이 하는 대로 일하게 했다. 그때 그는 한 행자(行者)가 시키는 대로 방앗간에 가서 8개월 동안 방아를 찧었다.

제3장 게송을 짓게 하다

오조 홍인 대사가 하루는 문인들을 모두 다 불러오게 했다. 그들이 다 모이자 대사가 말했다.

"내 너희들에게 말하노라. 세상 사람들에게는 태어나고 죽는 일이 큰일이거늘 너희 문인(門人)들은 하루 종일 밥만 축내고 복만 구할 뿐 생사고해(生死苦海)를 벗어나려고는 하지 않는구나. 너희들의 자성이 미혹하면 복문(福門)이 어찌 너희를 구제할 수 있겠느냐.

너희들은 각기 자기 방으로 돌아가 자기 자신을 관하라. 지혜가 있는 자는 본래 누구나 가지고 있는 본성인 반야의 지혜를 포착하여 게송 한 수씩을 지어 나에게 가지고 오너라. 너희들이 가져온 게송(偈頌)들을 내가 읽어 보고 만약에 큰 뜻을 깨친 자가 있으면 가사와 법을 그에게 부촉하여 여섯 번째 조사(祖師)로 삼을 것이니라. 어서 빨리 서두르도록 하라."

이러한 분부를 받은 문인들은 각기 자기 방으로 돌아가서 서로 번갈아 가며 말했다.

"우리가 애써 게송을 지어 큰스님께 바칠 필요가 있겠는가? 신수 상좌(神秀上座)는 우리들을 가르치는 교수이므로 신수 상좌가 법을 얻은 후에는 우리가 저절로 그에게 의존하게 될 터이니, 구태여 우리가 게송을 지어 바칠 필요는 없다고 본다."

이렇게 생각한 그들은 저저마다 글짓기를 단념하고 누구도 감히 게송을 지어 바칠 엄두를 내지 않았다. 그때 화공(畵工) 노진(盧珍)이 홍인 대사의 방 앞에 있는 삼 칸의 복도 벽에 '능가변상(楞伽變相)'과 함께 오조 대사가 가사와 법을 전수하는 그림을 그려 공양함으로써 후대에 전하게 하려고, 벽을 살펴보고 나서 다음날 일을 착수하려고 했다.

〈해설〉

＊ 능가변상(楞伽變相) : 능가산에서 부처가 설법하는 그림.

제4장 신수

신수 상좌는 생각했다.

'모든 사람들이 마음의 게송을 바치지 않는 것은 내가 교수이기 때문이다. 내가 만약에 마음의 게송을 바치지 않으면 오조 대사께서는 내 공부의 깊이를 어찌 아실 수 있겠는가?

내가 게송을 오조 스님께 올려 내 뜻을 밝혀 법을 구하는 것은 올바른 일이지만, 덮어놓고 조사의 지위를 넘보는 것은 옳지 않다. 이것은 범부의 마음으로 돌아가 성인의 지위를 빼앗으려는 것과 같다. 그렇다고 해서 게송을 바치지 않으면 결국은 법을 얻지 못할 것이다.'

한참 동안 이리 생각하고 저리 생각해 보아도 참으로 어렵고도 어렵고 또 어려운 일이 아닐 수 없었다.

'삼경(밤 11시부터 1시 사이)이 되어 남들이 보지 못하는 사이에 남쪽 복도 중간 벽 위에 게송을 지어서 붙여 놓고 법을 구해야겠다. 만약에 오조 대사께서 이 게송을 보시고 가당치 않다고 생각하시고 나를 찾으신다면 나의 전생의 업장이 두터워 법을 얻지 못하는 것이다. 성인의 뜻은 알기 어려우니 체념하리라.'

신수 상좌는 밤중에 촛불을 들고 남쪽 복도 중간 벽 위에 게송을 지어 붙여 놓았지만 아무도 알지 못했다.

그 게송은 다음과 같았다.

몸은 보리수요

마음은 명경대(明鏡臺)와 같다.

때때로 부지런히 털고 닦아서

티끌과 때가 일지 않게 하리라.

신수 상좌는 이 게송을 붙여 놓고 자기 방에 돌아와 누웠지만 아무도 본 사람은 없었다.

오조 대사는 아침에 노화공을 불러 남쪽 복도에 '능가변상'을 그리게 하려고 하다가 문득 이 게송을 보고는 다 읽고 나서 노화공에게 말했다.

"내가 그대에게 삼만 냥을 주어 멀리서 온 그대의 노고를 깊이 위로하고, 그림을 그리지 않게 하리라.『금강경』에 이르기를 "상을 갖추고 있다는 것은 모두 다 허망하다" 하였으니, 이 게송을 이곳에 그대로 두어 미혹한 사람들이 외우게 하고, 이를 좌우명으로 삼아 수행케 함으로써 삼악도(三惡道)에 떨어지지 않게 하는 것이 그림을 그리는 것보다 차라리 나으리라. 법에 의지하여 수행을 하는 것은 사람들에게 큰 이익을 주리라."

홍인 대사가 문인들을 다 불러오게 하여 게송 앞에 분향케 했다. 그러자 그들이 들어와 보고 공경심을 품지 않는 사람이 없었다. 그러자 오조 대사가 말했다.

"너희들은 이 게송을 외우도록 하여라. 이를 외우는 자는 바야흐로 자성을 보게 될 것이며, 이를 의지하여 수행하면 타락하지 않으리라."

문인들은 모두들 이를 외우고 존경심을 품고 찬탄했다.

"참으로 훌륭하구나!"

오조 스님은 신수 상좌를 거처로 불러들여 물었다.

"네가 이 게송을 지었단 말이냐? 그것이 사실이라면 마땅히 내 법을 얻으리라."

신수 상좌가 앉으면서 말했다.

"면구스럽습니다. 실은 제가 지었습니다만 제가 어찌 감히 조사의 자리를 넘보겠나이까? 스님께서는 자비로 보아주옵소서. 제자의 작은 지혜로야 어찌 큰 뜻을 헤아릴 수 있겠습니까?"

오조가 말했다.

"네가 지은 이 게송은 초보적인 소견에는 도달하여 문 앞까지는 당도했지만 아직 문 안에는 들어오지 못했느니라. 범부들이 이 게송에 의지하여 수행을 하면 타락하지는 않겠지만 이 정도의 견해를 가지고 위없는 보리를 구해 보았자 얻지 못할 것이다. 마땅히 문 안으로 들어와야만 자기의 본성을 볼 수 있느니라.

너는 거처로 돌아가 며칠 동안 더 생각해서 다시 게송 하나를 지어 오너라. 만약에 네가 문 안에 들어와 자성을 보았다면 내 응당 가사와 법을 너에게 부촉(附囑)하리라."

신수 상좌는 거처로 돌아가 며칠을 지냈지만 새로운 게송을 짓지 못했다.

〈해설〉

'이를 외우는 자는 바야흐로 자성을 보게 될 것이며⋯' 하고 오조가 말한 것은 대중의 주목을 끌기 위해서 일시 방편으로 한 말이지 진실을 그대로 말한 것은 아니다. 왜냐하면 오조는 그 뒤 신수를 불러 놓고 '범부들이 이 게송에 의지하여 수행을 하면 타락하지는 않겠지만 이 정도의 견해를 가지고는 위없는 보리를 구해보았자 얻지 못할 것이다. 마땅히 문 안으로 들어와야 자기의 본성을 볼 수 있나니라' 하고 신수에게 말한 것만 보아도 알 수 있기 때문이다. 오조는 신수가 아직 도의 문 안에 들어오지 못한 것을 알았던 것이다. 그렇다면 오조는 혜능에 대해서는 어떻게 생각했을까? 다음을 보기로 하자.

제5장 게송을 바치다

동자 하나가 방앗간 옆을 지나면서 그 게송을 읊조리고 있었다. 혜능은 한 번 듣자마자 대번에 이 게송을 쓴 사람은 아직 견성하지 못했고, 큰 뜻이 무엇인지도 알지 못한다는 것을 알았다. 혜능이 그 동자에게 물었다.

"지금 읊는 것은 무슨 게송이냐?"

동자가 대답했다.

"아직도 모르고 있나요? 큰스님께서 말씀하시기를 생사(生死)는 큰일이라 하시면서 문인들로 하여금 각기 게송 하나씩을 지어내라 하시고, 큰 뜻을 깨친 사람에게는 가사와 법을 전하여 육대 조사로 삼으리로다 하셨는데, 신수라고 하는 상좌가 홀연 남쪽 복도에 무상게(無相偈) 한 수를 써 붙였소. 오조 스님께서는 모든 문인들로 하여금 누구나 다 이를 읊게 하시고, 이 게송을 깨친 이는 곧 견성을 할 것이니, 이 게송을 의지하여 수행하면 생사를 벗어나게 되리라고 하셨소."

혜능이 말했다.

"나는 이곳에 와서 방아 찧기를 여덟 달 동안이나 했건만 아직 조사당(祖師堂) 앞에 가 보지도 못했네. 그대는 나를 남쪽 복도로 인도하여 그 게송을 보고 예배하도록 해 주게. 또한 그 게송을 외워 내생의 인연을 맺어 부처님 나라에 태어났으면 하네."

동자는 혜능을 데리고 남쪽 복도로 갔다. 혜능은 곧바로 그 게송에 예배했다. 그러나 그는 글을 알지 못했으므로 옆 사람에게 읽어 달라고 하여 대강의 뜻을 파악했다. 혜능 역시 게송 하나를 지어, 글 쓸 줄 아는 사람에게 써 달라고 하여 서쪽 벽 위에 붙여서 자신의 마음을 드러내 보였다.

본래의 마음을 모르면 법을 배워 보았자 별 이득이 없다. 마음을 알아내어 자성을 보아야 곧 큰 뜻을 깨닫게 된다. 혜능의 게는 다음과 같다.

> 보리는 본래 나무가 없고
> 명경(明鏡) 또한 받침대가 없네.
> 부처의 성품은 항상 깨끗한데
> 어디에 티끌과 먼지가 있으리오.

또 게송은 말했다.

> 마음은 보리수요
> 몸은 명경대(明鏡臺)라.

명경은 본래 청정한데
어디에 티끌과 먼지가 더럽힐 것인가?

  절 안의 대중들이 혜능이 지은 게송을 보고는 모두 다 괴이쩍게 여기므로 혜능은 방앗간으로 돌아갔다. 그러나 오조 스님이 홀연 혜능의 게송을 보고 당장 큰 뜻을 알아차렸지만 여러 사람들이 알까 두려워 대중에게 짐짓 말했다.
"이것 역시 아니로군."

〈해설〉
돈황본에는

  '부처의 성품은 항상 깨끗한데
  어디에 티끌과 먼지가 있으리오.'

로 되어 있지만 각 유통본에는

  '본래 한 물건도 없거늘
  어디에 티끌과 먼지가 일어나겠는가?'

로 되어 있다.

제6장 법을 받다

오조 스님이 삼경에 혜능을 조사당 안으로 불러들여『금강경』을 설해 주었다. 혜능이 한 번 듣고 금방 깨달았으므로 그날 밤으로 법을 전해 받았다. 그러나 아무도 이 사실을 눈치채지 못했다. 오조 스님은 단번에 깨닫는 돈법(頓法)과 가사를 전수하면서 말했다.

"네가 육대 조사가 되었으니 이 가사로 신표를 삼을 것이며 이를 대대로 이어받아 서로 전하되, 법은 마음에서 마음으로 전하여 응당 스스로 깨닫도록 하라."

오조 스님은 또 말했다.

"혜능아, 예부터 법을 전하는 일은 목숨을 실낱에 거는 것 같이 위태로운 일이었느니라. 만약에 네가 이곳에 머물면 사람들이 너를 해칠 것이니 너는 이곳을 속히 떠나도록 하여라."

혜능이 가사와 법을 받고 나서 밤중에 떠날 때 오조 스님은 몸소 구강역(九江驛)까지 배웅해 주었다. 떠나는 혜능을 보고 오조 스님은 다음과 같은 처분을 내렸다.

"너는 이곳을 떠난 뒤에도 계속 노력하라. 돈법을 가지고 남쪽으로 가되 삼 년 동안은 이 법을 펴지 말라. 환란이 일어나리라. 그 뒤에 이 법을 널리 펴서 미혹한 사람들을 잘 이끌어 주어 마음이 열리게 되면 너의 깨달음과 별 차이가 없으리라."

길 떠난 지 두어 달 만에 대유령(大庾嶺)에 이르렀을 때에도 혜능은 뒤에서 수백 명이 자신을 해치고 가사와 법을 빼앗으려고 반쯤 쫓아오다가 그만두고 되돌아간 것을 몰랐었다. 그때 성은 진(陳)이고 이름은 혜명(惠

明)이고 선조는 삼품장군(三品將軍)을 지낸 한 승려만이 되돌아가지 않고 있었는데, 성품과 행동이 거칠고 포악했다. 바로 고갯마루까지 혜능을 뒤쫓아와서 덮치려 하였다.

혜능이 가사를 주었지만 받으려 하지 않고 말했다.

"내가 이렇게 먼 곳까지 뒤쫓아온 것은 법을 구하자는 것이지 가사 따위는 필요치 않소이다."

혜능이 고갯마루에서 혜명에게 갑자기 법을 전하니 그가 법문을 듣자마자 마음이 열렸다.

혜능이 그에게 말했다.

"곧바로 북쪽으로 가서 사람들을 교화하라."

〈해설〉

박학다식한 대선배인 신수 상좌를 보기 좋게 따돌리고 일자무식인 나무꾼에 지나지 않는 혜능에게 대법이 돌아간 것은 무엇을 말하는가? 불법을 받을 자격은 문자나 지식에 있는 것이 아니라 얼마나 마음이 열려 견성을 했느냐에 달려 있다는 것을 웅변으로 보여 주고 있다.

제7장 정혜

혜능이 이곳에 와서 머물게 된 것은 여러 관료, 도교인, 속인들과 함께 오랜 전생부터 인연이 있었기 때문이다. 내 가르침은 옛 성인들이 전한 것이고 혜능이 스스로 알아낸 것이 아니다. 옛 성인의 가르침을 들으려는 사람은 응당 제각기 마음을 깨끗이 하여 듣고 난 뒤에는 미혹을 없애어 옛사람들의 깨달음을 성취하기 바란다.

(다음부터는 법이니라.)

혜능 대사가 말했다.

"선지식들이여, 보리반야의 지혜는 세상 사람들이 본래부터 스스로 지니고 있나니라. 그러나 인연 따라 마음이 미혹하여 스스로 깨치지 못하고 있는 것이다. 그러므로 마땅히 선지식을 구하여 그의 지도를 받아 견성하도록 하라. 선지식들이여, 깨달으면 곧 지혜를 이루느니라.

선지식들이여, 나의 이 법들은 정(定)과 혜(慧)로써 근본을 삼는다. 첫째로 미혹하여 혜와 정이 다르다고 말하지 말라. 정과 혜는 한몸이되 둘이 아니니라. 정은 곧 혜의 본체요 혜는 곧 정의 쓰임이니, 곧 혜가 작용할 때 정이 혜에 있고 정이 작용할 때 혜가 정에 있나니라.

선지식들이여, 이 뜻은 정과 혜가 함께하는 것이니라. 도를 배우는 사람은 일부러 정을 먼저 한 뒤에 혜를 뒤에 시작한다고 하거나 혜를 먼저 한 뒤에 정을 뒤에 시작한다고 하여 정과 혜를 각각 다르게 말하지 말지니라. 이런 생각을 가진 자는 법에는 두 모양이 있다고 보는 것이다.

입으로는 착함을 말하면서 마음이 착하지 않으면 혜와 정이 함께한 것이 아니다. 마음과 입이 함께 착하여 안팎이 한가지면 정과 혜가 함께한 것이니라.

스스로 깨달아 가면서 공부하는 사람은 말싸움을 하지 않는다. 만약에 앞뒤를 다투는 일이 있다면 그것은 미혹된 사람들이나 하는 짓으로서 승부를 단념하지 못했기 때문이고, 법에 대한 아집에 사로잡혀 사상(四相)을 떠나지 못했기 때문이다.

〈해설〉

＊ 사상(四相) : 유위계의 생주이멸(生住異滅).

일행삼매(一行三昧)란 가거나 머물거나 앉거나 눕거나 항상 곧은 마음을 실천에 옮기는 것이다.

『정명경(淨名經)』에 이르기를 '곧은 마음이 도량(道場)이요 곧은 마음이 정토'라고 하였느니라. 마음속에는 아첨하고 꼬부라진 생각을 가지고 있으면서 입으로만 법은 곧아야 한다고 말하지 말라.

입으로는 일행삼매를 말하면서 곧은 마음을 실천에 옮기지 않으면 부처님 제자가 아니니라. 오직 곧은 마음을 실행에 옮기고, 일체의 법에 집착하지 않는 것을 일행삼매라고 한다.

그러나 미혹한 사람은 법상(法相)에 집착하고 일행삼매를 고집하여 곧은 마음이란 앉아서 움직이지 않는 것이라 생각한다. 그리고 망상을 제거하고 마음이 일어나지 않는 것을 일행삼매라고 한다. 그게 사실이라면 이 법은 무정(無情)과 같은 것이므로 도리어 도에 장애를 일으키는 인연이 되느니라.

〈해설〉

＊ 무정(無情) : 정신작용이 없는 것으로 돌, 산, 바다 등과 무생물의 총칭.

도는 응당 흘러야 한다. 어찌 흐르지 않고 머물러 있을 수 있으리오. 마음이 머물러 있지 않으면 곧 유통하는 것이고 마음이 한곳에 머물러 있으면 곧 속박당한 것이니라.

만약에 앉아서 움직이지 않는 것이 옳다면 사리불이 숲속에 편안히 앉아 있는 것을 보고 유마힐이 꾸짖은 것은 합당치 못한 일이었을 것이니라.

선지식들이여, 또한 혹자가 사람들에게, '앉아서 마음을 보고 깨끗함을 보되, 움직이지도 말고 일어나지도 말라' 고 가르치고 이것으로 공부를 삼게 하는 것을 본다. 미혹한 사람은 이것을 깨닫지 못하고 도리어 거기에 집착하여 전도(顚倒)되는 일이 부지기수이니, 이렇게 도를 가르치는 것은 크게 잘못된 것임을 알아야 한다.

선지식들이여, 정과 혜는 무엇과 같은가? 등불과 그 빛과 같나니라. 등불이 있으면 곧 빛이 있고 등불이 없으면 빛도 없으므로, 등불은 빛의 본체요 빛은 등불의 작용이다. 이름은 비록 둘이지만 본체는 둘이 아니다. 정과 혜의 법도 또한 이와 같나니라.

제8장 무념

선지식들이여, 법에는 단번에 깨닫는 것과 차츰 깨닫는 차이가 없다. 그러나 사람에 따라 영리한 자도 있고 우둔한 자도 있으므로, 미혹한 사람은 공부의 속도가 느리고 깨달은 사람은 한꺼번에 공부를 다 마쳐 버린다. 자신의 본마음을 아는 것이 본성을 보는 것이다. 깨달음에는 원래 차별이 없지만 깨닫지 못하면 장구한 세월을 윤회해야 한다.

선지식들이여, 나의 이 법문(法門)은 예부터 무념(無念)을 으뜸으로 삼고 무상(無相)을 본체로 삼고 무주(無住)를 근본으로 삼느니라.

무엇을 무상이라고 하는가?

무상이란 모양이 없는 것으로서 모양에서 모양을 떠난 것이다. 무념이란 생각이 없는 것으로서 생각에서 생각을 하지 않는 것이다. 무주란 생각이 머무르지 않는 것으로서 사람의 본성이 생각마다 머무르지 않는 것이다.

그러나 지나간 생각과 지금의 생각과 미래의 생각이 서로 이어져 끊어짐이 없는 것이다. 만약에 한 생각이 끊어지면 법신이 곧 육신을 떠나느니라.

순간순간 생각할 때에 모든 법 위에는 머무름이 없나니, 만약에 한 생각이라도 머물게 되면 생각마다 머물게 되는데 이것을 일컬어 얽매임이라고 부른다. 모든 법 위에 순간순간 생각이 머무르지 않으면 곧 얽매임이 없는 것이다. 그러므로 머무름 없는 것을 근본으로 삼느니라.

선지식들이여, 밖으로 모든 모양을 떠나는 것이 무상이다. 오로지 모양에서만 떠나면 자성의 본체는 청정한 것이다. 그러므로 무상을 본체로 삼느니라.

모든 경계에 물들지 않는 것을 무념이라고 한다. 자기의 생각을 모든 경계에서 떠나게 하고 법에 대하여 생각을 일으키지 않는 것을 말한다. 백 가지 사물을 생각지 않고 생각을 모두 제거하지 말라. 한 생각이 끊어지면 곧바로 다른 곳에서 생(生)을 받게 되느니라.

도를 배우는 자는 조심하여 법의 뜻을 중단하지 않도록 하라. 자기의 잘못은 늘 있을 수 있다고 쳐도, 이것을 어찌 남에게 권할 수 있단 말인가? 미혹되어 스스로 잘못을 깨닫지 못한 채 경전의 법을 비방하는 자가 있다. 그러므로 무념을 으뜸으로 삼느니라.

미혹한 사람은 경계 위에 생각을 머물게 하고 그 생각 위에 곧 사악한 견해를 일으키므로 일체의 번뇌 망상이 여기에서 생겨나게 하느니라.

그러므로 이 교문(教門)은 무념을 으뜸으로 삼느니라. 세상 사람들이 속된 견해를 떠나 생각을 일으키지 않음으로써 만약에 생각이 없다면 무념(無念) 역시 설 자리가 없나니라.

없다는 것은 무엇이 없다는 것이고 생각함이란 무엇을 생각한단 말인가?

없다는 것은 두 모양의 모든 번뇌 망상을 떠난 것이고, 생각함이란 진여본성(眞如本性)을 생각하는 것으로서, 진여는 생각의 본체요 생각은 진여의 작용이니라. 따라서 자성이 생각을 일으켜 비록 보고 듣고 느끼고 알지만 일만 경계에 물들지 않아서 항상 자재(自在)하느니라.

그러므로 『유마경(維摩經)』에 이르기를 '밖으로 모든 법의 모양을 잘 분별하지만 안으로 첫째의 뜻으로 부동이니라'라고 하였느니라.

〈해설〉

* 첫째의 뜻 : 모든 경계에 물들지 않는 무념.

제9장 좌선

선지식들이여, 이 법문 중의 좌선(坐禪)은 원래 마음에 집착하지 않고 또한 깨끗함에도 집착하지 않느니라. 또한 움직이지 않음도 말하지 않나니, 마음을 본다고 말한다면 마음은 원래 허망한 것이며 허망은 허깨비와 같으므로 볼만한 것이 없느니라.

만약에 깨끗함을 본다고 말한다면 인성(人性)은 본래 깨끗한데도 진여가 허망한 생각으로 뒤덮여 있는 것이므로 허망한 생각을 떠나면 본성은 깨끗한 것이니라. 자기의 성품이 본래 깨끗함을 보지 못하고 상념을 일으켜 깨끗함을 보면 도리어 깨끗하다는 망상이 생기느니라.

망상은 일정한 처소가 없다. 그러므로 본다고 하는 것이 도리어 망상임을 알라. 깨끗함은 모양이 없는데도 도리어 깨끗한 모양을 만들어 세워 이것을 공부라고 말한다면, 이러한 소견을 내는 사람은 자기의 본성을 가로막아 도리어 깨끗함에 사로잡히게 되느니라.

만약에 움직이지 않는 사람이 모든 사람의 허물을 보지 않는다면 이것은 자성이 움직이지 않은 것이다. 미혹한 사람은 자기의 몸은 움직이지 않지만 입만 열었다 하면 남의 옳고 그름을 말한다. 이것은 도와는 어긋나는 것이다. 마음을 보고 깨끗함을 본다고 하는 것은 도리어 도를 가로막는 인연이니라.

이제 너희들에게 말하거니와 이 법문 가운데서 어떤 것을 좌선이라고 말하는가?

이 법문 중에는 일체의 장애가 없어서 겉으로는 일체의 경계 위에 상념(想念)이 일어나지 않는 것이 좌(坐)요, 안으로는 본성을 보아 혼란이 일어나지 않는 것이 선(禪)이니라.

어떤 것을 선정(禪定)이라고 하는가?

밖으로는 상(相)을 떠나는 것이 선(禪)이요, 안으로는 어지럽지 않은 것이 정(定)이니라. 만약에 밖으로 상(相)이 있어도 안으로 성품이 어지럽지 않으면 본래대로 스스로 깨끗하고 스스로 정(定)이니라. 그러나 오로지 경계에 부딪침으로 말미암아 그 부딪침이 곧 어지럽게 되나니, 상을 떠나되 어지럽지 않은 것이 곧 정이니라.

밖으로 상을 떠나는 것이 곧 선이요, 안으로 어지럽지 않은 것이 정이다. 밖으로 선(禪)하고 안으로 정(定)하므로 선정(禪定)이라고 일컫느니라.

『유마경』에 '즉시 활연히 깨달아 본심을 도로 찾는다' 하였고, 『보살계경(菩薩戒經)』에는 '본원(本源) 자성이 청정(淸淨)하다' 하였다.

선지식들이여, 자성을 보고 깨끗함을 보아라. 스스로 수행하고 스스로 만드는 것이 자성법신(自性法身)이며, 스스로 실행함이 부처행이며, 스스로 만들고 스스로 성취함이 불도(佛道)이니라.

제10장 세 몸

선지식들이여, 모름지기 자기의 몸으로 무상계(無相戒)를 받되, 다 같이 혜능의 선창(先唱)을 따르라. 그대들 선지식들로 하여금 자기의 삼신불(三身佛)을 보게 하리라.

'나의 색신(色身)의 청정법신불(淸淨法身佛)에 귀의하오며, 나의 색신의 천백억화신불(千百億化身佛)에 귀의하오며, 나의 색신의 당래원만보신불(當來圓滿報身佛)에 귀의합니다.'(이상 3창 한다.)

색신은 집이므로 귀의한다고 말할 수 없다. 앞에 말한 세 몸은 자기의 법성(法性) 속에 있고 세상 사람들이 다 가진 것이다. 그러나 미혹하여 보지 못하고 밖에서 삼신여래(三身如來)를 찾고, 자기 색신 속의 세 성품의 부처는 보지 못한다.

선지식들이여 들으라. 그대들에게 말하여 그대들로 하여금 자신의 색신 속에 있는 자기의 법성(法性)이 삼신불을 가졌음을 보게 하리라.

〈해설〉

＊ 색신(色身) : 색상(色相)이 있는 인간의 육체.

이 삼신불은 자성으로부터 생겨난다. 무엇을 청정법신불이라고 하는가?

선지식들이여, 세상 사람들의 성품은 본래 청정하여 만 가지 법이 자성 속에 다 들어 있다. 그러므로 온갖 악한 일을 생각하면 곧바로 악을 행하고, 갖가지 착한 일을 생각하면 자기도 모르게 착한 일을 수행(修行)하게 된다. 이처럼 온갖 법이 다 자성 속에 있어서 자성은 늘 청정하다는 것을 알아라.

해와 달은 언제나 밝건만 단지 구름이 가려서 위는 밝고 아래는 어두워서 밑에서는 일월성신(日月星辰)을 보지 못한다. 그러다가 갑자기 지혜의 바람이 불어와 구름과 안개를 다 걷어가 버리면 삼라만상이 한꺼번에 모두 다 제 모습을 드러내느니라.

세상 사람들의 성품이 깨끗한 것도 밝은 하늘과 같아서 혜(慧)는 해와 같고 지(智)는 달과 같다. 지혜는 언제나 밝건만 바깥 경계에 집착하여 망념의 뜬구름이 뒤덮여 자성이 밝게 볼 수 없을 뿐이다. 그러므로 선지식을 만나 진법(眞法)이 열리어 미망을 걷어 내 버리면 안팎을 환히 꿰뚫어 볼 수 있게 되어 자성 속에 있는 만법을 전부 다 볼 수 있게 된다. 이처럼 일체법이 스스로 존재하는 성품을 일컬어 청정법신불이라고 한다.

스스로 귀의한다는 것은 착하지 못한 행동을 하지 않는 것이고 이를 불러 귀의라고 하느니라.

무엇을 천백억화신불이라 하는가?

생각하지 않으면 자성은 곧바로 텅 비어 고요하지만 일단 생각하면 그 즉시 스스로 변한다. 악법(惡法)을 생각하면 자성은 변화하여 지옥이 되고, 선법(善法)을 생각하면 천당이 되고, 해독(害毒)을 생각하면 축생(畜生)이 되고, 자비를 생각하면 보살이 되고, 지혜를 생각하면 상계(上界)가 되고, 우치(愚癡)를 생각하면 하방(下方)이 된다. 이처럼 자성의 변화가 끝이 없건만 미혹한 사람은 이를 스스로 알아보지 못한다.

한 생각이 착하면 곧바로 지혜가 생겨나는데, 이를 일러 자성화신(自性化身) 즉 천백억화신불이라 하느니라.

〈해설〉

＊ 우치(愚癡) : 바보스럽고 어리석음.

＊ 상계(上界) : 지혜로운 존재들이 사는 높은 세계.

＊ 하방(下方) : 어리석은 존재들이 사는 수준 낮은 세계.

천백억화신이란 원래 부처와 보살이 수행자들을 교화할 때 각자에게 합당한 모습으로 나타나 가르침을 베푸는 것을 말한다. 육조가 말하는 천백억화신은 그것과는 다른 것임을 주목할 필요가 있다.

무엇을 원만보신불이라고 하는가?

등불 하나가 천 년 동안의 어둠을 없앨 수 있고, 하나의 지혜가 만 년 동안의 어리석음을 제거할 수 있다. 지난 일은 생각지 말고 오직 앞일만을 늘 생각하라. 항상 착한 마음으로 미래를 생각하는 것을 일러 보신이라고 한다. 단 한 번 품은 악한 생각에 대한 과보는 천 년 동안의 선행을 허사로 돌아가게 한다.

그런가 하면 단 한 번 품은 착한 생각에 대한 과보는 천 년 동안의 악을 없애 버린다. 시작 없는 아득한 세월 속에서 착한 마음으로 미래를 생각하는 것을 일컬어 원만보신불이라고 한다.

법신을 따라 생각하는 것이 곧 화신이다. 중단 없는 착한 생각이 곧 보신이다. 스스로 깨닫고 스스로 수행하는 것을 일러 귀의(歸依)라고 한다. 인간의 육체인 가죽과 살은 곧 색신이며 집이므로 귀의할 곳이 못 된다. 오로지 삼신(三身)을 깨달으면 곧바로 큰 뜻을 알게 되느니라.

제11장 네 가지 서원

이제 그대들은 삼신불에 완전히 귀의했으니, 그대들 선지식들과 함께 네 가지 큰 서원을 발하리라.

선지식들이여, 혜능을 따라 일제히 복창하라.

'무변 중생들 전부 다 제도하기를 서원합니다.
무진 번뇌 모조리 다 끊기를 서원합니다.
무량 법문 전부 다 배우기를 서원합니다.
무상 불도(無上佛道) 이루기를 서원합니다.'(이상 세 번 복창)

선지식들이여, 무변(無邊) 중생을 다 제도한다는 것은 혜능이 선지식들을 제도하는 것이 아니라, 마음속의 중생을, 다시 말해서, 자기 자신 속에 있는 자성을 스스로 제도하는 것이다.

자성을 스스로 제도한다는 것은 무엇인가?

자기 색신 속의 사견(邪見), 번뇌, 우치(愚癡), 미망을 자신의 깨달은 본성으로 바르게 제도하는 것이다.

이미 깨달은 바른 견해인 반야의 지혜로 우치미망(愚癡迷妄)을 제거해 버리면 중생들이 제각기 스스로 제도한 것이 되나니라. 사(邪)가 오면 정(正)으로 제도하고, 미혹이 오면 깨달음으로 제도하고, 어리석음이 오면 지혜로 제도하고, 악이 오면 착함으로 제도하고, 번뇌가 오면 보리(菩提)로 제도한다. 이렇게 제도하는 것을 진실한 제도라 하느니라.

무진 번뇌를 맹세코 다 끊는다 하는 것은 자기의 마음속에 있는 허망(虛妄)을 제거하는 것이다. 무량 법문을 전부 다 배운다 하는 것은 무상정법(無上正法)을 배우는 것이다. 무상불도(無上佛道)를 맹세코 이룬다 하는 것은 항상 겸손하고 일체를 공경하고 미혹한 집착을 멀리 떠나보내고, 깨달음으로 반야가 생겨 미망을 제거하는 것이다. 다시 말해서 스스로 깨달아 서원력(誓願力)을 실행하는 것이니라.

〈해설〉

＊ 무변(無邊) 중생 : 한정 없이 많은 중생, 무량(無量)한 중생.

제12장 참회

이제 네 가지 큰 서원 세우기를 마쳤으니 선지식들과 더불어 무상(無相) 참회하여 삼세(三世)의 죄장(罪障)을 없애 버릴 것이니라.

〈해설〉

＊ 무상(無相) 참회 : 모습 또는 모양 없는 참회.

대사가 말했다.

"선지식들이여, 과거의 생각과 미래의 생각과 지금의 생각이 끊임없이 우치에 물들지 않고, 지난날의 나쁜 행동을 한꺼번에 영원히 끊어 버림으로써 자기 성품에서 제거해 버리면 이것이 곧 참회니라.

과거의 생각과 미래의 생각과 현재의 생각이 중단 없이 어리석음에 물들지 않고 지난날의 속임수를 바로잡아 영원히 끊어버리는 것을 일컬어 자성 참회라 하느니라.

과거의 생각, 미래의 생각, 현재의 생각이 끊임없이 질투에 물들지 않음으로써 지난날의 질투심을 없애도록 하라. 자기 성품에서 이를 제거해 버리면 이것이 곧 참회니라."(이상 3창 한다.)

선지식들이여, 무엇을 참회라고 하는가?

참(懺)이라는 것은 종신토록 잘못을 저지르지 않는 것이고, 회(悔)라는 것은 과거의 잘못을 아는 것이다. 악업을 늘 마음속에서 없애 버리지 못하는 한 여러 부처님 앞에서 아무리 입을 잘 놀려도 아무 쓸모도 없느니라. 나의 법문 중에서 악업을 영원히 끊어 버리고 다시 저지르지 않는 것을 일러 참회라 하느니라.

제13장 삼귀의

이제 참회를 이미 마쳤으므로 선지식들에게 무상삼귀의계(無相三歸依戒)를 주리라.

대사가 말했다.

"선지식들이여, '깨달음의 양족존(兩足尊)께 귀의하오며, 바름의 이욕존(離欲尊)께 귀의하오며, 깨끗함의 중중존(衆中尊)께 귀의합니다.

지금부터는 부처님을 스승으로 삼고 다시는 사악하고 미혹된 외도(外道)에 귀의하지 않겠사오니, 바라옵건대 자성삼보(自性三寶)께서는 자비로서 증명하소서.

선지식들이여, 혜능이 선지식들에게 권하여 자성삼보에 귀의케 하니라. 부처는 깨달음이요, 법은 바름이요, 승(僧)은 깨끗함이니라.

자기 마음이 깨달음에 귀의하여 사악과 미혹이 생겨나지 않고 적은 욕심으로 만족할 줄 알아, 재물을 떠나고 색을 떠나는 것을 일러 양족존(兩足尊)이라고 한다.

자기 마음이 바르게 되어 생각마다 사악하지 않으므로 애착이 없나니, 애착이 없는 것을 이욕존(離欲尊)이라고 한다.

자기 마음이 깨끗해져서 일체의 번뇌 망상이 비록 자성 속에 있다고 해도 자성이 그것에 물들지 않는 것을 중중존(衆中尊)이라고 한다.

범부들은 이것을 이해하지 못하고 날이면 날마다 삼귀의계(三歸依戒)를 받느니라. 그러나 만약 부처님에게 귀의한다고 말한다고 해도 부처가 어디에 있으며, 만약 속에서 부처를 보지 못한다면 귀의할 데가 어디에 있겠는가? 이미 귀의할 곳이 없으면 귀의한다는 말이 도리어 허망해질 것이다.

그러므로 선지식들이여, 각자 관찰하여 착오 없도록 조심하라. 불경 말씀 가운데 '오직 자기 자신 속의 부처님께 귀의한다'고 하였고 다른 부처에게 귀의한다고 말하지 않았느니라. 자성에 귀의하지 않으면 귀의할 곳이 없느니라."

제14장 성품의 비어 있음

이제 삼보에 이미 스스로 귀의하였으니 각자는 모두 구도심이 지극할 것인즉 그대들 선지식들에게 마하반야바라밀법을 설해 주리라. 선지식들이여, 그대들은 이것을 읽으려고는 했겠지만 이해는 할 수 없었을 것인즉 이제부터 혜능이 해설해 줄 터이니 각자는 귀를 기울일지어다.

마하반야바라밀이란 서쪽 나라의 범어(梵語)이다. 당나라 말로는 '큰 지혜로 저쪽 강 언덕에 이른다'는 뜻이다. 이 법은 당연히 그 내용을 실행에 옮겨야지 입으로만 외우라는 것이 아니다. 읊기만 하고 실천하지 않으면 허깨비가 되어 버리지만, 이를 수행하는 사람은 법신과 부처와 같아진다.

무엇을 마하라고 하는가?

마하란 큰 것이다. 마음이 한량없이 드넓고 커서 허공과 같지만 텅 빈 마음으로만 앉아 있지 말라. 그렇지 않으면 곧바로 무기공(無記空)에 떨어질 것이니라.

허공은 능히 일월성신과 산하대지(山河大地)와 온갖 초목과 모진 사람과 착한 사람, 악법과 선법, 천당과 지옥을 내포하고 있건만 아직도 여유가 만만하다. 세상 사람들의 성품이 비어 있는 것도 또한 이와 같나니라.

〈해설〉

＊ 무기공(無記空) : 공(空)은 공이되 이기심을 완전히 여의지 못하여 아직도 선과 악이 혼돈상태에 있는 공을 말한다.

성품은 만법을 함유하고 있으므로 큰 것이다. 만법이 모두 다 자성이다. 일체의 사람과 사람 아닌 것, 악함과 착함, 악한 법과 착한 법을 보되, 모두 다 버리지 않으며 그것에 물들지 않고 마치 허공과 같아서 크다고 하나니 이것을 일컬어 마하행이라고 한다.

미혹한 사람은 입으로만 읊고 지혜로운 사람은 마음으로 실천하느니라. 또 미혹한 사람은 마음을 비우고 생각하지 않는 것을 크다고 하나 이것 역시 잘못이다.

마음이 한량없이 드넓고 크다고 해도 실행이 따르지 않으면 이것 역시 작은 것이다. 헛소리만 탕탕 치고 수행치 않으면 나의 제자가 아니니라.

제15장 반야

반야(般若)란 무엇인가?

반야는 곧 지혜다. 항상 어느 때 무슨 생각을 하든지 간에 어리석지 않고 언제나 지혜롭게 처신하는 것을 반야행이라고 한다.

한 생각이 어리석으면 당장 반야가 끊어지고 한 생각이 슬기로우면 그 즉시 반야가 생겨난다. 그런데도 마음속은 늘 어리석으면서도 '나는 수행한다'고 자부하는 사람이 있다. 반야는 형상이 없다. 지혜의 성품이 바로 그렇다.

바라밀이란 무엇인가?

이것은 서쪽 나라의 범어로서 '저쪽 강 언덕에 이른다'는 말이다. 그 뜻을 풀어보면 생멸(生滅)을 떠난다는 것이다. 경계에 집착하면 생멸이 일어나서 물에 파도가 이는 것과 같다. 이것은 곧 이쪽 언덕 즉 속세를 말한다. 그러나 경계를 떠나면 생멸이 없어서 물이 끊어지지 않고 계속 흐르는 것과 같아서 곧바로 저쪽 강 언덕에 도달한다고 한다. 그러니까 바라밀이라고 하느니라.

〈해설〉

＊ 경계(境界) : 유위계에서 어떤 행위가 일어날 수 있는 인식의 영역. 여기서는 속세의 욕망을 말한다.

미혹한 사람은 입으로 읊조리고 지혜로운 사람은 마음으로 실행한다. 생각할 때 망상이 끼어들면 그 망상 때문에 진실은 사라진다. 그러므로 생각마다 끊임없이 지혜로워야 진실이 떠나지 않게 된다.

이 법을 깨달은 사람은 반야의 법을 깨친 것이고 반야의 행을 닦는 것이다. 그러므로 닦지 않으면 범부요, 한 생각을 수행하면 법신, 부처와 동등해지느니라.

선지식들이여, 번뇌가 곧 보리니라. 앞생각에 붙잡혀 미혹당하면 곧바로 범부요, 뒷생각으로 인해 깨달음을 얻으면 당장 부처가 되느니라.

선지식들이여, 마하반야바라밀은 가장 존귀하고 가장 높으며 가장 으뜸이라 머무름도 없고, 가는 것도 없고 오는 것도 없다. 삼세의 모든 부처들이 이 속에서 나와 큰 지혜로 저쪽 강 언덕에 이르러 오음(五陰)의 번뇌와 진로(塵勞)를 쳐부수었나니 가장 존귀하고 가장 높으며 가장 으뜸이니라.

〈해설〉

* 오음(五陰) : 오온(五蘊) 즉 색수상행식(色受想行識).

* 진로(塵勞) : 속세의 노고.

최상(最上)임을 찬탄하여 최상승법(最上乘法)을 수행하면 틀림없이 성불하여, 가는 것도 없고 머무는 것도 없고 오는 것도 없게 되리라. 이는 정(定)과 혜(慧)가 함께 하여 일체법에 오염되지 않았기 때문이다. 삼세의 모든 부처들이 이 가운데서 삼독(三毒)을 변화시켜 계정혜(戒定慧)로 바꾸었느니라.

〈해설〉

* 삼독(三毒) : 탐진치(貪瞋癡).

선지식들이여, 나의 이 법문은 팔만사천 지혜를 따른다. 무엇 때문인가? 세상에는 팔만사천 진로(塵勞)가 있기 때문이다. 만약에 진로가 없다면 반야가 항상 자성을 떠나지 않으리라. 이 법을 깨달으면 곧 무념(無念)이다. 기억도 없고 집착도 없어서 거짓과 허망한 생각을 일으키지 않는다. 이것이 곧 진여의 성품이다. 지혜로 비추어 보아 일체법을 취하지도 버리지도 않게 되어 마침내 견성성불하게 되느니라.

제16장 근기

선지식들이여, 만약에 아주 깊은 법의 세계에 들어가 반야 삼매에 들고자 한다면 곧바로 반야바라밀행을 닦을 것이며, 단지 금강반야바라밀경 한 권만 지니고 다니면서 읽으면 금방 견성하여 반야 삼매에 들게 되리라.

이 사람의 공덕은 한량없음을 마땅히 알아야 한다. 경전 가운데서 그 일을 찬탄했으므로 구체적인 설명을 생략한다.

이것은 최상승법으로서 큰 지혜와 높은 근기(根機)를 가진 사람을 위하여 설한 것이다.

근기와 지혜가 작은 사람이 이 법을 들으면 마음속에 믿음이 생기지 않는다. 무엇 때문일까?

비유컨대 큰 용이 비를 내리는 것과 같다. 염부제(閻浮提)에 비가 내리면 풀잎이 떠다니는 것 같고, 만약에 큰 비가 바다에 내리면 불어나지도 않고 줄어들지도 않는 것과 같다.

〈해설〉

＊ 염부제(閻浮提) : 인간들이 사는 세계.

대승자(大乘者)가 『금강경』 해설을 들으면 마음이 열려 깨달음을 얻게 된다. 그것은 본성이 스스로 반야의 지혜를 지니고 있어서 스스로 지혜를 구사하여 관조함으로써 문자를 빌리지 않고도 그렇게 되었기 때문임을 알라.

이를테면 그 빗물이 하늘에서 온 것이 아닌 것과 같다. 원래 용왕(龍王)이 강과 바다 가운데서 몸으로 이 물을 끌어올려 중생과 모든 초목과 모든 유정(有情), 무정(無情)을 전부 다 윤택하게 해 주고 그 모든 물줄기들이 큰 바다로 들어가고 바다는 이를 받아들여 하나로 합치는 것과 같다. 중생의 본성인 반야지혜도 역시 이와 같나니라.

근기가 작은 사람은 이 돈교(頓教)를 들으면 뿌리가 작은 대지의 초목들이 큰 비를 맞고 저절로 쓰러져 자라지 못하는 것과 같다. 근기가 작은 사람도 역시 이와 같나니라. 반야의 지혜가 있다는 점에서는 큰 지혜를 가진 사람과 차이가 없건만 무엇 때문에 법을 듣고도 깨치지 못한단 말인가?

사견(邪見)으로 인한 장애가 무겁고 번뇌의 뿌리가 깊기 때문이다. 마치 큰 구름이 해를 가려 바람이 불지 않으면 해가 나타나지 못하는 것과 같다. 반야의 지혜 역시 크고 작은 것이 없건만 모든 중생들이 스스로 마음이 미혹하여 부처를 밖에서만 찾으려 하므로 자성을 깨닫지 못하는 것이다.

그러나 근기가 작은 사람이라도 돈교의 가르침을 듣고 밖에서 부처를 찾는 수행을 믿지 않고, 오직 자신의 마음속에서 자기의 본성으로 하여금 늘 바른 견해를 갖도록 하면 번뇌와 진로(塵勞)에 시달리는 중생들도 당장 깨달음을 얻게 될 것이니라.

그리하여 마치 큰 바다가 여러 물줄기들을 받아들여 작은 물과 큰물을 합쳐 한몸이 되게 하는 것과 같이 되리라.

다시 말해서 견성을 하게 되면 마음이 안이나 밖에 머무는 일이 없으므로 오고 감이 자유로워져서 집착하는 마음을 능히 제거해 버리고 거침없이 통달하게 된다. 마음으로 이 수행법을 닦으면 반야바라밀경과 더불어 본래 차별이 있을 수 없나니라.

제17장 견성(見性)

모든 경서 및 문자와 소승과 대승 그리고 십이부(十二部)의 경전이 다 사람으로 인하여 있게 되었고, 지혜의 성품으로 말미암아 이룩될 수 있었다. 만약에 내가 없었다면 지혜로운 사람과 일체 만법이 본래 있지도 않았을 것이다. 그러므로 만법이 본래 사람들로 말미암아 생겨난 것이고 일체의 경전들이 사람으로 인하여 존재하게 되었음을 알아야 한다.

사람들 가운데는 어리석은 이도 있고 지혜로운 이도 있으므로, 어리석은 이는 작은 사람이 되고 지혜로운 사람은 큰 사람이 되느니라.

미혹된 사람은 지혜로운 사람에게 묻고, 지혜로운 사람은 어리석은 사람을 위하여 법을 설명해 줌으로써 어리석은 이로 하여금 깨달음을 얻어 마음을 열게 한다. 미혹당한 사람이 깨달음을 얻어 마음이 열리면 큰 지혜를 가진 사람에 비해서 차이가 없게 된다.

그러니까 깨닫지 못하면 부처가 곧바로 중생이고, 한 생각에 깨달으면 중생이 곧 부처임을 알라. 그런즉 일체 만법이 전부 다 자기의 마음속에 있나니라. 그런데도 불구하고 어찌하여 자신의 마음을 쫓아서 진여의 본성을 당장 나타내지 못하는가?

『보살계경(菩薩戒經)』에 이르기를 '나의 본래의 뿌리인 자성이 청정하다'고 하였다. 마음을 알아내어 견성하면 스스로 불도(佛道)를 이루느니라. 당장 활짝 깨달아 본래의 마음을 도로 찾으라.

제18장 당장 깨닫기

선지식들이여, 나는 오조 홍인 화상 슬하에서 그분의 말씀을 한 번 듣자마자 크게 깨달음을 얻어 당장 진여본성(眞如本性)을 보았느니라. 그러므로 장차 후대에 이 가르침을 전파하여 구도자들로 하여금 지혜를 단번에 깨우쳐 제각기 스스로 자기 마음을 관찰하여 스스로 자성을 당장 깨닫게 하자는 것이다.

스스로 깨닫지 못하는 사람은 마땅히 대선지식(大善知識)을 찾아가 견성해야 한다.

누가 대선지식인가?

최상승법(最上乘法, 자기 마음을 알아내어 단번에 견성하는 돈법)을 해설하여 바른길을 곧바로 가르쳐 주는 사람이 대선지식이다. 이것은 큰 인연이다. 이른바 교화하고 지도하여 부처를 보게 하는 것이다. 그러므로 일체의 선법(善法)이 모두 다 선지식으로 말미암아 생겨나는 것이다.

그러므로 삼세의 모든 부처와 십이부경(十二部經)이 사람의 성품 가운데에 본래부터 갖추어져 있다고 해도, 자성을 깨닫지 못한 사람은 응당 선지식의 지도를 받아 견성을 해야 한다.

자기 힘으로 깨달은 사람은 밖에서 선지식을 찾지 않는다. 밖에서 선지식을 구하여 해탈을 하려는 것은 옳지 않다. 자기 마음속의 선지식을 알아내면 곧바로 해탈이다.

만약 자기 마음이 길을 잘못 들어 망상의 함정에 빠지게 되면 밖의 선지식이 아무리 가르쳐도 깨달음을 얻는 것은 불가능하다. 이럴 때는 당연히 반야의 지혜로 관조하면 순식간에 망념이 사라진다. 이것이 바로 자기의 참다운 선지식이다. 이렇게 하면 한 번 깨우침으로 즉시 부처를 알게 되느니라.

〈해설〉

＊ 십이부경(十二部經) : 경전의 형태를 형식 내용에 따라 12종으로 구분한 것.

자성의 마음자리를 지혜로 관조함으로써 안팎을 환히 꿰뚫어 볼 수 있게 되면 자신의 본심을 알 수 있게 된다. 본심을 알면 그 즉시 해탈이다. 일단 해탈을 얻게 되면 이것이 곧바로 반야 삼매이다. 반야 삼매를 깨달으면 이것이 곧 무념이다.

무엇을 무념이라고 하는가?

무념법이란 어떠한 법을 보더라도 그것에 집착하지 않는다. 어느 곳에 든지 두루 돌아다니지만 어느 곳에도 집착하지 않는다. 항상 자성을 깨끗이 유지함으로써 여섯 도적들로 하여금 여섯 개의 문으로 도망쳐 나가게 한다. 그러나 육진(六塵) 속을 떠나지도 않고 그것에 오염되지도 않으니까 오고 가는 것이 자유로운 것이다. 이것이 곧 반야 삼매이며 자재해탈(自在解脫)인데 이것을 무념이라고 한다.

온갖 사물을 생각하지 않음으로써 늘 생각이 끊어지지 않도록 하라. 생각이 끊어지면 곧 법에 묶이는 것이니 이것이 바로 변견(邊見)이니라.

무념법을 깨달은 사람은 만법에 다 통달하고, 무념법을 깨달은 사람은 모든 부처의 경계를 보며, 무념의 돈법을 깨달은 사람은 부처의 지위에 오르느니라.

〈해설〉

＊ 여섯 도적 : 육적(六賊)이라고도 하는데, 안이비설신의(眼耳鼻舌身意)를 말한다.

＊ 육진(六塵) : 색성향미촉법(色聲香味觸法).

제19장 죄 없애기

선지식들이여, 후대에 나의 법을 얻은 사람은 늘 나의 법신이 그의 좌우를 떠나지 않음을 알게 되리라.

선지식들이여, 장차 이 돈교법문을 같이 보고 같이 실천함으로써 소원을 세우고, 그것을 지켜 나가기를 부처님 섬기듯 하면서 종신토록 준수하되 물러서지 않으면 성인의 반열에 오르게 되리라.

그러나 법을 전하고 받을 때에 예부터 하던 대로 말없이 전수(傳受)하고 큰 서원을 세워 지혜로움에서 물러서지 않으면 그 법이 몸에서 떠나는 일이 없으리라.

법을 받았으되 견해가 앞사람과 같지 않고 별다른 뜻과 소원이 없다고 하여 이곳저곳에서 망령된 선전을 하여 앞사람을 손상케 하지 말라. 결국은 아무 이익도 없으리라.

만나는 사람이 알지 못하고 이 법문을 헐뜯는다면 그는 백겁만겁(百劫萬劫), 천 번을 다시 태어나도 부처와는 다시 만나지 못할 것이다.

대사가 말했다.

"나의 무상게송(無相偈頌)을 들으라. 미혹된 이들의 죄를 없앨 것이므로 멸죄송(滅罪頌)이라고도 하느니라.

게송은 다음과 같나니라.

어리석은 사람은 복은 닦되 도는 닦지 않으면서도
복을 닦는 것이 도라고 말한다.
보시공양복(布施供養福)은 끝이 없건만
마음속 삼업(三業)은 원래대로 남아 있도다.

〈해설〉

＊ 삼업(三業) : 신업(身業), 구업(口業), 의업(意業).

복을 닦아 죄를 없애고자 하여도
내세에 복은 얻을지언정 죄가 따르지 않을 수 있을 것인가?
마음속으로 죄의 인연을 없앨 줄 안다면
각자 자성으로 참된 참회를 할지어다.

대승의 참된 참회를 깨치면
사(邪)를 없애고 정(正)을 행하여 죄를 짓지 않으리라.
구도자가 스스로 관할 수 있으면
곧바로 깨달은 사람과 같은 반열에 오르리라.

대사가 이 돈교를 전하려는 것은
배우는 사람들이 한몸이 되게 하기 원해서다.
앞으로 본래의 몸을 찾고자 한다면

삼독의 악연을 마음속에서 씻어내어라.

애써 도 닦아 놓고 한가하게 시간을 보내지 말라.

어느덧 헛되이 세월은 흘러 한평생 마치리라.

대승의 돈교법을 만나거든

정성 들여 경건하게 합장하고 뜻으로 구하라.”

대사가 설법(說法)을 마치자, 위사군(韋使君)과 관료와 스님들과 도교인들과 세속인들의 찬탄이 끊이지 않고, “예전에 듣지 못한 것”이라고 했다.

제20장 공덕

위사군이 예배하고 스스로 말했다.

“대사님께서 이런 설법을 하시다니 실로 뜻밖의 일이옵니다. 제자가 일찍이 조그마한 의문이 있어서 대사님께 아뢰고자 하오니 큰스님께서는 대자대비로 제자를 위하여 말씀하여 주시기 바라옵니다.”

대사가 말했다.

“의문이 있거든 주저 말고 물으라. 어찌하여 두 번 세 번 물을 필요가 있단 말인가?”

위사군이 물었다.

“큰스님께서 설하신 법은 서쪽 나라에서 온 제1조 달마 조사의 종지(宗旨)가 아니옵니까?”

대사가 말했다.

“그렇다.”

"제자가 듣기로는 달마 대사께서 양무제(梁武帝)를 교화하실 때, 양무제가 달마 대사에게 '짐이 한평생 절을 짓고 보시하고 공양을 했는데 공덕이 있소이까?'하고 묻자 달마 대사께서 '공덕이 없다'고 대답하시자, 무제는 불쾌히 여기고 마침내 달마를 나라 밖으로 내보냈다고 하는데, 이 말을 잘 이해하지 못하겠습니다. 큰스님께서 설명해 주시기 바랍니다."

육조 대사가 말했다.

"실제로 공덕이 없었느니라. 위사군은 달마 대사의 말씀을 의심하지 말지니라. 무제가 사도(邪道)에 집착하여 정도(正道)를 몰랐었느니라."

위사군이 물었다.

"왜 공덕이 없었단 말씀입니까?"

대사가 말했다.

"절 짓고 보시하고 공양하는 것은 단지 복을 닦는 것이니라. 복은 공덕이 될 수 없나니라. 공덕은 법신에 있고 복밭에 있지 않나니라.

누구나 자기의 법성에 공덕이 있나니라. 견성이 곧 공(功)이요, 공평하고 정직한 것이 덕이니라. 안에서는 불성을 보고 밖에서는 남을 공경하라. 모든 사람들을 경멸하고 아상을 끊지 못하면 스스로 공덕이 없고 자성은 허망하여 법신엔 공덕이 없나니라.

생각마다 덕행을 쌓고 공평하고 정직하면 공덕이 가볍지 않으리라. 항상 남을 공경하고 스스로 몸을 닦는 것이 곧 공이고, 스스로 마음을 닦는 것이 곧 덕이니라. 공덕은 자기 마음이 만드는 것이다. 복과 공덕은 별개이건만 문제는 이 바른 도리를 모른 것이지 달마 대사에게 잘못이 있었던 것은 아니니라."

제21장 서방정토

위사군이 예배하고 또 물었다.

"제가 보오니 스님, 도교인, 세속인들이 항상 아미타불을 염하면서 서방정토에 태어나기를 소원합니다. 정말 그곳에 태어날 수 있는지 큰스님께서는 제자의 의문을 풀어주소서."

대사가 말했다.

"위사군은 들어라. 혜능이 설명해 주리라. 세존께서 사위국(舍衛國)에 계실 때 중생들을 서방정토로 인도하고 교화하시면서 말씀하셨느니라. 경전에 분명히 이르기를 '여기서 멀지 않다'고 하셨다. 오로지 근기가 낮은 사람을 위하여 멀다 하고, 다만 지혜가 높은 사람들을 위해서 가깝다고 말했느니라.

사람에게는 자연 두 종류가 있으나 법은 그렇지 않다. 미혹과 깨달음은 서로 달라서 진리를 보는 데 더디고 빠름이 있을 뿐이다.

미혹한 사람은 염불을 하여 피안에 태어나려고 하지만 깨달은 사람은 자기 마음을 스스로 깨끗이 하느니라. 그래서 부처님께서도 '마음이 깨끗해짐에 따라 부처의 땅도 깨끗해진다'고 말씀하셨느니라.

위사군아, 잘 들어 두어라. 동쪽 사람도 마음이 깨끗하면 죄가 없고, 서쪽 사람이라도 마음이 깨끗지 못하면 허물이 있느니라. 미혹한 사람은 서방정토에 태어나기를 원하지만 동방이든 서방이든 장소로서는 매한가지니라.

다만 마음이 깨끗하면 서방정토가 여기서 멀지 않고, 마음속에 깨끗하지 못한 생각이 일어나면 제아무리 염불하여 왕생극락하려고 해도 그렇게 되기는 어려우니라. 십악(十惡)을 제거하면 서방정토와의 거리가 십만 리 단축되고, 팔사(八邪)를 없애 버리면 8천 리가 단축된다. 그러나 정직하게 행동하는 사람이 서방정토에 도달하는 것은 식은 죽 먹기니라.

위사군아, 오로지 십선(十善)을 실행하라. 어찌 새삼스럽게 왕생하기를 바랄 것인가? 십악(十惡)의 마음을 끊지 못하면 어느 부처가 와서 그대를 맞이해 줄 것인가? 무생돈법(無生頓法)을 깨달으면 한 찰나에 서방정토를 볼 것이지만, 만약 돈교의 큰 가르침을 깨치지 못하면 아무리 염불을 하여도 왕생할 길이 아득하니 어떻게 그곳에 도달하겠는가?"

〈해설〉

＊ 십악(十惡) : 살생(殺生), 투도(偸盜, 도둑질), 사음(邪淫, 간음), 망어(妄語, 거짓말), 양설(兩舌, 이간질), 악구(惡口, 욕지거리), 기어(綺語, 허튼소리), 탐욕(貪慾), 진에(瞋恚, 성냄), 사견(邪見).

＊ 십선(十善) : 십악의 반대.

＊ 팔사(八邪) : 팔정도(八正道)의 반대, 즉 사견(邪見), 사사유(邪思准), 사어(邪語), 사업(邪業), 사명(邪命), 사정진(邪精進), 사념(邪念), 사정(邪定).

육조가 말했다.

"혜능이 위사군을 위해 한 찰나에 서방정토를 옮겨다가 바로 눈앞에서 보여 주려는데, 그대는 이것을 원하는가?"

위사군이 예배하고 말했다.

"만약에 여기서 볼 수 있다면 무엇 때문에 거기까지 가서 태어날 필요가 있겠습니까? 대사께서 자비로 서쪽 나라를 보여 주시면 더없는 영광

이겠나이다.”

대사가 말했다.

“당장 서방정토를 보고 의심이 풀어질 것이니 즉시 해산하라.”

대중들이 깜짝 놀라 영문을 모르고 어리둥절하자 대사가 말했다.

“대중들아, 그대들은 정신 차리고 들으라. 세상 사람들의 자기 색신(色身)은 성(城)이요 눈, 귀, 코, 혀, 몸, 뜻은 성문이니 밖에 다섯 개의 문이 있고 안에 뜻의 문이 있다. 마음은 곧 땅이요 성품은 곧 왕이니 성품이 있으면 왕이 있고, 성품이 가면 왕도 사라진다. 성품이 있으니까 몸과 마음이 있고, 성품이 가면 몸과 마음은 무너지느니라.

부처는 자기의 성품이 만들어낸 것이니 몸 바깥에서 구하지 말라. 자기 성품이 미혹하면 부처가 곧 중생이고 자기 성품을 깨달으면 중생이 곧 부처니라.

자비는 곧 관음이요, 희사(喜捨)는 세지(勢至)라고 부르며, 깨끗할 수 있으면 석가요, 공평하고 정직하면 미륵이라. 인아상(人我相)은 수미요, 사악한 마음은 큰 바다이며, 번뇌는 파랑(波浪)이요, 독한 마음은 악한 용이고, 진로(塵勞)는 물고기와 자라요, 허망은 곧 귀신이며, 삼독은 곧 지옥이요, 어리석음은 바로 짐승이며 십선은 천당이니라.

〈해설〉

＊ 세지(勢至) : 대세지보살의 약칭.

＊ 인아상(人我相) : 나와 남을 갈라놓고 나만을 소중히 여기고 남을 업신여기는 마음.

인아상이 없으면 수미산이 저절로 무너지고, 사심(邪心)을 제거해 버리면 바닷물이 마를 것이며, 번뇌가 없으면 파랑이 가라앉고, 독해(毒害)를 없애면 물고기와 용이 사라질 것이니라.

자신의 마음의 땅 위에서 성품을 깨달은 부처가 큰 지혜를 발하니, 광명이 비추어 욕계(欲界)의 여섯 하늘을 비추어 파괴해 버리고 그 아래를 비추어 삼독을 제거하면, 지옥이 한꺼번에 사라지고 안팎이 환히 뚫려 서방정토와 다름이 없어진다. 이러한 수행을 하지 않고 어떻게 피안에 도달하겠는가?"

이 설법을 들은 법좌 아래 청중들에게서 터져 나오는 찬탄의 소리가 하늘에 사무쳤으니 미혹한 사람들도 응당 바른 눈을 뜰 수 있었다.

위사군이 예배하고 찬양하면서 말했다.

"참으로 훌륭하고 훌륭하십니다. 이 법문을 들은 법계의 중생들이 일시에 깨달음의 눈을 뜨기를 널리 바라옵나이다."

〈해설〉

육조는 여기서 서방정토는 마음 바깥에 멀리 떨어진 곳에 있는 것이 아니라, 각자가 마음을 깨달아 안팎이 환히 밝아지면 그것이 바로 서방정토임을 재삼재사 강조하고 있다.

제22장 수행

대사가 말했다.

"선지식들이여, 만약 수행(修行)을 바란다면 집에서도 할 수 있나니라.

절에 있어야만 수행이 되는 것이 아니다. 절에 있으면서도 수행을 하지 않으면 서쪽 나라 사람이면서도 마음이 악한 것과 같고, 집에 있으면서도 수행을 하면 동쪽 나라에 살면서도 마음이 착한 것과 같다. 집에 있으면서 청정해지도록 수행하라. 그것이 바로 서방정토니라. 내가 바라는 것은 오직 이것이니라."

위사군이 말했다.

"큰스님이시여, 집에 있으면서 어떻게 수행해야 하는지 가르쳐 주소서."

대사가 말했다.

"선지식들이여, 혜능이 구도자들과 세속인들을 위하여 무상게송(無相偈頌)을 지었으니 다들 외워 습득하도록 하라. 이것을 의지하여 수행을 하면 늘 혜능과 함께 한자리에 있는 것과 같아지리라.

그 게송은 다음과 같다.

설법도 통달하고 마음도 통달함이
해가 허공에 떠오름과 같나니
오직 돈교법만을 전하여
세상에 나와 사악한 종취(宗趣)를 쳐부수는도다.

가르침에서는 돈(頓)과 점(漸)이 없으나
미혹과 깨침에는 더디고 빠름이 있나니
만약 돈교법을 배우면
어리석은 사람도 미혹에 빠지지 않느니라.
설명하자면 일만 가지이지만

그 흩어진 것을 다 합치면 하나로 돌아온다.

번뇌의 어두운 방 안에서

항상 지혜의 해가 떠오르게 하라.

삿됨은 번뇌로 인하여 오고

바름은 번뇌를 쫓아낸다.

삿됨(邪)과 바름(正)을 다 버리면

청정도 붙을 데가 없어지리라.

보리는 본래 청정하여

마음 일어나는 것이 바로 미망이니라.

깨끗한 성품은 미망 중에 있나니

마음이 바르면 삼장(三障)을 제거한다.

〈해설〉

* 삼장(三障) : 선근(善根)을 방해하는 세 가지 장애, 즉 번뇌장(煩惱障), 업장(業障), 보장(報障).

세간에서 수도를 한다고 해도

방해가 될 것은 아무것도 없다.

항상 자기 허물을 드러낸다면

도와 더불어 서로 합하느니라.

형상 있는 것에는 스스로 도가 있거늘

도를 떠나서 도를 찾으니
도를 찾아도 도가 눈에 띄지 않아
마침내 스스로 고뇌하도다.
구도를 탐하는가?
바른 행동이 바로 도니라.
자신에게 바른 마음이 없다면
어둠 속을 가면서 길을 보지 못함과 같나니라.

참다운 수도인이라면
세상의 어리석음을 보지 않는다.
만약 세상의 잘못을 본다면
자기 잘못으로 여기고 자신을 탓한다.
남의 잘못은 내 죄요
내 잘못은 내 탓이니라.
오로지 자기의 잘못된 마음을 버리고
번뇌를 쳐부수어 없앤다.
어리석은 사람을 교화하려면
마땅히 방편이 있어야 하나니
저로 하여금 의문을 깨뜨리게 하지 말라.
이것이 바로 보리의 나타남이니라.

법은 원래 세간에 있어서
세간에서 세간을 벗어난다.

196

세간을 떠나지 말고
밖에서 출세간(出世間)을 구하지 말라.
삿된 견해가 바로 세간이요
바른 견해가 출세간이로다.
삿됨과 바름을 모두 다 부숴 버리면
보리가 완연히 드러나리로다.

이것이 바로 돈교이며
대승이라고 일컫느니라.
미혹하면 억겁의 세월을 겪어야 하나
깨달으면 한순간이로다."

⟨해설⟩

＊ 세간(世間) : 고집멸도(苦集滅道) 사제(四諦) 중에서 고(苦)와 집(集)을 세간이라고 하고, 멸(滅)과 도(道)를 출세간이라고 한다.

제23장 교화의 실행

대사가 말했다.

"선지식들이여, 너희들은 모두 다 이 게송을 외워 자기 것으로 만들라. 이 게송을 의지하여 수행하면 혜능과 천리를 떨어져 있어도 늘 혜능 곁에 있는 것과 같고, 수행하지 않으면 비록 혜능과 얼굴을 마주 대하고 앉아 있어도 천리나 떨어져 있는 것과 같나니라.

제각기 스스로 수행하면 이 법을 자기 몸에 지닌 것과 같지 않겠느냐. 모두들 해산하도록 하라. 혜능은 조계산으로 돌아가리라. 만약 여러분들 가운데 의문이 생기는 사람이 있거든 그곳으로 오너라. 그대들을 위하여 의심을 타파하여 나와 함께 불성을 보게 하리라."

함께 앉아 있던 관료, 스님, 속인들이 큰스님에게 예배하며 찬탄하지 않는 이가 없었다.

"참으로 훌륭하십니다. 크게 깨달으셨구나. 옛적에 미처 들어 보지 못한 말씀이로다. 영남 땅에 복이 있어 살아 있는 부처가 여기 계심을 누가 알 수 있었으리요."

이렇게 말한 그들은 일시에 흩어져 버렸다.

〈해설〉
* 영남 : 물론 한국에 있는 영남이 아니고 중국에 있는 같은 이름의 영남을 말한다.

대사는 조계산으로 가서 소주, 광주 두 고을에서 40여 년을 교화했다. 문하생들을 말한다면 스님과 속인이 1만5천 명이어서 이루 다 헤아릴 수 없었으며, 종지에 대하여 말한다면 단경을 전수하여 이것을 의지하여 공부하도록 서약하게 했다. 만약에 단경을 얻지 못하면 법을 이어받지 못한 것이다.

마땅히 가 있는 곳과 연월일과 성명을 알아서 번갈아 서로 부촉하되 단경을 전수받지 못하면 남종(南宗)의 제자가 아니었다. 단경을 이어받지 못한 사람은 비록 돈교법을 말한다고 해도 아직 근본을 알지 못하므로 다툼을 면할 길이 없다.

그러므로 법을 얻은 사람에게만 오로지 수행을 권고하라. 다툼은 이기고 지는 마음이니 도와는 어긋나는 것이니라.

제24장 돈수

세상 사람들이 입을 모아 전하기를 "남쪽은 혜능(慧能)이요 북쪽은 신수(神秀)"라고 하나 아직은 그 근본 이유를 모르고 하는 말이다. 또 신수 선사는 형남부(荊南府) 당양현(當陽縣) 옥천사(玉泉寺)에 주지(住持)하며 수행하고, 혜능 대사는 소주성 동쪽 35리 떨어진 조계산에 거주하니, 법은 한 뿌리에서 나왔지만 사람의 거주처에는 남쪽과 북쪽이 있어서 이 때문에 남과 북이 있게 되었다.

그렇다면 무엇을 점(漸) 또는 돈(頓)이라고 하는가?

법은 하나이건만 그것을 포착하는 데는 더디고 빠름이 있다. 더디게 포착하는 것이 점이요 재빨리 포착하는 것이 돈이다. 법에는 점과 돈이 없지만 사람에게는 슬기로움과 우둔함이 있으므로 점과 돈이라고 불리게 되었다.

신수 스님은 일찍이 사람들이 혜능의 법이 빠르고 곧바로 길을 가리킨다고 말하는 것을 들었다. 신수는 생각 끝에 문하생인 지성(志誠) 스님을 불러 말했다.

"너는 총명하고 지혜가 많으니 나를 위하여 조계산으로 가라. 혜능의 처소에 가거든 그에게 예배하고 듣기만 하고, 내가 보내서 왔다는 말은 하지 말라. 그리고 거기서 들은 내용을 기록하여 돌아와서 나에게 보고하라.

혜능의 견해와 내 견해가 누가 빠르고 더딘지 알아보리라. 너는 무엇보다도 빨리 돌아오너라. 그렇게 하여 내가 너에게 의심을 갖도록 하지 말아야 한다.”

지성은 그 분부를 기꺼이 받아들여 반달쯤 걸려서 조계산에 도착했다. 그는 혜능을 뵙고 그에게 예배하고 법문을 들었지만 어디서 왔는지는 말하지 않았다.

그러나 지성은 육조의 법문을 듣자마자 대번에 깨달아 버렸으며 자신의 본래 마음을 찾았다. 그는 일어서자 육조에게 큰절을 하고 제 입으로 말했다.

“큰스님이시여, 제자는 옥천사에서 왔나이다. 신수 스님 밑에서는 깨닫지 못했으나 큰스님의 설법을 듣고는 갑자기 제 본래의 마음을 알았습니다. 큰스님께서는 자비로서 가르쳐 주시옵기 바라옵니다.”

혜능 대사가 말했다.

“네가 거기서 왔다면 틀림없이 염탐꾼이렷다!”

지성이 말했다.

“이 말씀을 올리기 전에는 그랬사옵니다만 일단 말씀을 올렸으니 지금은 아니옵니다.”

육조가 말했다.

“번뇌가 보리임도 역시 이와 같나니라.”

대사가 지성에게 말했다.

“내가 듣기는 너희 스승이 사람들을 가르칠 적에 오직 계(戒)정(定)혜

(慧)를 전한다던데, 너의 스님이 사람들에게 가르치는 계정혜란 과연 어떤 것인지 나에게 설명해 보아라."

지성이 말했다.

"신수 스님은 계정혜에 대하여 말씀하시기를 '어떠한 악한 짓도 저지르지 않는 것을 계라 하고, 스스로 그 뜻을 깨끗이 하는 것을 정이라 하고, 온갖 착한 일을 받들어 행하는 것을 혜라 하는데, 이것이 곧 계정혜다'라고 했습니다. 그분의 말씀은 그렇습니다만 육조 스님의 말씀은 어떠하신지 알지 못합니다."

혜능 대사가 대답했다.

"그분의 법문은 괴이하구나. 하지만 혜능의 소견은 다르니라."

지성이 아뢰었다.

"어떻게 다르옵니까?"

혜능 스님이 대답했다.

"견해에 더디고 빠름이 있느니라."

지성이 계정혜에 대한 육조 스님의 소견을 물었다.

대사가 말했다.

"너는 나의 말을 듣고 내 소견처를 보라. 마음자리에 그릇됨이 없는 것이 자성의 계요, 마음자리에 어지러움이 없는 것이 자성의 정이요, 마음자리에 어리석음이 없는 것이 자성의 혜니라."

혜능 대사가 또 말했다.

"너의 계정혜는 근기가 작은 사람에게 권하는 것이요, 나의 계정혜는 근기가 높은 사람에게 권하는 것이다. 그러나 일단 자성을 깨달으면 계정혜를 내세울 필요도 없나니라."

지성이 여쭈었다.

"큰스님께서 내세울 필요도 없다고 말씀하시는 뜻은 무엇입니까?"

대사가 말했다.

"자성은 그릇됨도 없고 어지러움도 없고 어리석음도 없나니라. 생각마다 지혜로 관조하여 항상 법상을 떠나 있는데 무엇을 내세우겠는가? 자성을 돈수하라. 내세우면 점수가 있을 뿐이니라. 그러므로 내세우지 않느니라."

지성은 육조에 예배하고 곧바로 조계산을 떠나지 않고 그의 문하생이 되어 대사의 좌우를 떠나는 일이 없었다.

〈해설〉

여기서 『육조단경』에는 오직 돈수가 있을 뿐 점수는 없다는 점을 혜능은 거듭 강조하고 있다.

제25장 부처행

또 한 스님이 있었는데 이름을 법달(法達)이라고 했다. 언제나 『법화경』을 외웠건만 마음이 미혹하여 바른 법이 무엇인지 알 수 없었으므로 와서 물었다.

"경전에 의문이 있습니다. 큰스님께서는 지혜가 넓고 크시오니 그 의문을 풀어주소서."

대사가 말했다.

"법달아, 너는 법은 제법 통달했건만 마음은 통달하지 못했구나. 경전

자체에는 의문이 없건만 너는 스스로 의심하고 있나니라. 네 마음은 바르지 못하면서도 너는 바른 법을 구하는구나. 내 마음이 바르게 안정된 것이 바로 경전과 함께 있는 것이니라.

나는 지금까지 살아오는 동안 문자를 모른다. 『법화경』을 가져다가 나에게 한 번 읽어 보아라. 내가 들어 보면 곧바로 알 것이니라."

법달이 경전을 가지고 와서 대사 앞에서 한 번 읽었다. 육조는 듣자마자 부처의 뜻을 알았고 법달에게 『법화경』을 곧바로 설명했다.

육조가 말했다.

"법달아 『법화경』에는 말이 많지 않느니라. 일곱 권이 모두 비유와 인연이니라. 부처님께서 널리 삼승(三乘)을 말씀하신 것은 오로지 근기가 우둔한 세상 사람들을 위한 것이니라. 경전에는 분명 다른 승(乘)은 있지 아니하고 오직 일불승(一佛乘)뿐이니라."

〈해설〉

＊ 승(乘) : 중생을 태우고 깨달음의 저 언덕으로 실어 나르는 것 또는 수레, 곧 불교의 방편을 말한다. 가르칠 대상의 근기와 수준에 따라 대승(大乘), 소승(小乘), 일승(一乘), 이승(二乘), 삼승(三乘)의 구분이 있는데 이 중에서 최고는 불승인 일승이다.

대사가 또 말했다.

"법달아, 너는 일불승(一佛乘)을 듣고서 이불승(二佛乘)을 구하여 너의 자성을 미혹하게 하지 마라. 경전 가운데서 어느 곳이 일불승인지 너에게 말해 주리라.

경에 이르기를 '모든 부처 세존께서는 오직 하나의 큰 인연 때문에 세상에 나타나셨느니라.'(이상 따옴표 안은 바른 법이다.) 이 법을 어떻게 해석하고 어떻게 수행할 것인가? 너는 내 설명을 들으라. 사람의 마음이 생각을 하지 않으면 본래의 근원이 텅 비고 고요하여 사견을 떠나는데 이것이 하나의 큰 인연이니라.

안팎이 미혹하지 않으면 곧 양변(兩邊)을 떠난다. 밖으로 미혹하면 상(相)에 집착하고 안으로 미혹하면 공(空)에 매달린다. 상에서 상을 떠나고 공에서 공을 떠나는 것이 곧 미혹하지 않는 것이다. 따라서 이 법을 깨달아 한 생각에 마음이 활짝 열리면 세상에 나타나는 것이다.

마음이 무엇을 여는가?

부처의 지견(知見)을 여는 것이다. 부처는 깨달음과 같나니라. 그것을 네 문으로 나눈다. 깨달음의 지견을 열고 깨달음의 지견을 보이고 깨달음의 지견을 깨닫고 깨달음의 지견에 들어가는 이상 개시오입(開示悟入) 네 가지는 한곳에 들어가는 것이다. 다시 말해서 깨달음의 지견으로 자성을 보는 것이 곧 세상에 나오는 것이다."

대사가 말했다.

"법달아, 나는 모든 세상 사람들이 마음자리로 늘 스스로 부처의 지견을 열되 중생의 지견을 열지 않기를 바라노라. 세상 사람들의 마음이 사악하면 어리석고 미혹하여 악한 짓을 하여 스스로 중생의 지견을 열 것이고, 세상 사람들의 마음이 바르면 지혜를 세워 관조함으로써 스스로 부처의 지견을 열게 된다. 중생의 지견을 열지 않고 부처의 지견을 열면 곧 세상에 나오는 것이다."

대사가 또 말했다.

"법달아, 이것이 『법화경』의 일승법이니라. 아래로 내려가면서 삼승을 나눈 것은 미혹한 사람을 위한 것이니 너는 오직 일불승(一佛乘)만을 의지하라."

대사가 다시 말했다.

"법달아, 마음으로 실행하면 『법화경』을 굴릴 것이고 마음으로 실행치 않으면 『법화경』에 굴림을 당할 것이니라. 부처의 지견을 열면 『법화경』을 굴릴 것이고 중생의 지견을 열면 『법화경』에 굴림을 당할 것이니라."

대사가 또 말했다.

"힘써 법대로 수행하면 이것이 바로 경을 굴리는 것이니라."

법달은 이 말을 듣자마자 단번에 큰 깨달음을 얻어 눈물을 흘리고 슬프게 울면서 스스로 말했다.

"큰스님이시여, 지금까지는 아직도 『법화경』을 굴리지 못했습니다. 7년 동안이나 『법화경』에 굴림을 당해왔습니다. 그러나 지금부터는 『법화경』을 굴려서 생각 생각마다 부처행을 닦겠나이다."

대사가 말했다.

"부처행을 닦는 것이 바로 부처니라."

그때 이 말씀을 들은 사람으로서 깨닫지 못한 사람이 없었다.

제26장 예배하고 법을 묻다

그때 지상(智常)이라고 하는 스님이 조계산에 와서 큰스님에게 예배하고 사승법(四乘法)의 뜻을 물었다.

지상이 큰스님에게 아뢰었다.

"큰스님께서는 부처님이 삼승을 설하고 또 최상승을 언급했다고 말씀 하셨습니다. 제자는 무슨 뜻인지 모르겠으니 가르쳐 주시기 바랍니다."

혜능 대사가 말했다.

"너는 자신의 마음으로 사물을 보되 바깥 법의 모습에 집착하지 말라. 원래 사승법이란 없느니라. 사람의 마음은 스스로 네 등급이 있어서 법에도 사승이 있나니라. 보고 듣고 읽고 외는 것은 소승(小乘)이요, 법을 깨쳐 뜻을 알아내는 것은 중승(中乘)이요, 법에 따라 수행하는 것은 대승(大乘)이고, 만 가지 법에 다 통달하고 만 가지 행을 갖추어 일체를 떠나지 않고도 법상을 떠나고 일을 하되 소득이 없는 것이 최상승이니라.

승(乘)은 실행한다는 뜻이요 입으로 다투는 것이 아니다. 너는 응당 스스로 수행할 것이로되 나에게 묻지 말지어다."

또 한 스님이 있었으니 이름을 신회(神會)라 하고 남양(南陽) 사람이었다. 조계산에 와서 대사에게 예배하고 물었다.

"큰스님께서는 좌선하시면서 보십니까, 안 보십니까?"

대사는 일어나서 신회를 세 번 때리고 나서 그에게 물었다.

"내가 너를 때렸는데 아프냐 안 아프냐?"

신회가 대답했다.

"역시 아프기도 하고 안 아프기도 합니다."

육조가 말했다.

"나 역시 보기도 하고 안 보기도 하느니라."

신회가 물었다.

"큰스님께서는 왜 보기도 하시고 안 보기도 하십니까?"

대사가 말했다.

"내가 본다고 한 것은 내 허물을 늘 보는 것이므로 본다고 말한 것이고, 안 본다고 한 것은 하늘과 땅과 사람의 잘못을 보지 않는 것이므로 보지 않는다고 말한 것이니라. 너는 왜 아프기도 하고 안 아프기도 하다고 했느냐?"

신회가 대답했다.

"만약에 아프지 않다고 하면 곧 나무나 돌 같은 무정물과 같을 것이고, 아프다 하면 범부와 같아서 곧바로 원한을 품을 것입니다."

대사가 말했다.

"신회야, 좀 전에 본다고 한 것과 보지 않는다고 한 것은 양변(兩邊)이요, 아프고 아프지 않다고 한 것은 삶과 죽음이니라. 너는 자성도 보지 못하면서 감히 이곳에 와서 사람을 희롱하려느냐?"

신회가 예배하고 다시 더 말하지 않자 대사가 말했다.

"네 마음이 미혹하여 보지 못하면 선지식에게 물어서 길을 찾아야 한다. 마음을 깨달아 스스로 보게 되면 법을 의지하여 수행하라. 너 자신이 미혹하여 자기 마음을 보지 못하면서도 도리어 이곳에 와서 혜능이 보고 못 보는 것을 묻는단 말이냐?

내가 보는 것은 나 자신이 아는 것뿐이므로 너희 미혹을 대신하여 눈뜨게 할 수는 없느니라. 만약에 네가 스스로 자기 자성을 본다면 나를 대신하여 내 미혹을 깨치게 할 수 있겠느냐? 너는 어찌하여 스스로 수행하지 않고 내가 보고 보지 못하는 것을 묻느냐?"

신회가 절하고 곧바로 문하생이 되어 조계산을 떠나지 않고 항상 대사의 좌우에 머물러 있었다.

제27장 대법

대사가 마침내 문하생인 법해(法海), 지성(志誠), 법달(法達), 지상(智常), 지통(志通), 지철(志徹), 지도(志道), 법진(法珍), 법여(法如), 신회(神會)를 불러 모았다.

대사가 말했다.

"너희들 열 명의 제자들은 내 앞으로 가까이 오너라. 너희들은 다른 사람들과 같지 않으니, 내가 세상을 떠난 뒤에도 너희들은 각각 한곳의 책임자가 될 것이다. 그래서 내가 너희들에게 법 설하는 방법을 가르쳐 주어 근본 종지(宗旨)를 잃지 않게 하리라.

삼과법문(三科法門)과 동용삼십육대(動用三十六對)를 들어, 나오고 들어감에 양변(兩邊)을 떠나도록 해라. 일체법을 설하되 성품과 모양을 떠나지 말라. 만약 누가 법을 묻거든 말을 다 쌍(雙)으로 하여 모두 대법(對法)을 취하여라.

〈해설〉

양변(兩邊)을 떠난다는 것은 가령 삶에도 죽음에도 기울거나 집착하지 않고 중도(中道)를 택한다는 뜻이다. 중도를 택함으로써 양쪽을 다 초월하여 그 어느 쪽으로부터도 자유로워질 수 있는 것이다.

오고 가는 것이 서로 인연하여 결국에는 두 가지 법을 다 없애고 다시는 가는 곳이 없게 하라.

삼과법문(三科法門)이란 음(蔭), 계(界), 입(入)이다. 음(蔭)은 오음(五蔭)이요

계는 십팔계(十八界)요 입은 십이입(十二入)이니라.

무엇을 오음이라고 하는가?

색음(色蘊), 수음(受蘊), 상음(想蘊), 행음(行蘊), 식음(識蘊)이니라.

무엇을 십팔계라고 하는가?

육진(六塵), 육문(六門), 육식(六識)이니라.

무엇을 십이입(十二入)이라고 하는가?

바깥의 육진과 안의 육문이니라.

무엇을 육진이라고 하는가?

색(色), 성(聲), 향(香), 미(味), 촉(觸), 법(法)이니라.

무엇을 육문이라고 하는가?

눈, 귀, 코, 혀, 몸, 뜻이니라.

법의 성품이 안식(眼識), 이식(耳識), 비식(鼻識), 설식(舌識), 신식(身識), 의식(意識)의 육식과 육문과 육진을 일으키고, 자성은 만법을 포함하나니, 함장식(含藏識)이라고 일컫느니라.

생각을 하면 곧 식(識)이 작용하여 육식(六識)이 생겨 육문(六門)으로 나와 육진(六塵)을 본다. 이것이 삼육(三六)은 십팔(十八)이 되느니라.

자성이 사(邪)하면 열여덟 가지 사(邪)가 일어나고, 자성이 정(正)하면 열여덟 가지 정(正)이 일어나느니라.

악(惡)의 작용을 지니면 중생이요, 선(善)의 작용을 지니면 곧 부처니라.

작용은 무엇에서 기인하는가?

자성의 대법(對法)에서 기인하는 것이다.

바깥 경계인 무정(無情)에 다섯 대법이 있는데, 하늘과 땅, 해와 달, 어둠과 밝음, 음과 양, 물과 불이 각각 상대(相對)니라.

　어(語)와 언(言)의 대법, 법과 상(相)의 대법에는 열두 가지가 있다. 유위와 무위, 유색과 무색, 유상(有相)과 무상(無相), 유루(有漏)와 무루(無漏), 색과 공, 동(動)과 정(靜), 맑음과 흐림, 범(凡)과 성(聖), 승(僧)과 속(俗), 늙음과 젊음, 큼과 작음, 긴 것과 짧은 것, 높음과 낮음이 상대니라.

　자성이 일으켜 작용하는 대법에는 열아홉 가지가 있다. 사(邪)와 정(正), 어리석음과 지혜, 미련함과 슬기로움, 혼란과 안정, 계율과 비계율, 곧음과 굽음, 실(實)과 허(虛), 험준함과 평탄함, 번뇌와 보리, 자비와 해코지, 기쁨과 성냄, 버림과 아낌, 나아감과 물러남, 태어남과 사라짐, 항상(恒常)과 무상(無常), 법신과 색신, 화신(化身)과 보신(報身), 본체와 작용, 성품과 모양이 상대니라.

　유정과 무정의 대법인 어(語)와 언(言)과 법(法)과 상(相)에 열두 가지 대법이 있고, 바깥 경계인 무정에 다섯 가지 대법이 있으며, 자성이 일으켜 작용하는 데 열아홉 가지 대법이 있어서 서른여섯 가지 대법이 되나니라.

　이 삼십육 대법을 풀어서 쓰면 일체의 경전에 통하고 나아가고 들어오는데 양변을 떠나게 되느니라.

　자성이 어떻게 기용(起用)하는가?

　삼십육 대법이 사람의 언어와 함께 하나 밖으로 나와서는 상(相)에서 상을 떠나고, 안으로 들어와서는 공(空)에서 공을 떠난다. 공에 집착하면 오직 무명(無明)만 기르고, 상에 집착하면 오직 사견(邪見)만 기르나니라.

　법을 비방하면서도 곧장 말하기를 '문자를 쓰지 않는다'고 한다. 하지만 이미 문자를 쓰지 않는다고 말한다면 말도 하지 않아야만 한다. 언어가 문자이기 때문이다.

　자성을 보고 공(空)하다고 말하지만 바른말로 말하자면 본성은 공하지 않다. 그런데도 미혹하여 스스로 현혹되는 것은 언어가 삿되기 때문이다.

어둠은 자기 스스로 어두운 것이 아니라 밝음이 있기 때문에 어두운 것이다. 어둠은 자기 스스로 어두운 것이 아니라 밝음이 변화하여 어두워지고, 어둠이 있기 때문에 밝음이 드러난다. 이처럼 오고 감은 서로의 인연으로 이루어진다. 삼십육 대법도 역시 이와 같으니라."

대사가 또 열 명의 제자들에게 말했다.

"이제부터 법을 전하되 서로가 이 한 권의 단경을 가르쳐 줌으로써 본래의 종지(宗旨)를 잃지 않도록 하라. 단경을 전수하지 않는다면 나의 종지가 아니니라. 이제 이를 이어받았으니 대대로 널리 퍼뜨려 수행케 하라.

단경을 우연히 얻은 사람은 나를 만나 내게서 직접 받은 것과 같나니라. 열 명의 스님이 이 가르침을 이어받아 단경을 베껴서 대대로 널리 퍼뜨리니 이를 얻은 이는 틀림없이 견성할 것이니라."

제28장 참과 거짓

대사는 선천(先天) 2년 8월 3일에 세상을 떠났다. 7월 8일에 문하생들을 불러 고별했다. 대사는 선천 원년에 신주(新州) 국은사(國恩寺)에 탑을 만들고, 선천 2년 7월에 떠나는 자리에서 말했다.

"너희들은 내 앞으로 가까이 다가앉으라. 나는 금년 8월에 세상과 작별하고자 하니 그대들은 의문이 있거든 빨리 묻도록 하라.

너희들을 위하여 응당 미혹을 풀어주어 마음을 편안케 하리라. 내가 떠난 뒤에는 너희들을 가르쳐 줄 사람이 없으리라."

법해를 위시한 여러 스님들이 이 말을 듣고 눈물을 흘리며 슬피 울었지만, 어린 신회만이 꼼짝도 하지 않고 슬퍼도 하지 않고 울지도 않았다. 이것을 보고 육조가 말했다.

"어린 신회는 좋고 좋지 않은 것을 초월하여 비방과 칭찬에 요지부동이거늘 다른 사람들은 그렇지 못하구나. 그렇다면 수년 동안 이 산속에서 도대체 무슨 도를 닦았단 말인가? 너희들이 지금 슬피 우는 것은 누구를 위해서냐?

내가 어디로 가는지 몰라서 너희들이 걱정이란 말인가? 만약에 내가 가는 곳을 모른다 한들 결국은 내가 너희를 떠나지 않을 것 같으냐? 너희들이 지금 슬피 우는 것은 내가 어디로 가는지 모르기 때문이다. 만약 내가 가는 곳을 안다면 슬프게 울지 않으리라.

자성의 본체는 태어남도 사라짐도 없고 가는 것도 오는 것도 없나니라. 너희들은 다 앉아 있어라. 내 너희들에게 게송 하나를 주겠노라. 진가동정게(眞假動靜偈)니라.

너희들이 이것을 다 외워 그 뜻을 파악하면 나와 같아질 것이니라. 이것을 의지하여 수행을 하여 종지를 잃지 않도록 하라."

스님 대중이 일어나 예배하고 대사에게 게송 불러주기를 청하고 공경하는 마음으로 이를 받아들였다.

게송은 다음과 같다.

일체의 사물에는 진리가 없나니 그곳에서 진리를 보려고 하지 말라.

만약에 진리를 본다고 해도 그곳에서 보는 것은 다 진리가 아니니라.

자기에게 진리가 있을 수 있다면 거짓을 떠나는 것이 마음의 진리이니라.

자기 마음이 거짓을 떠나지 않았다면 진리가 없으리니 어디에 진리가 있겠는가?

유정은 움직일 줄 알고 무정은 움직이지 않는다.

부동행(不動行)을 닦는다면 무정의 움직임 없는 것과 같다.

참다운 부동(不動)을 본다면 움직임 위에 움직이지 않음이 있나니

부동이 곧 부동이면 무정이고 부처의 씨앗도 없다.

능히 상을 잘 분별하되 첫째 뜻은 부동이다.

만약에 깨우쳐서 이 견해를 갖게 되면 이것이 곧 진여의 쓰임이니라.

모든 구도자들에게 알리노라.

마땅히 힘쓰고 조심하여

대승의 문에서 도리어 생사의 지혜에 집착하지 말라.

앞사람이 서로 응하면 더불어 부처님 말씀을 의논하려니와

만약에 실제로 응하지 않으면 합장하여 권선(勸善)하라.

이 가르침은 본래 다툼이 없나니 만약 다투면 도의 뜻을 잃나니

미혹에 매달려 법문을 다투면 자성이 생사에 빠질 것이니라.

제29장 계송을 전함

스님 대중은 육조의 말을 다 듣고 그의 뜻을 알았으며, 다시는 감히 다투려 하지 아니하고 법에 의지하여 수행했다. 대중이 일시에 일어나 예배하면서 곧바로 대사가 오래 살지 못할 것을 알았다.

상좌인 법해가 앞으로 나와 아뢰었다.

"큰스님이시여, 큰스님께서 돌아가신 뒤에 가사와 법은 누구에게 부촉하시겠나이까?"

대사가 말했다.

"법은 이미 다 전했으니 그대는 더 이상 묻지 말라. 내가 떠난 지 20년 뒤에 사법(邪法)이 난을 일으켜 나의 종지를 어지럽게 할 것이니라. 그러나 어떤 사람이 나타나 신명을 아끼지 않고 불교의 시비를 가라앉히고 종지를 세우리니 이것이 나의 정법(正法)이니라.

따라서 가사를 전하는 것은 합당치 않다. 너희가 믿지 않는다면 내가 선대의 다섯 조사가 가사를 전하고 법을 부촉하신 게송을 외워 주리라. 제1조 달마 대사 게송의 뜻에 따르면 가사를 전하는 것은 옳지 않다. 들어 보라. 내가 너희를 위하여 게송을 외우리라.

제1조 달마 화상의 게송이다.
　내 본시 당나라에 와서 부처님 가르침을 전하여 미혹한 중생 구했나니
　한 꽃송이에 다섯 잎이 열리어 그 열매가 자연히 이루어지리라.

제2조 혜가 화상의 게송이다.
　본래 땅이 있어서 땅으로부터 씨앗이 꽃 피나니
　본래 땅이 없었다면 꽃이 어디서 피어났겠는가?

제3조 승찬 화상의 게송이다.
　꽃씨가 비록 땅에서 인연하여 땅 위에 씨앗 꽃을 피우나

꽃씨에는 태어나는 성품이 없나니 땅에도 역시 태어남이 없도다.

제4조 도신 화상의 게송이다.

꽃씨에 태어나는 성품이 있어 땅을 인하여 씨앗 꽃이 피어나니

앞의 인연이 화합하지 않으면 일체가 나지 않느니라.

제5조 홍인 화상의 게송이다.

유정이 와서 씨 뿌리니 무정 꽃이 피어나고

정도 없고 씨앗도 없으니 마음 땅에 또한 태어남이 없도다.

제6조 혜능 화상 게송이다.

마음 땅이 뜻의 씨앗 머금어 법의 비가 꽃피운다.

스스로 꽃 뜻의 씨앗을 깨달으니 보리 열매 스스로 이루도다.”

혜능 대사가 말했다.

“너희들은 내가 지은 두 게송을 들어 보아라. 달마 화상의 게송의 뜻을 취했으니 너희들 미혹한 이들은 이 게송을 의지하여 수행하면 틀림없이 견성하리라.

첫째 게송

마음 땅에 사악한 꽃이 피니 다섯 잎이 뿌리를 좇아 따르고

더불어 무명의 업을 지어 업의 바람에 흔들리도다.

둘째 게송

마음 땅에 바른 꽃이 피니 다섯 잎이 뿌리를 좇아 따르고

함께 반야의 지혜를 닦으니 장차 오실 부처님의 깨달음이 틀림없도다."

육조는 게송을 마치고 문하생들을 해산시켰다. 그들은 밖으로 나가면서 생각해 보니 대사가 오래 살지 못할 것을 알아차렸다.

제30장 전통(傳統)

그 뒤 육조(638-713)는 서기 713년 8월 3일, 식후에 말했다.

"너희들은 차례를 따라 앉으라. 내 이제 너희들과 작별하리라."

법해가 아뢰었다.

"이 돈법은 예부터 지금까지 몇 대째 전수되어 왔습니까?"

육조가 말했다.

"처음엔 일곱 부처로부터 전수되었는데, 석가모니불은 그 일곱 번째이시니라.

대가섭은 여덟 번째, 아난은 아홉 번째,

말전지는 열 번째, 상나화수는 열한 번째,

우바국다는 열두 번째, 제다가는 열세 번째,

불타난제는 열네 번째, 불타밀다는 열다섯 번째,

협비구는 열여섯 번째, 부나사는 열일곱 번째,

마명은 열여덟 번째, 비라장자는 열아홉 번째

용수는 스무 번째, 가나제바는 스물한 번째,

라후라는 스물두 번째, 승가나제는 스물세 번째,

승가야사는 스물네 번째, 구마라타는 스물다섯 번째,

사야다는 스물여섯 번째, 바수반다는 스물일곱 번째,

마나라는 스물여덟 번째, 학륵나는 스물아홉 번째,

사지 비구는 서른 번째, 사나바사는 서른한 번째,

우바굴은 서른두 번째, 승가라는 서른세 번째,

수바밀다는 서른네 번째, 남천축국 왕 셋째 아들 보리 달마는 서른다섯 번째,

당나라 스님 혜가는 서른여섯 번째, 승찬은 서른일곱 번째,

도신은 서른여덟 번째, 홍인은 서른아홉 번째,

나 혜능이 법을 받은 것은 마흔 번째니라."

대사가 또 말했다.

"오늘 이후로는 서로 번갈아 가며 전수하여 마땅히 약속에 의지하여 종지(宗旨)를 잃지 않도록 하라."

제31장 참부처

법해가 또 아뢰었다.

"큰스님께서 지금 돌아가시면 무슨 법을 부촉하시어 어떻게 뒷세상 사람들로 하여금 부처님을 보게 하시렵니까?"

육조가 말했다.

"너희들은 들으라. 후대의 미혹한 사람들이 중생을 알기만 해도 곧바로 부처를 볼 수 있을 것이니라. 만약에 중생을 알지 못하면 만겁이 다

하도록 부처를 찾아 헤매어도 찾지 못하리라. 내 지금 너희들을 가르쳐 중생을 알아 부처를 보게 하려고 다시 참부처를 보는 해탈의 노래 즉 견진불해탈송(見眞佛解脫頌)을 남겨 놓으리라. 미혹하면 부처를 보지 못할 것이고 깨달으면 곧바로 볼 것이니라.”

“법해는 그것을 듣기 바라오며 대대로 전해 내려 세세생생 끊어지지 않게 하리이다.”

육조가 말했다.

“너희는 들으라. 내 너희들을 위하여 설하리라. 후대 사람들이 부처를 찾으려면 오직 자기 마음의 중생을 알라. 그러면 그 즉시 부처를 알게 되리라. 이것은 중생에서 연유된 것이므로 중생을 떠나서는 부처 마음도 있을 수 없기 때문이니라.

미혹하면 부처가 중생이고 깨달으면 중생이 부처니라. 어리석으면 부처가 중생이고 지혜로우면 중생이 부처니라. 마음이 어지러우면 부처도 중생이고 마음이 평온하면 중생도 부처니라. 한평생 마음이 어지러우면 부처가 있더라도 중생이나 마찬가지다. 한 생각에 깨달아 마음이 공평해지면 중생이 곧 스스로 부처가 되느니라.

내 마음속에 스스로 이룩된 부처가 있나니, 스스로 이룩된 부처라야 참부처니라. 만약에 자기 마음속에 부처가 없다면 어디 가서 부처를 찾으리오.”

대사가 말했다.

“너희 문하생들은 잘 있으라. 내 게송 하나를 남겨 놓으리니 자성진불해탈송(自性眞佛解脫頌)이라 이름 지으리라. 후대의 미혹한 이들이 이 게송의 뜻을 새겨들으면 자기 마음속에서 자기 성품의 참부처를 보게 되리

라. 너희들을 위하여 이 게송을 읊으면서 작별하리라.

진여의 깨끗한 성품이 참부처요
사견(邪見) 삼독(三毒)이 곧 참 마군(魔軍)이니라.
사악한 견해를 가진 사람은 마군의 집에 있고,
마음이 바른 사람에겐 부처가 찾아온다.

성품 속에서 사견 삼독이 생겨나나니,
곧 마왕(魔王)이 그의 집에 와서 살 것이고,
바른 생각이 삼독심(三毒心)을 제거하면
마군이 변하여 부처가 되고, 거짓이 변하여 참이 되리라.
화신(化身), 보신(報身) 정신(淨身)이여,
세 몸이 원래 한몸이니
만약에 자기 자신 속을 스스로 살펴볼 수 있다면
이야말로 성불의 씨앗이 되리로다.
본래 화신으로부터 깨끗한 성품이 생겨나는지라
깨끗한 성품은 항상 화신 속에 있고,
성품이 화신으로 하여금 바른길을 가게 하면
마음이 원만해지고 진리가 무궁해지리로다.
음성(淫性)은 원래 청정한 몸의 원인이니
음욕을 없애면 청정한 몸도 있을 수 없다.

〈해설〉

여기서 음욕과 청정은 상대 개념이다. 악이 있어야 선이 있는 것과 같이 음욕이 있어야 청정도 있을 수 있다는 말이다. 구도자는 선과 악, 음욕과 청정을 다 같이 초월해야 진리에 도달할 수 있는 것이다.

성품 속에서 오욕(五慾)을 스스로 여의면
한 찰나에 견성하리니 그것이 곧 참이로다.

금생에 돈교의 법문을 깨달으면
눈앞에 곧바로 세존을 보리로다.
만약 수행을 하여 부처를 찾는다면
어디에서 부처를 구해야 할지 모를 것이다.

만약 몸속에 스스로 진리가 존재한다면 그 진리야말로 성불의 씨앗이
니라.
자기 안에서 스스로 진리를 구하지 않고
밖에서 부처를 찾으면 아무리 찾아보았자
그건 크게 어리석은 자의 소행에 지나지 않으리라.
돈교의 법문을 이제 남겨 놓으니
이로써 세상 사람들을 구제하고 마땅히 스스로 수행할지니라.
이제 세상의 구도자들에게 알리노라.
이것을 따르지 않으면 아주 오래 걸릴 것이니라.

제32장 멸도(滅度)

대사는 게송에 대한 설명을 다 마치고 문하생들에게 알렸다.

"너희들은 잘 있거라. 이제 나는 너희들과 작별하리라. 내가 떠난 뒤에 너희들은 세상 사람들처럼 슬피 울거나, 조문과 부의금과 비단을 받지 말고 상복을 입지 말지니라. 이 말을 어기면 성인의 법이 아니며 내 제자가 아니니라.

내가 살아 있을 때와 같이 일시에 단정히 앉아서 오직 움직임도 없고 고요함도 없으며, 태어남도 없고 사라짐도 없으며, 가는 것도 없고 오는 것도 없으며, 옳음도 없고 그름도 없으며, 걸어감도 없고 머무름도 없어서 탄연(坦然)히 적정(寂靜)하면 이것이 바로 큰 도니라.

〈해설〉

＊ 탄연(坦然)히 : 마음에 아무 걱정도 없이 평정한 모양.

내가 떠난 뒤에도 오로지 법에 의지하여 수행하면 내가 살아 있을 때와 다름이 없을 것이다. 내가 만약 살아 있다고 해도 너희가 내 가르침을 따르지 않으면 내가 살아 있은들 무슨 소용이 있겠느냐?"

대사가 이 말씀을 끝으로 밤 삼경이 되자 문득 숨을 거두니 대사의 춘추 일흔여섯이었다.

대사가 열반한 날, 절 안에는 기이한 향내가 가득차 며칠이 지나도 흩어지지 않았다. 산이 무너지고 땅이 진동하는가 하면 숲의 나무가 희게

변하고 해와 달이 광채를 잃고 바람과 구름이 빛을 잃었다.

8월 3일에 열반하고 11월에 이르러 큰스님의 영구를 모시어 조계산에 장사 지내니, 용감(龍龕) 속에서 흰빛이 나타나 곧장 하늘로 솟구쳤다가 이틀 만에야 비로소 흩어졌다. 소주자사 위거는 비를 세우고 지금까지 공양을 거르지 않고 있다.

〈해설〉

＊ 용감(龍龕) : 성현의 위덕을 용에 비유하여 그 유체를 넣은 관곽(棺槨)을 말한다.

제33장 후기(後記)

이 단경은 상좌인 법해(法海) 스님이 편집한 것이다. 법해 스님이 타계하자 같이 공부한 도제 스님에게 부촉되었고, 도제 스님이 타계하자 문하생인 오진(悟眞) 스님에게 부촉되었는데, 오진 스님은 영남 조계산 법흥사에서 지금 이 법을 전수하고 있다.

〈해설〉

＊ 부촉(附囑) : 부탁하여 위촉함.

만약에 이 법을 부촉받으려면 모름지기 상근기의 지혜라야 한다. 또한 이를 부촉받은 사람은 마음으로 불법을 믿어 큰 자비심을 세우고 이 경을 지니고 의지함으로써 지금까지 끊이지 않고 있다.

법해 스님은 본래 소주 곡강현(曲江縣) 사람이다. 석가여래가 열반하고 불법의 가르침이 동쪽 땅으로 흘러 들어와 집착하지 않는 가르침을 함께 전하니 우리 마음에서도 집착이 떠났다.

이 진정한 법해 보살이 참다운 종지를 설하고 실질적인 비유를 실행하여 오직 큰 지혜 있는 사람에게만 가르치니, 이것이 바로 종지(宗旨)가 뜻하는 바다.

무릇 중생제도를 서원하고 수행에 수행을 거듭하여 어려움에 부닥쳐도 물러서지 않고, 괴로움을 당해서도 능히 참아내어 복과 덕이 깊고 두터운 사람이라야 비로소 이 법을 전할 수 있다.

만약 근성이 이를 감내하지 못하고 도량이 좁고 규율을 어긴 부덕한 자에게는 비록 이 법을 구한다 해도 함부로 부촉하지 말아야 한다. 구도를 같이 하는 모든 이들에게 이 비밀한 뜻을 알리노라.

〈해설〉

위 기록에 따르면 지금 우리가 읽고 있는 이 돈황본은 육조의 제자인 법해가 편집했고, 그의 동학이면서 역시 육조의 제자인 도제에게 전수되었다가 도제의 제자이며 육조의 손제자(孫弟子)인 도진에게 전달된 바로 그것의 사본이다.

따라서 돈황본은 적어도 1천여 년 동안 돈황석굴 속에 비장(祕藏)되어 오는 동안 다른 유통본들처럼 뒷사람들의 가필(加筆)이나 삭제(削除)를 면할 수 있었던 진본으로 평가된다고 하겠다.

제3편 선교결(禪敎訣)

유정 대사(惟政大師)에게 보임

서산 대사(西山大師)

요즘 선(禪)하는 사람들은 같은 법을 가지고 '이것이 우리 스승의 법'이라고 말하는가 하면, 교(敎)하는 사람들도 '이것이 우리 스승의 법'이라고 한다. 이처럼 하나의 법을 가지고 서로 같다느니 다르다느니 하고 부질없는 말다툼을 벌이고 있으니 오호라 슬프도다! 누가 능히 결단을 내릴 수 있을 것인가?

그러나 선(禪)은 부처님의 마음이요, 교(敎)는 부처님의 말씀이다. 교는 말이 있는 곳에서 말이 없는 곳에 이르는 것이고, 선은 말 없는 곳에서부터 말 없는 곳에 이르는 것이다. 말 없는 곳에서부터 말 없는 곳에 이르면 그것을 보고 누구도 무엇이라고 이름을 붙일 수 없으므로 억지로 그저 마음이라고 부른다.

세상 사람들은 그 연유를 알지도 못하고 배워서 알고 생각해서 얻는다고 하니 이는 실로 딱한 일이다. 교하는 사람들은 교 중에도 역시 선이 있다고 말하니 이는 연각승(緣覺乘)도 아니고 보살승(菩薩乘)도 아니고 불승(佛乘)도 아니라는 데서 나온 것이다.

그러나 이것은 선가(禪家) 입문의 첫 구절이요, 선의 뜻은 아니며 세존이 한평생 말씀하신 가르침인 것이다. 이를테면 세 종류의 자비의 그물을 과거 현재 미래의 생사의 바다에 던져 작은 그물로는 인천소승교(人天小乘教)와 같이 새우와 조개를 건지고, 중간 그물로는 연각중승교(緣覺中乘教)와 같이 방어와 송어를 건지고, 큰 그물로는 대승원돈교(大勝圓頓教)와 같이 고래와 큰 자라를 건지어 열반의 언덕에 가져다 놓아 주는 것과 같다. 이것은 가르침의 순서이다.

그 가운데 한 물건이 있어서 갈기는 시뻘건 불과 같고, 발톱은 무쇠 창날 같으며, 눈은 햇빛을 쏘고, 입으로는 바람과 우레를 토해낸다. 몸을 뒤채어 한 번 구르면 천 물결이 하늘에 닿고, 산과 강이 진동하며, 해와 달이 빛을 잃는다.

세 개의 그물을 뛰어넘어 곧바로 구름 위로 솟구쳐 올라 감로수를 뿌려 뭇 생명들을 이롭게 하니 이는 바로 조사문중(祖師門中)의 교외별전(教外別傳)의 기틀과 같나니, 이것은 선이 바로 교와 다른 점이다.

〈해설〉

다소 과장이 되어 있기는 하지만 이러한 표현으로 교보다 선이 얼마나 뛰어난가 하는 것을 짐작케 해 준다. 이것은 서산이 직접 창작한 말이 아니라, 예로부터 선과 교의 우열을 가리는 데 흔히 쓰여 온 표현이라고 한다.

교외별전(教外別傳)은 불립문자(不立文字)와 함께 선종(禪宗)의 한 특징을 말한다. 화엄(華嚴) 사상에 투철했던 보조국사(普照國師)도 "교외별전은 교승(教乘)보다 한층 더 뛰어나다"고 했는가 하면 "교외별전은 교학자만이 믿기 어렵고 들어가기 어려운 것이 아니라 선종을 수행하는 사람도 근기가 낮거나 공부가 얕은 이는 망연하여 알기 어렵다"고 했다.

당나라 화엄종의 제4조인 청량(淸涼)도 그의 『화엄소(華嚴疏)』에서 "원돈(圓頓) 위에 따로 한 종(種)이 있다"고 말했는데, "이것은 선문(禪門)을 말한 것"이라고 서산 대사도 말했다. 이로써 교와 선의 차이가 어떻다는 것을 독자 여러분들은 가히 짐작할 수 있을 것이다.

이 선법(禪法)은 우리 부처님이신 세존도 진귀 조사(眞歸祖師)에게서 별도로 전수받은 것으로서, 예부터 전해 내려오는 케케묵은 것이 아니다. 요즈음 선의 뜻을 잘못 이어받은 자들은 더러 돈점지문(頓漸之門)을 정맥(正脈)으로 삼으며, 더러는 원돈지교(圓頓之敎)를 종승(宗乘)으로 삼고, 혹자는 외도(外道)의 책을 인용하여 은밀한 뜻을 설하고, 더러는 업식(業識)을 희롱하는 것을 본분으로 삼는가 하면 또 혹자는 허깨비를 자기 자신으로 오인한다. 심지어 눈멀고 귀먹은 방할(棒喝)을 함부로 휘두르면서도 부끄러움을 모르니 이게 도대체 무슨 심보들인가? 그들이 법을 비방하는 허물을 내가 어찌 감히 다 말할 수 있겠는가?

〈해설〉

＊ 돈점지문(頓漸之門) : 부처님 일대의 가르침을 돈교(頓敎)와 점교(漸敎)로 나눈 가르침. 여기서는 돈오점수(頓悟漸修)를 말한다.

＊ 원돈지교(圓頓之敎) : 천태종(天台宗).

＊ 업식(業識) : 아뢰야식.

＊ 방할(棒喝) : 몽둥이와 고함소리. 선종에서 조사들이 제자들을 가르

칠 때 사용하던 한 방편. 덕산방(德山棒), 임제할(臨濟喝)이 유명하다.

　내가 말하는 교외별전이란 배워서 알거나 생각으로 얻어지는 것이 아니라 마음 길이 다하여 끊긴 다음에야 비로소 알 수 있는 것이며, 스스로 깨우쳐서 고개 끄덕인 뒤에야 처음으로 알게 되는 것이다. 그대는 듣지 못했는가?

　세존이 꽃을 꺾어 들어 대중에게 보이시니, 가섭이 얼굴 가득 미소 띤 뒤로부터 나아가서는 후세에 전해진

　달마의 '툭 트여 성(聖)이랄 것도 없다' 한 것과

　육조 대사의 '선악을 생각지 말라' 한 것과

　회양(懷讓)의 '수레가 멈추니 소에게 채찍질한다' 한 것과

　행사(行思)의 '여능(廬陵)의 쌀값'과

　마조(馬祖)의 '서쪽 강물을 다 마심'과

　석두(石頭)의 '불법을 모른다' 함과

　운문(雲門)의 '호떡'과

　조주(趙州)의 '차 마심'과

　투자(投子)의 '기름 타기'와

　현사(玄沙)의 '흰 종이'와

　설봉(雪峰)의 '공 굴림'과

　화산(禾山)의 '북 두드림'과

　신산(神山)의 '바라 두드림'과

　도오(道吾)의 '춤추기'에 이르기까지, 이들은 다 같이 옛 조사들처럼 교외별전의 곡조를 노래한 것이니, 어찌 생각만으로 알아낼 수 있겠는가?

아니면 의논으로 이해할 수 있겠는가? 이것은 모기가 무쇠소를 물어뜯는 것과 같다고 할 것이다.

〈해설〉

세존이 '꽃을 꺾어 들기'에서 도오(道吾)의 '춤추기'에 이르기까지는 선종(禪宗)의 조사들의 생애를 기록한 『전등록(傳燈錄)』과 『벽암록(碧巖錄)』에 나오는 것이므로, 관심 있는 독자들은 이 두 책을 구하여 읽어 보기 바란다.

이제 말세에 이르러 낮은 근기는 많으나 교외별전의 근기는 보이지 않으므로 원돈문(圓頓門)의 이치의 길, 뜻의 길, 말의 길로써 보고 듣고 믿고 아는 것을 귀하게 여길 뿐이다.

〈해설〉
＊ 원돈문(圓頓門) : 천태종(天台宗).

이치와 뜻과 마음의 길이 끊어져 재미가 없고 밑에서부터 위로 더듬어 올라가 찾지 못하는 곳에서 칠통을 두드려 부수는 경절문(徑截門)을 귀하게 여기지 않는다.

그렇다면 어떻게 해야 할 것인가? 이제 그대가 팔방에서 온 납자(衲子)의 무리들을 대할 때 칼을 쓰되, 극도로 조심하여 기상천외의 방편을 쓰지 말고, 바로 본분인 경절문의 활구로 그들로 하여금 스스로 깨우쳐 스스로 터득하게 해야만 할 것이다. 그것이 바로 종사(宗師)의 사람을 위한 체재(體裁)다.

만약에 배우는 사람이 신통치 못하다고 하여 그들을 개펄로 끌고 가서 교리를 설명해 준다면 그들의 눈을 멀게 하는 일이 적지 않을 것이다. 만일 종사가 이 법을 어긴다면 비록 하늘에서 꽃비가 어지러이 내린다고 해도 모두가 어리석고 미쳐서 밖으로 내닫는 꼴이 될 것이다.

배우는 사람이 만약에 이 법을 믿으면 비록 금생에 철저한 깨달음을 얻지 못해도 세상을 떠날 때에 악업에 끌려다니지 않고 바로 깨달음의 바른길로 들어서게 될 것이다.

옛날 마조(馬祖) 선사가 한 번 고함을 치자 백장(百丈)이 귀가 멀었고, 황벽(黃蘗)이 혀를 내둘렀으니 이게 바로 임제종(臨濟宗)의 연원(淵源)이다. 그대는 기필코 바른 맥을 찾아 택했으므로 종교를 보는 안목이 분명할 것이다. 바로 그 때문에 이렇게 누누이 말하는 것이니 뒷날 이 노승의 말을 저버리지 말라.

만약 이 노승의 말을 저버리면 반드시 부처님과 조사의 깊은 은혜를 저버리는 것이 될 것이니 각별히 조심하고 조심할지어다.

〈해설〉
이 '선교결'은 서산 만년의 명저라고 일컬어지고 있는데, 선종에 대한 그 당시의 형편과 그의 견해를 엿볼 수 있다 하겠다.

육조단경 번역을 마치고

이것으로 『육조단경』 번역을 마친다. 지난 2월 6일부터 3월 1일까지 23일 동안 나는 오로지 단경 번역에만 몰두해 왔다. 『육조단경』의 한 마디 한 마디를 한문에서 우리말로 옮겨 놓을 때마다 나는 한 마리의 춤추는 나비였다. 그리고 단경은 산속 계곡 물가에 피어난 한 송이 꽃이었다.

그리고 그 꽃 속에서 울려 나오는 한 마디 한 마디의 진리의 소리들이 내 가슴에 와닿을 때마다 나는 한 마리 나비 되어 끊임없이 훨훨 춤을 추지 않을 수 없었다.

물론 나는 그전에도 『육조단경』을 두 번이나 읽은 일이 있었지만 이번처럼 깊은 감동을 느껴 보지는 못했었다. 그래서 좋은 글은 거듭 읽으면 읽을수록 그 감동의 농도가 더해가는 것을 알 수 있다.

『선도체험기』를 45권까지 읽은 독자라면 모름지기 『육조단경』을 읽음으로써 반드시 새롭게 마음이 열리고 세상 보는 눈이 뜨일 것이고 이로써 반드시 크게 한 소식할 것을 의심치 않는다. 한 번 읽어서 무슨 뜻인지 잘 모르겠으면 두 번 읽기 바란다. 지난번 읽을 때와는 분명 다른 것을 발견하게 될 것이다.

단경을 읽고 새삼스럽게 깨닫는 것은 우리가 마음을 어떻게 먹고 행동하느냐에 따라 부처도 되고 악인도 될 수 있다는 것이다. 바르고 착하고 슬기롭게 마음을 먹고 행동하는 사람은 부처가 되는 것이고, 그렇지 않고 이와는 반대되는 바르지 못하고 탐욕스럽고 성내고 어리석은 생각을 늘 품고 그대로 행동하는 사람은 예외 없이 악인이 된다는 것이다.

이 얼마나 간단명료한가? 이 간단한 준칙만 지켜 나간다면 팔만대장경이 무슨 소용이 있으며 사서삼경이며 신구약 성경이며 노자의 『도덕경』과 장자가 무슨 소용이란 말인가? 슬기롭게 사는 것이 어떻게 사는 것인지 모르겠다면 단지 바르고 착하게만 살아도 된다. 바르게 산다는 것이 무엇인지 모르겠다는 사람이 있다면 단지 착하게만 살아도 된다.

착하게 산다는 것이 무엇인가? 내 잇속만 차릴 것이 아니라 남의 이익도 생각하면서 이웃과 더불어 사는 것을 말한다. 착하게 사는 사람은 자연 바르게 살게 될 것이고 바르게 사는 사람은 틀림없이 지혜롭게 살지 않을 수 없게 될 것이다.

요즘과 같은 황금만능주의가 판치는 세상에서 착하게 산다는 것이 남이 보기에 얼마나 바보스럽게 보일까 하고 걱정하면서 남이 자기를 보고 착하다고 말하는 것을 극도로 싫어하는 젊은이도 있다. 그런 사람은 악하게 살아 보면 그것이 자기에게 얼마나 손해가 되는 것인지 곧 깨닫게 될 것이다. 악하게 산다는 것은 어떻게 사는 것인가?

내 이익을 위해서는 남의 이익 같은 것은 아랑곳 않고 사기도 치고 뇌물도 받아먹고 남이 보지만 않는다면 도둑질도 거짓말도 사양치 않는 생활태도를 말한다. 이런 사람은 미구에 법의 제재를 받아 쇠고랑을 차게 될 것이다.

매일같이 매스컴에 보도되는 부정부패 공무원과 사기협잡꾼들이 바로 그들이다. 이러한 생활이 현명한 생활일 수 있겠는가? 묻지 않아도 뻔한 일이다.

이러한 이치를 알아내는 데 팔만대장경이나 사서삼경이니 신구약 성경 같은 것이 무슨 필요가 있겠는가? 이처럼 착한 마음, 바른 마음, 지혜로운 마음은 글이나 책이나 가르침이나 학문이나 종교 같은 것을 통하지 않고 직접 마음에서 마음으로 전하자는 것이 선종이다.

그리하여 착한 사람은 큰 깨달음을 얻어 성인이나 부처가 되고 악한 사람은 죄인이 되고 악한이나 마구니가 되는 것이다. 이 얼마나 간단하고 쉬운 것인가? 마음 하나 어떻게 먹느냐에 따라 극락과 지옥이 왔다 갔다 하는 것이다. 이러한 이치를 가장 극명하게 보여준 것이 『육조단경』이다.

착해지는 것도 마음 하나에 달려 있고 악해지는 것도 마음 하나에 달려 있고, 하느님이 되고 부처가 되는 것도 악인이 되고 마귀가 되는 것 역시 마음 하나에 달려 있는 것이다. 왜 그럴까? 그것은 우리의 마음속에 진리와 우주의 삼라만상이 다 들어 있기 때문이다.

따라서 우리 마음은 하나이자 전부인 것이다. 이 마음을 제대로 알게 되면 그 자리에서 대번에 견성이 되는 것이다. 식심견성(識心見性)이 바로 그것이다. 갑자기 깨닫는다고 하여 돈오(頓悟)라고 한다. 불립문자(不立文字), 교외별전(敎外別傳), 직지인심(直指人心), 견성성불(見性成佛)의 이치인 것이다.

그리하여 혜능은 일흔여섯 살에 세상을 떠날 때까지 수많은 문하생들을 거느렸으면서도 일자무식이었던 것이다. 글을 통하지 않고 오직 마음 하나만으로도 진리를 꿰뚫을 수 있다는 산 모범을 보여 주기 위해서였다.

혜능의 말 그대로 『육조단경』을 제대로 읽고 소화한 사람은 그의 참 제자일 뿐만 아니라 바로 육조 자신이라고 하면서 그는 법과 의발(衣鉢)

을 후대에 전수하는 형식을 없애 버렸다.

끝으로 말하고 싶은 것은 이처럼 마음공부에 대한 탁월한 방편을 제시했으면서도 육조는 몸공부와 기공부에 대해서는 아무런 언급도 없었다는 것이다. 그가 만약에 몸공부와 기공부를 병행했더라면 호랑이에게 날개를 달아 준 격이 되었을 것이다. 한 가지 아쉬움이 아닐 수 없다.

어쨌든 그는 아시아를 대표하는 큰 스승이었다. 어찌 아시아뿐이겠는가 온 지구를 대표하는 부처요 성인 중의 한 사람이었다. 그의 유언대로 그가 열반한 뒤 그의 시신은 1천3백 년이 지난 지금까지도 그가 숨지기 직전의 살아 있던 모습 그대로 등신불(等身佛)이 되어 깊은 명상에 잠긴 듯이 앉아 있는 것이다.

그리하여 지금도 그를 참배하기 위해서 중국 국내는 물론이고 전 세계에서 수많은 참배객들이 끊임없이 몰려들고 있다고 한다. 레닌이나 모택동, 김일성의 시신을 보존하기 위해서 연간 수천만 달러의 경비가 드는 것을 생각하면 돈 한 푼 안 들이고도 생전의 모습 그대로가 천삼백 년 동안이나 유지되고 있다는 것은 실로 기적이 아닐 수 없다. 그가 생전에 말한 그대로 부디 이 책을 읽은 독자 여러분은 정신적으로는 혜능과 같은 반열에 오를 수 있기 바란다.

법구경

선도체험기 50권을 내면서

『선도체험기』 50권을 내보낸다. 1990년 1월 15일에 『선도체험기』 1, 2권을 내보낼 때는 이 책이 50권까지 나가리라고는 생각지도 못했다. 독자 여러분들의 꾸준한 성원이 있었기에 가능한 일이었다. 앞으로도 계속 이 책을 읽는 독자들이 있는 한 그리고 필자가 살아서 글을 쓸 수 있는 능력이 있는 한 이 책은 나가게 될 것이며 100권을 채우는 날도 있을 것이라고 희망해 본다.

50권에는 수많은 불경 중에서도 최고의 베스트셀러에 속하는 『법구경』을 옮겨 놓았다. 석가모니가 불교를 전파하면서 그때그때 떠오르는 단상들을 시로 엮은 주옥같은 가르침들이다. 종교의 벽을 넘어 구도자라면 누구나 깊이 새겨들어야 할 깨달음을 위한 소중한 가르침들이다. 물론 그동안 많은 번역서가 나왔지만, 필자 나름의 언어와 표현력과 문장과 리듬으로 심혈을 기울여 새롭게 옮겨 본 것이다.

이 밖에도 이 책에는 정신문화사에서 나온 「새 천년을 여는 수련문화」라는 잡지를 읽어 보고 필자가 느낀 얘기들을 실었는데 200자 원고지 200장 분량이다. 첫째가 주화입마, 상기병, 기공병에 대한 것과 둘째가 사이비 수련단체를 구분해 내는 방법에 대한 것이다.

1986년에 시작된 나의 선도수행의 초기 과정은 바로 이 두 가지를 극복하는 생생한 체험담 바로 그것이었다고 해도 과언이 아니다. 따라서 나는 이 두 가지에 관한 한 비교적 자세히 말할 수 있다고 본다.

이 두 가지는 수련하는 사람이라면 누구를 막론하고 겪지 않을 수 없는 필수적인 과정이다. 그런데도 불구하고 대부분의 수련자들이 이에 대하여 엉뚱한 착각이나 오해를 하고 있거나 무지한 상태에 놓여 있는 것이 실정이다. 『선도체험기』 시리즈를 읽은 사람이면 누구나 다 환히 알고 있는 일이건만 이 책을 읽지 않는 수행자들은 아직도 오리무중을 헤매고 있는 것이 안타깝다. 그래서 그 얘기를 오늘의 실정에 맞추어 정리해 보았다.

가짜 수련단체의 특징은 다음과 같다.

첫째, 악착같은 돈벌이.

둘째, 교주의 우상화.

셋째, 교주의 엽색 및 음란행위.

넷째, 활발한 로비 활동.

다섯째, 협박, 공갈, 폭력행위.

이상 다섯 가지 특징은 가짜 수련단체뿐만 아니라 동서고금 국내외의 수많은 사이비 종교단체의 보편적인 특징이기도 하다. 이것을 좀 더 압축하면, 1. 축재, 2. 우상화, 3. 엽색, 4. 로비, 5. 폭력이다.

이상 다섯 가지 기준에 맞추어 보면 삼척동자라도 가짜와 진짜를 구분해 낼 수 있을 것이다. 이 책에는 이상 다섯 가지 특징들을 비교적 자세하고 누구나 알기 쉽게 해설해 놓았다.

단기 4332(1999)년 10월 28일
서울 강남구 논현동 우거에서
김태영 씀

법구경(法句經)에 대한 필자의 서문

『법구경(法句經)』이란 팔리어의 담마파다를 한역(漢譯)한 경전의 이름이다. 원래의 이름을 그대로 우리말로 번역하면 '진리의 말씀'이다. 『법구경』은 서기전 3, 4세기경에 엮어진 것으로 학자들은 추정하고 있다. 그럼 우리나라에는 언제 들어왔을까?

몽골의 침략으로 고려 조정이 강화도에 임시로 천도했을 때 만들어진 고려팔만대장경에 『법구경』이 실려 있는 것으로 보아 그 무렵인 것으로 보인다.

『법구경』은 수많은 불경 중에서도 가장 많이 읽히는 경전이다. 여느 경전들처럼 일정한 장소와 시기에 하나의 주제로 쓰인 것이 아니고, 불교 보급 초기에 여러 가지 형태로 읊어졌던 시들을 한데 모아 편집된 일종의 불교 잠언시집과 같은 것이다.

모두 423편의 시로 되어 있고, 주제에 따라 26개의 장으로 나뉘어 있다. 대체로 독립된 시로 되어 있지만 어떤 때는 두 편 또는 여러 편의 시가 한데 묶여 있는 경우도 있다.

진리란 알고 보면 군더더기가 필요 없는 아주 쉽고도 간단명료한 가르침이다. 그러므로 그 표현 역시 단순하고 소박하다. 그래서 짧은 글 속에도 절묘하고도 깊은 뜻이 숨어 있다.

한 편 한 편의 시는 우리의 눈에 들어와 그 뜻이 새겨지는 즉시 세속에 찌들어 버린 우리의 잠든 영혼을 일깨워 주는 청량제의 구실을 한다. 그리고 그 번득이는 지혜로 잠시 갈 길을 잃고 헤매는 우리에게 삶의 진정한 목표가 과연 무엇인가를 차분하고 자상하게 일깨워 준다.

그뿐 아니라 언제나 세속에 오염된 우리의 영혼의 때를 맑은 샘물처럼 깨끗이 씻어 준다. 그리하여 그때마다 우리를 참다운 인간으로 순간순간 거듭나게 해 준다.

필자가 『선도체험기』 50권에 『법구경』을 다루게 된 데는 다음과 같은 사연이 있다.

"… 저의 소견으로는 선생님은 만교(萬敎), 만학(萬學)을 모두 섭수(攝受) 포용하시어 대중 교화에 활용하시는 자리에 계시는 분이므로, 전에 『반야심경』, 『금강경』 등을 『선도체험기』에 소개하신 바와 같은 취지에서 이 『법구경』도 기회가 있으시면 『선도체험기』에 선생님의 생동하는 필치로 옮겨서 실어 주셨으면 하는 소망으로 이 책들을 보내 드립니다…"

『선도체험기』를 오랫동안 읽어 오신 정년퇴직한 전직 교사이신 이원보 선생님의 이상과 같은 편지와 함께 보내 주신 『법구경(法句經)』에 관한 세 권의 참고서가 이 석가모니의 '진리의 말씀'을 내 나름의 문장으로 옮겨 보게 한 원인이 되었다.

한글로 번역한 법구경

제1장 첫째 가르침

1

모든 것은 마음먹기에 달려 있나니
마음에서 싹터 나와 마음으로 열매 맺느니라.
나쁜 마음을 품은 채 말하고 행동하면
수레바퀴가 소 발자국을 따르듯이
괴로움이 따라다니느니라.

2

세상만사는 마음먹기에 달려 있나니
마음에서 싹터 마음으로 열매 맺느니라.
밝고 순수한 마음으로 말하고 행동하면
그림자가 그 주인을 따르듯이
즐거움이 늘 주인을 따르리라.

3

'그자는 내게 욕을 퍼붓고

내 마음에 상처를 입혔다.
나를 짓밟고 내 소유를 빼앗아 갔다.'
이런 생각을 품고 있으면
증오심이 계속 불타오르리라.

4

'그자는 내게 욕을 퍼붓고
내 마음을 상하게 했다.
나를 짓밟고 내 물건을 빼앗아 갔다.'
이런 생각을 품지 않으면
마침내 미움은 가라앉으리라.

5

이 세상에서 원한은
원한을 가지고는 씻어낼 수 없나니,
원한을 놓아버릴 때만이 원한은 씻어지느니라.
이것은 변함없는 영원한 진리이니라.

6

'우리는 언젠가 이 세상에서
죽어야 할 존재'임을
깨닫지 못하는 자가 있다.

이것을 깨달으면
온갖 싸움이 사라지리라.

7

나쁜 것을 좋게 보고
육체의 욕망을 다스리지 못하고
먹고 마시는 걸 절제하지 못하는 사람은
강풍이 연약한 나무를 쓰러뜨리듯
마귀가 그를 쓰러뜨리리라.

8

나쁜 것을 나쁘게 보고,
육체의 욕망을 잘 다스리며,
먹고 마시는 걸 절제하고,
굳은 신념으로 정진하는 사람은
강풍이 바위를 피해 가듯
악마도 그를 어쩌지 못하느니라.

9

더러운 때를 씻지 못한 채
승복을 입으려는 자는
성실과 절제가 없으므로

승복 입을 자격이 없느니라.

10

더러운 때를 씻어 버리고
계율을 잘 지키고
성실과 절제를 갖춘 사람만이
승복 입을 자격이 있느니라.

11

참을 거짓이라 생각하고
거짓을 참이라고 생각하는 사람은
바로 이 잘못된 생각 때문에
끝내 참에 이를 수 없느니라.

12

참을 참인 줄 알고
거짓을 거짓인 줄 아는 사람은
그 바른 생각 때문에
마침내 참에 이를 수 있느니라.

13

허술하게 덮은 지붕에

빗물이 새어들 듯
수행이 덜된 마음에는
욕망이 스며들기 쉬우니라.

14

꼼꼼하게 덮인 지붕에
빗물이 새어들지 못하듯
수행이 잘된 마음에는
욕망이 스며들 빈틈이 없느니라.

15

나쁜 짓 한 사람은
이 세상, 저세상에서 근심에 싸인다.
자기 행실이 더러운 것을 본 그는
슬퍼하고 괴로워하느니라.

16

착한 일 한 사람은
이 세상, 저세상에서 기뻐한다.
자기 행실이 떳떳함을 본 그는
기뻐하고 즐거워하리라.

17

못된 짓 한 사람은
이 세상, 저세상에서 괴로워한다.
'내가 잘못했구나' 하고 괴로워하고
지옥에 떨어져서도 거듭 괴로워하느니라.

18

착한 일 한 사람은
이 세상, 저세상에서 기뻐한다.
'내가 과연 착한 일을 했구나' 하고 기뻐하고
좋은 세상에 태어나서도 거듭 기뻐하리라.

19

제아무리 많은 경전을 외운다 해도
경전대로 실행하지 않는 게으른 사람은
남의 소만 헤아리는 소몰이꾼일 뿐,
참된 수행자의 반열에 들 수 없느니라.

20

경전을 조금밖에 외우지 못했더라도
진리대로 실행하고
욕망, 분노, 어리석음에서 벗어나,

바른 지혜와 해탈을 얻고
이 세상, 저세상에 매이지 않는 사람은
참다운 구도자의 대열에 끼어들 수 있느니라.

제2장 부지런한 수행

21

부지런함은 삶의 길이요,
게으름은 죽음의 길이다.
부지런한 사람은 죽지 않건만,
게으른 사람은 살아도 죽은 것과 같으니라.

22

이 이치를 제대로 알고
실천하는 사람은
부지런함을 기뻐하고
성인의 경지를 즐기리라.

23

이처럼 지혜로운 사람은
생각이 깊고 참을성이 있어서
늘 부지런히 수행함으로써

마침내 대자유의 경지에 이르리라.

24

부지런히 수행하고 생각이 깊고
말과 행동이 깨끗하고 신중하여
스스로 다스리고 진리대로 사는 근면한 사람은
마침내 온 누리에 그 이름이 빛나리라.

25

늘 힘써 일하되 게으르지 않고,
스스로 다스릴 줄 아는
슬기로운 사람은
홍수로도 밀어낼 수 없는 섬을
쌓는 것과 같으니라.

26

어리석고 지혜 없는 사람은
게으름과 방종에 빠지고,
사려 깊은 사람은
근면을 가보(家寶)처럼 지키느니라.

27

게으르지 말라.
육체의 즐거움에 빠지지 말라.
게으르지 않고 사려 깊은 사람은
큰 즐거움을 갖게 되리라.

28

슬기로운 이가 부지런하여
게으름을 물리칠 때는
지혜의 높은 다락에 올라
마치 산 위에 오른 사람이
땅위 사람들을 굽어보듯이
근심하는 무리들을 굽어보리라.

29

게으른 무리 속에서 부지런하고,
잠든 사람들 속에서 깨어 있는 현자(賢者)는
빠른 말이 느린 말을 앞지르듯
앞으로 앞으로 나아가리라.

30

제석천은 부지런하여

신들 가운데서 으뜸이 되었다.
부지런함은 늘 칭찬받고
게으름은 비난받는 법이니라.

〈해설〉

＊ 제석천(帝釋天) : 천상계를 지배하는 힌두교 최고신. 인드라신이라고
도 한다.

31

부지런함을 즐기고
게으름을 싫어하는 수행자는
크고 작은 온갖 속박들을 불같이 태우면서
앞으로 앞으로 나아가느니라.

32

부지런함을 즐기고
게으름을 싫어하는 수행자는
자기도 모르는 새 대자유의 경지에 이르러
결코 물러나는 일이 없느니라.

제3장 마음

33

마음은 들떠 흔들리기 쉽고
지키기 어렵고 다스리기 어렵다.
슬기로운 사람은 마음 다루기를
궁장(弓匠)이 화살을 곧게 하듯 하느니라.

34

물에서 낚여 나와
땅바닥에 던져진 물고기처럼
악마의 손아귀에서 벗어나려고
이 마음은 파닥거리느니라.

35

붙잡기 어렵고 경솔하고
욕망을 따라 헤매는 마음을
다스리는 것은 좋은 일이다.
왜냐하면 다스려진 마음은 평화를 가져오니까.

36

알아보기 어렵고 미묘하고
욕망에 따라 흔들리는 마음을

슬기로운 이는 보호해야 한다.
왜냐하면 잘 보호된 마음은 평화를 가져오니까.

37

홀로 멀리 떠나가는가 하면
자취도 없이 가슴속에 숨어드는
이 마음을 다스릴 줄 아는 사람이야말로
죽음의 굴레에서 벗어나리라.

38

마음이 늘 뒤숭숭하고
올바른 이치를 모르며
믿음이 흔들리는 사람에게
지혜가 깃들 리가 없느니라.

39

마음이 번뇌에 물들지 않고
생각이 흔들리지 않으며
선악에서 벗어나 늘 깨어 있는 사람에게는
어떠한 두려움도 깃들 수 없느니라.

40

이 몸은 어항처럼 깨지기 쉬운 줄 알고
이 마음을 성곽처럼 튼튼케 하고
지혜의 무기로 마귀와 싸우라.
싸워서 얻은 것을 지키면서
정진에 정진을 거듭하라.

41

아, 이 몸은 머지않아
땅위에 드러누우리라.
그리하여 의식을 잃고
나무토막처럼 버려져 뒹굴 것이니라.

42

원수와 원수가 서로 겨루고
적과 적이 서로 물고 뜯고 싸운다 해도
사악한 마음이 저지르는 해악보다는
그 영향이 적을 것이니라.

43

어머니 아버지
그리고 어느 친척이 베푸는 선보다도

진리를 향하는 마음이야말로
우리에게 더욱더 큰 선을 베푸느니라.

제4장 꽃

44

누가 이 대지를 다스릴 수 있을까?
누가 천상과 지옥을 지배할 수 있을까?
그 누가 감동적인 법문 엮기를
솜씨 좋은 원예가가
고운 꽃밭 가꾸듯 할 수 있을까?

45

참된 수행자는 이 대지를 다스리고도
천상과 지옥을 다스릴 수 있다.
솜씨 좋은 원예가가
예쁜 꽃밭을 가꾸듯이
진실한 수행자만이
진리의 말씀을 엮을 수 있도다.

46

이 몸은 물거품 같고

아지랑이 같다고 깨달은 사람은
악마의 꽃 화살을 꺾어 버리고
저승의 염라대왕과도 마주치는 일 없으리라.

47

꽃을 꺾는 일에만 팔려
제정신을 못 차리는 사람의 넋은
잠든 마을을 홍수가 휩쓸어 가듯이
죽음의 신이 앗아간다.

48

꽃을 꺾는 일에만 팔려
끈질긴 집착에서 헤어나지 못하고
욕망에 사로잡혀 허덕이는 사람은
미구에 죽음의 악마에게 정복당할 것이니라.

49

꽃향기와 빛깔은 다치지 않고
꿀만을 따가는 꿀벌처럼
슬기로운 성자는
이 마을 저 마을에서 걸식을 하느니라.

50

남의 허물을 보지 말라.
남이 어쨌건 상관 말라.
다만 나 자신이 저지른
허물과 게으름만을 보라.

51

아무리 귀엽고 빛이 고와도
향기 없는 꽃이 있는 것처럼
행동이 따르지 못하는 사람의 말은
겉모양은 그럴듯해도 속 빈 강정이니라.

52

귀엽고 빛이 고우면서
은은한 향기를 내뿜는 꽃이 있듯이
실천이 따르는 사람의 말은
메아리가 크게 울리느니라.

53

쌓아올린 꽃무더기에서
많은 꽃다발을 만들 수 있듯
사람으로 태어났을 때

착한 일 많이 하라.

54

꽃향기는 바람을 거스르지 못한다.
전단도 타가라도 재스민도 그렇다.
하지만 덕 있는 사람의 향기는
바람을 거슬러 사방에 퍼지느니라.

〈해설〉
＊ 전단, 타가라 : 인도의 향나무.

55

전단, 타가라, 푸른 연꽃, 바시카 등
온갖 향기가 있다 해도
덕행의 향기만은 못하느니라.

〈해설〉
＊ 바시카 : 인도의 향나무.

56

타가라나 전단의 향기는
오히려 미미해서 별 볼 일 없건만

덕망 있는 사람의 향기는 몹시 진해서
하늘의 신들에게까지 퍼져나가느니라.

57

덕행이 온전하고
부지런하며 바른 지혜로
해탈한 사람에겐
악마도 감히 다가가지 못한다.

58

한길가에 버려진
쓰레기 더미 속에서도
은은한 향기 내뿜으며
연꽃이 피어오르듯.

59

버려진 쓰레기 같은
눈먼 중생 속에서도
바르게 깨달은 사람의 제자는
지혜로서 찬란히 빛나리라.

제5장 어리석은 사람

60

잠 못 이루는 이에게 밤은 길고
지쳐 있는 나그네에겐 지척이 천리로다.
바른 도리 깨닫지 못한 자에겐
윤회의 밤길만 아득하여라.

61

나그넷길에서 자기보다 잘나거나
비슷한 사람을 만나지 못하거든
차라리 혼자 갈지언정
어리석은 자와는 벗하지 말지니라.

62

"내 자식이다, 내 재산이다" 하면서
어리석은 자는 괴로워한다.
제 몸도 자기 것이 아니거늘
어찌하여 자식과 재산이 제 것일까 보냐.

63

어리석은 자가 어리석은 줄 알면
그만큼 슬기롭거니와,

어리석으면서도 슬기롭다고 생각한다면
그는 참으로 어리석은 자이니라.

64

어리석은 자는 한평생을 두고
어진 사람을 가까이서 모신다 해도
마치 숟가락이 국 맛을 모르듯이
참다운 도리를 깨닫지 못하느니라.

65

슬기로운 사람은 잠깐이라도
어진 이를 가까이 섬기면
혀가 국 맛을 알 듯
곧바로 진리를 깨닫느니라.

66

지혜롭지 못한 미련한 자는
몹쓸 짓을 함으로써
스스로 고통을 불러들여
자기 자신을 원수처럼 대하느니라.

67

스스로 잘못을 저지른 뒤에야
뉘우치고 눈물 흘리면서
그 대가를 치른다 한들
이게 어찌 올바른 처신이겠느냐.

68

소신 있게 바르게 행동한 뒤에도
뉘우치는 법 없이
즐겁게 웃으면서 그 보상을 받는다면
이 어찌 훌륭한 처신이 아니겠느냐.

69

미련한 자는 못된 짓을 하고 나서도
그 결과가 나타나기 전에는
잘못을 깨닫지 못하지만
불행이 코앞에 닥쳐온 뒤에야
비로소 뉘우치고 괴로워하느니라.

70

어리석은 사람은 형식만을 좇아
몇 달이고 금욕 고행을 한다.

그러나 그 공덕은 참된 진리를 깨달은 사람의
만분의 일에도 미치지 못하느니라.

71

나쁜 짓을 한다 해도
새로 짜낸 우유처럼
그 업이 그 자리에서 굳어지지는 않는다.
하지만 그 업은 재에 뒤덮인 불씨처럼
두고두고 타면서 그의 뒤를 따르느니라.

72

미련한 자에게는
좋은 생각이 떠올라도
별로 도움이 되지 않는다.
그 생각은 도리어
그의 머리를 어지럽히고
그의 행운을 가로막느니라.

73

어리석은 자는 늘 헛것을 바란다.
수행자들 사이에서는 윗자리를,
승단 안에서는 남을 다스리는 권좌를

남의 집에 가서는 금품을 바란다.

74

"일반 신도들이여, 그리고 출가한 스님들이여,
그대들이 이 길을 걷게 된 것은
내 공로임을 알라.
그대들은 앞으로 무슨 일을 하든지
내 뜻을 따라야 한다."
이렇게 말하는 것은 어리석은 짓이다.
그럴수록 그의 욕심과 자만은
점점 더 자랄 것이니라.

75

여기 두 길이 있나니
하나는 이익을 추구하는 길이요,
다른 하나는 대자유에 이르는 길이다.
부처의 제자인 수행자들은
남의 존경을 바라지 말고
비록 외롭더라도 바른길 가기에 전념하라.

제6장 지혜로운 사람

76

내 허물을 지적하고 꾸짖어 주는
지혜로운 사람을 만나거든 그를 따르라.
그는 감춰진 보물을 찾아 준
고마운 분이니 그를 따르라.
그런 사람을 따르면
좋은 일은 있을지언정
나쁜 일은 결코 있을 수 없으리라.

77

남을 훈계하여 가르치고 깨우쳐 주라.
사람들을 잘못으로부터 구하라.
그러한 사람을 착한 이는 사랑하고
악한 이는 미워하리라.

78

나쁜 친구와 사귀지 말고
저속한 무리들과 어울리지 말라.
착한 친구와 기꺼이 사귀고
지혜로운 이를 가까이하라.

79

진리를 물 마시듯 하는 사람은
밝은 마음으로 편안히 잠들 것이다.
지혜로운 사람은 항상
성인들이 말한 진리를 즐기느니라.

80

궁장(弓匠)은 뿔을 다루고
뱃사공은 배를 다루며
목수는 재목을 다듬지만
지혜로운 사람은 자기 자신을 가다듬는다.

81

큰 바위는 어떠한 강풍에도
끄떡도 하지 않듯
지혜로운 사람은 어떠한 비난과 칭찬에도
흔들림이 없느니라.

82

깊은 못은 밝고 고요하여
물결에 흐려지지 않듯
지혜로운 사람은 진리를 듣고

마음이 저절로 맑고 고요해지느니라.

83

현명한 사람은 어디서나
집착을 버리되
쾌락을 좇아 헛수고를 하지 않는다.
즐거움을 만나거나
괴로움을 만나거나
지혜로운 사람은 흔들림이 없느니라.

84

자기를 위해서나 남을 위해서나
자손, 재산, 토지를 바라지 말라.
부정한 방법으로 부자 되기를 바라지 말라.
덕행과 지혜로 떳떳한 사람이 되어라.

85

하고 많은 사람 가운데서
삶의 저쪽 기슭에 이른 사람은 아주 드물다.
대개의 사람들은 이쪽 기슭에서
갈팡질팡하고 헤매고 있을 뿐이니라.

86

진리가 바르게 전해졌을 때
그 이치에 따르는 사람은
건너기 어려운 죽음의 강을 건너
머지않아 저쪽 강기슭에 이르리라.

87

지혜로운 사람은 어둠을 등지고
빛을 찾아 나서야 한다.
어둠의 집을 떠나 출가하여
외로움 속에서도 기쁨을 찾으라.

88

번뇌를 물리칠 좋은 약을 구하라.
슬기로운 사람은 욕망을 버리고
아무것도 가진 것 없이
마음의 때를 씻어 자신을 밝히라.

89

깨달음을 얻기 위한 방편으로
마음을 바르게 닦고
집착을 끊고 소유욕에서 떠나

항상 편안하고 즐거우며
번뇌가 사라져 얼굴이 빛나는 사람은
이 세상에서 이미 대자유의 경지에 든 것이니라.

제7장 깨달은 사람

90

이 세상 여행을 이미 마치고
근심과 걱정을 떠나 모든 속박을 끊고
대자유를 얻은 사람,
그에게는 털끝만 한 고뇌도 있을 수 없느니라.

91

바르게 생각하는 사람은 출가해서도
한집에 머물기를 좋아하지 않는다.
호수를 등지고 떠나는 백조처럼
그들은 이 집도 저 집도 버리느니라.

92

재산을 모아두지 않고 검소하게 사는
그런 사람의 깨달음의 경지는
텅 비어 있어

아무 흔적도 없으므로
허공을 나는 새의 자취처럼
알아보기 어려우니라.

93

잡념이란 잡념은 모두 끊어 버리고
먹고 입는 것에
구애받지 않는 사람의
깨달음의 경지는 텅 비어 있어서
허공을 나는 새의 자취 모양
알아보기 어려우니라.

94

잘 길든 말처럼
모든 감각이 확연하고
자만과 번뇌를 끊어버린 사람은
신들까지도 그를 부러워하리라.

95

대지와 같이 너그럽고
문지방처럼 확실하고
흙탕 없는 호수처럼 마음이 맑은 사람에겐

윤회란 있을 수 없느니라.

96

바른 지혜로 깨달음을 얻어
절대 평화의 경지에 든 사람은
마음이 잠잠하게 가라앉고
말과 행동도 고요하니라.

97

바른 믿음으로 진리 깨달아
윤회의 줄 끊어 버리고
온갖 유혹 물리치고
욕망에서 벗어난 사람이야말로
참으로 뛰어난 수행자니라.

98

마을이건 숲이건 골짜기건 평지건
깨달음을 얻은 이가 사는 곳이라면
어디를 막론하고
즐거움이 넘치리라.

99

인적 없는 숲속은 즐겁다.
집착을 버린 이들은
감각의 쾌락을 추구하지 않으므로
세상 사람들이
즐겨하지 않는 곳에서 즐거워하느니라.

제8장 천 가지의 장

100

부질없는 말을 엮어
늘어놓은 천 마디 말보다
들으면 마음이 가라앉는
단 한 마디가 훨씬 더 뛰어나느니라.

101

쓸모없는 구절을 모아
엮어 놓은 천 편의 시보다
들으면 마음이 가라앉는
단 한 편의 시가 훨씬 더 훌륭하느니라.

102

부질없는 구절로 이루어진
백 편의 시보다
읊으면 마음이 고요해지는
단 한 편의 시가 훨씬 더 뛰어난 것이니라.

103

전쟁터에서 싸워
백만 군사를 이기기보다
자기 자신을 이기는 사람이
훨씬 더 훌륭한 승리자니라.

104

자기 자신을 이기는 것은
남을 이기기보다 더 훌륭한 일.
그러니 자신을 다스리고
항상 절제하는 사람이 되어라.

105

이러한 사람의 승리는
음악의 신도 악마도
이 세상을 창조한 최고신도

꺾거나 물리칠 수 없느니라.

106

백 년 동안 다달이 천 번씩
제사를 지내기보다는
단 한순간이라도
진정한 수행자를 돕는 것이
더 훌륭한 일이니라.

107

숲속에서 백 년 동안
불의 신에게 제사 지내기보다
단 한순간이라도
진정한 수행자를 돕는 것이
훨씬 더 훌륭한 일이니라.

108

이 세상에서 복 받으려고
일 년 내내 희생을 바쳐
제사 지낸다 해도
그 공덕은 진정한 수행자를 돕기보다
4분의 1에도 미치지 못하느니라.

109

늘 남을 존중하고
윗사람을 섬기는 사람에게는
아름다움과 평안과 건강과 장수
이 네 가지 복이 더욱더 커지리라.

110

비록 백 년을 산다 해도
행실이 나쁘고 마음이 어지러우면
고요한 마음을 지니고 덕행을 쌓으면서
하루를 사는 것만 못하리라.

111

비록 백 년을 산다고 해도
어리석고 마음이 흐트러져 있다면
지혜롭고 고요한 마음으로
단 하루를 사는 것만 못하리라.

112

비록 백 년을 산다 해도
게을러 정진하지 않으면
노력하며 부지런히 사는

단 하루보다 훨씬 못하니라.

113

비록 백 년을 산다 해도
삶과 죽음의 도리를 모른다면
이 도리를 알고 사는
단 하루보다 훨씬 못하니라.

114

비록 백 년을 산다 해도
절대 평화에 이르는 길을 모른다면
이 길을 알고 사는
단 하루보다 훨씬 못하니라.

115

비록 백 년을 산다 해도
최상의 진리를 모른다면
이 진리를 알고 사는
단 하루보다 훨씬 못하니라.

제9장 악행

116

착한 일은 서둘러 행하고
악한 일에선 마음을 멀리하라.
착한 일을 하는 데 미적댄다면
그의 마음은 이미 악을 즐기고 있느니라.

117

누가 만일 악한 일을 저질렀다면
두 번 다시 되풀이하지 말라.
행여나 그 일을 즐겨하지 말라.
악한 일을 쌓는 것은
바로 괴로움 그것이니라.

118

누가 만일 착한 일을 했다면
늘 그 일을 되풀이하라.
그 일을 즐겨라.
선공(善功)을 쌓는 것은
바로 즐거움 그것이니라.

119

악의 열매가 맺히기 전에는
악한 자도 복을 받는다.
그러나 악의 열매가 익었을 때
악한 자는 재앙을 만나리라.

120

선의 열매가 맺히기 전에는
선한 이도 화를 당한다.
그러나 선의 열매가 익었을 때
선한 사람은 복을 받으리라.

121

'내게는 업보가 미치지 않으리'라고
악을 가볍게 여기지 말라.
물방울이 모여서 항아리를 채우듯
작은 악이 쌓여서 큰 죄악을 이루느니라.

122

'내게는 업보가 미치지 않으리'라고
선을 가볍게 여기지 말라.
물방울이 고여서 항아리를 채우듯

조금씩 쌓인 선이 큰 선을 이루리라.

123

돈 많은 상인이 동행이 적으면
위험한 길을 피해 가듯
오래 살려는 사람이 독을 피하듯
온갖 악행을 피해야 되느니라.

124

손에 상처가 없다면
독을 만질 수 있으리라.
상처가 없으면
해독을 입지 않듯이
악을 행하지 않으면
악이 찾아오지 않으리라.

125

순진한 사람을 속이고
깨끗하고 때 묻지 않은 사람을 해친다면
바람을 향해 던진 먼지처럼
악은 도리어 악을 행한 자에게 돌아가느니라.

126

어떤 사람은 인간으로 다시 태어나고
악인은 지옥에 떨어지고
착한 이는 천상에 올라가고
번뇌를 여읜 이는 절대 평화의 경지에 들리라.

127

허공중에도 바닷속에도
산속 동굴, 그 어디에도
악업의 응보에서 벗어날
안전한 장소는 없느니라.

128

허공에도 바닷속에도
산속 동굴, 그 어디에도
죽음의 응보에서 벗어날
안전한 장소는 없느니라.

제10장 폭력

129

폭력을 두려워하고

죽음을 피하려 하지 않는 사람은 없다.
이 이치를 자기 자신에게 견주어
남을 죽이거나 죽게 하지 말지니라.

130

폭력을 두려워하고
평화를 사랑하지 않는 사람은 없다.
이 이치를 자기 자신에게 견주어
남을 죽이거나 죽게 하지 말지니라.

131

모든 생명은 평화를 바라건만
폭력으로 생명을 해치는 자는
당장의 평화는 구할 수 있다 해도
뒷날의 평화는 얻지 못하리라.

132

모든 생명은 평화를 바란다.
폭력으로 생명을 해치지 않고
그 속에서 자신의 평화를 구하면
뒷날의 평화를 얻게 되리라.

133

거친 말은 하지 말라.
가는 말이 고와야 오는 말이 곱다.
홧김에 한 말은 고통이 되어
기필코 네 몸에 돌아오리라.

134

그대가 깨어진 종처럼
묵묵히 말이 없다면
그대는 이미
절대 평화에 도달한 것이다.
성내거나 꾸짖을 일이
사라졌기 때문이니라.

135

소치는 사람이 채찍을 들고
소를 목장으로 몰아가듯
늙음과 죽음은 쉬지 않고
우리들의 목숨을 몰고 가느니라

136

그러나 어리석은 자는 악한 짓을 하고도

스스로 깨닫지 못하고
고작 자기가 지은 업의 불길에
제 몸을 태우며 괴로워할 뿐이로다.

137

죄 없고 순진한 사람을
폭력으로 해치는 자
다음 열 가지 중에서
어느 갚음이든 받게 되리라.

138

견디기 어려운 격심한 고통,
보기 흉한 늙음,
육체의 상처,
무서운 질병,
미쳐 날뛰는 정신 착란,

139

권력으로부터 오는 관재(官災),
지독한 모함,
일가친척의 멸망,
재산의 손실,

140

불이 그의 집을 태우기.
이것이 열 가지 갚음이다.
어리석은 자는 이러한 재앙으로
죽은 뒤에 지옥에 떨어지느니라.

141

나체의 고통,
소라처럼 틀어 올린 머리,
몸에 재를 바르고 단식하기,
이슬 내린 땅에 누워 먼지 뒤집어쓰기,
웅크리고 앉아 꼼짝도 안 하기.
이러한 온갖 고행도
망상을 끊지 못한 자를
맑게 할 수는 없느니라.

142

몸이야 어떻게 치장하든지 간에
평온한 마음으로 행동을 삼가고
육체의 욕망을 끊고
살아 있는 목숨을 해치지 않으면
그가 곧 수행자요 수도승이니라.

143

누가 이 세상에서
스스로 겸손하고 잘 참을까?
그 사람은 좋은 말이 채찍을 맞지 않듯
누구한테서도 비난도 받지 않으리라.

144

채찍 맞은 좋은 말처럼
부지런히 힘써 수도하라.
믿음과 계율과 정진으로
정신을 가다듬고 진리를 찾아라.
지혜와 덕행을 갖추고
깊은 명상으로 고통에서 벗어나라.

145

궁장(弓匠)은 활시위를 고르고
뱃사공은 배를 다루며
목수는 재목을 다듬지만
유덕한 사람은 자기 자신을 가다듬는다.

제11장 늙음

146

세상은 끊임없이 불타고 있는데
웃고 기뻐할 일이 어디 있는가.
그대는 암흑에 둘러싸였건만
어찌하여 등불을 찾지 않는가.

147

보라, 이 꾸며놓은 몸뚱이를.
육신은 상처 덩어리에 불과한 것.
병치레 끊임없고 욕망에 불타오르는,
단단치도 영원치도 못한 한낱 껍데기니라.

148

이 몸은 늙어서 시드는
터지기 쉬운 질병의 주머니.
썩은 육신은 마디마다 흩어지고
삶은 반드시 죽음으로 끝나느니라.

149

목숨이 다해 넋이 떠나면
가을 들녘에 버려진 표주박 신세,

살은 썩고 흰 뼈다귀만 뒹굴 텐데
기뻐할 일이 무엇이랴.

150

뼈로서 성곽을 이루고
살과 피로 치장이 되었구나!
그 안에 늙음과 죽음,
자만과 거짓이 도사리고 있구나!

151

화려한 임금의 수레도 닳아 버리듯
이 몸도 늙어 버리지만,
착한 이의 가르침은
진리의 샘물 되어 시들지 않는다.

152

배움이 적은 사람은
육신의 살은 쪘건만
지혜는 자라지 않아
육우(肉牛)처럼 늙어갈 뿐이로다.

153

이 집 지은 이를 찾아
이리 기웃 저리 기웃하였건만
찾지 못한 채
여러 생을 허송했도다.
생존은 어느 것이나
괴로움의 연속이니라.

〈해설〉
＊ 이 집 : 이 육체.

154

집을 지은 이여!
이젠 그대의 정체를 알았도다.
기둥은 부러지고 서까래는 내려앉고
마음은 만물에서 떠났으니
육체의 욕망은 말끔히 씻어 버렸도다.
이제 그대는 또다시 집을 짓지 않으리라.

155

젊을 때 수행하지 않고
정신의 재산 모아두지 못한 이는

고기 없는 못가에 선 늙은 백로처럼
쓸쓸히 죽어갈 것이니라.

156

젊을 때 수행하지 않고
정신의 재산 모아두지 못한 이는
부러진 활처럼 쓰러진 채
하염없이 지난날을 탄식하리라.

제12장 자기 자신

157

자기를 사랑할 줄 안다면
자신을 잘 지켜야 한다.
슬기로운 사람은 밤 세 때 중
한 번쯤은 깨어 있어야 하리라.

〈해설〉

＊ 밤의 세 때 : 자시(밤 11~1시), 축시(밤 1~3시), 인시(밤 3~5시)

158

먼저 자기 자신을 바로 세우고 나서

남을 가르치라.
이렇게 하는 지혜로운 이는
괴로워할 일이 없으리라.

159

남을 가르치듯 스스로 행한다면
자신을 잘 다스릴 수 있고
남도 잘 가르치게 될 것이다.
자신을 잘 다스리기란 참으로 어려우니라.

160

자기야말로 자신이 주인
어떤 주인이 따로 있을 것인가.
자기를 잘 다스릴 때
얻기 힘든 주인을 얻으리라.

161

내가 저지른 죄악은
바로 내 안에서 일어난 것,
금강석이 여의주를 부숴 버리듯
나의 어리석음을 부숴 버리리라.

162

성질이 심히 포악한 자는
칡덩굴이 큰 나무를 휘감아
말라 죽기를 기다리듯
원수의 소원대로 파멸하고 말리라.

163

악한 일은 자신에게 해를 가져오건만
저지르기 쉽고
착한 일은 자신에게 평안을 가져오건만
행하기 어려우니라.

164

진리대로 살아가는 성자의 가르침을
좁은 소견으로 헐뜯는 바보들은
열매가 여물면 저절로 말라 죽는
갈대처럼 스스로 파멸하리라.

165

내가 악한 짓 하면 스스로 더러워지고
내가 착한 짓 하면 저절로 깨끗해진다.
깨끗하고 더러움은 내게 달린 것,

아무도 나를 깨끗하게 해 줄 수 없노라.

166

제아무리 남을 위한 소중한 일이라 해도
자신의 의무를 소홀히 말라.
자기가 해야 할 일이 무엇임을 알고
그 일에 항상 최선을 다하라.

제13장 이 세상

167

비열한 짓을 하지 말라.
게으름을 피우고 건들거리지 말라.
그릇된 소견에 따르지 말라.
그리하여 이 세상의 근심거리를 만들지 말지니라.

168

떨치고 일어나 게으름 피우지 말라.
선행의 도리를 직접 실천하라.
진리대로 행동하는 이는
이 세상 저세상에서 편히 잠들리라.

169

떳떳한 행동을 하라.
나쁜 짓을 하지 말라.
진리대로 행동하는 이는
이 세상 저세상에서 편히 잠들리라.

170

물거품처럼 세상을 보라.
아지랑이처럼 세상을 보라.
세상을 이렇게 보는 사람은
죽음의 왕도 감히 넘보지 못하리라.

171

자, 이 세상을 자세히 보라.
왕의 수레처럼 잘 가꾸어진 이 세상을.
어리석은 자는 그 속에 빠지건만
지혜로운 이는 여기에 집착하지 않느니라.

172

지난날엔 게을렀더라도
오늘날 게으르지 않으면
그는 구름 벗어난 달처럼

이 세상을 비추리라.

173

어쩌다가 못된 짓 했다 해도
착한 행위로 덮어 버린다면
그는 구름 벗어난 달처럼
이 세상을 비추리라.

174

이 세상은 캄캄한 암흑
분명하게 진위를 가려보는 이 드물도다.
그물에서 벗어난 새 드물 듯
천상에 오르는 사람 지극히 드물더라.

175

백조는 태양의 길을 가고
신통한 자는 허공을 난다.
지혜로운 이는 악마 무리 물리치고
이 세상을 벗어나더라.

176

오직 하나인 진리 어기고,

멋대로 거짓말하면서,
오는 세상 믿지 않는 자는
어떠한 악도 범하고 말더라.

177

탐욕한 자는 천상에 갈 수 없다.
어리석은 자는 베풀기를 싫어한다.
그러나 지혜로운 이는 보시를 좋아하므로
저세상에서 복을 누리더라.

178

온누리의 왕이 되기보다,
천상에 오르기보다,
온 세상을 다스리기보다,
대자유에 이르는 첫걸음이
훨씬 더 훌륭하니라.

제14장 부처

179

부처의 승리는 아무도 깨뜨릴 수 없고,
그 누구도 그의 승리에 미칠 수 없도다.

부처의 경지는 하도 넓어서 다함이 없고,
아무런 자취도 남기지 않는다.
그 누가 어떤 도로써
그를 유혹하고 인도할 수 있으랴.

180

그물처럼 뒤얽힌 욕망조차
그 어디서도 그를 유혹할 수 없도다.
행동에 제한이 없고,
자취조차 없는 부처를
그 누가 감히 어떤 도로써
유혹하고 인도할 수 있으랴.

181

깨달음 얻어 깊이 생각하고
명상에 몰두하는 지혜로운 이는
이 속세를 떠나 고요를 즐기므로
신들도 그를 부러워하느니라.

182

사람으로 태어나기 어렵고,
죽을 사람 남은 목숨 보존하기 어려우며,

바른 가르침 듣기 또한 어렵지만,
깨달은 사람 나타나기 더욱더 어렵더라.

183

악한 일 하지 말고
착한 일 많이 하여
마음을 깨끗이 하라.
이것이 모든 부처들의 가르침이니라.

184

참고 견디는 게 최상의 고행이고,
대자유에 이르는 것이 최고라고
깨달은 사람마다 한결같이 말하더라.
남을 해치는 이는 출가자가 아니고,
남을 괴롭히는 자는 수행자가 아니니라.

185

남을 헐뜯지 말고 상처 입히지 말고
계율을 지키고 음식을 절제할 것이며,
한가로이 홀로 앉아 사색에 전념하라.
이것이 깨달은 이의 가르침이니라.

186

황금이 소나기처럼 쏟아진다 해도
인간의 탐욕을 다 채울 수는 없다.
욕망에 사로잡힌 짧은 쾌락엔
많은 고통이 따르느니라.

187

지혜로운 이는 이것을 알고
천상의 쾌락도 좋아하지 않는다.
바르게 깨달은 이의 제자는
욕망이 모두 없어진 것을 기뻐하더라.

188

두려움에 쫓긴 이들은
산과 숲속으로 들어가
동산과 나무와 사당에 제사하며
의지할 곳을 찾느니라.

189

그러나 그곳은 편안한 의지처도
안전한 도피처도 아니다.
그런 곳을 찾은 후에도

갖가지 고난에서 벗어날 길은 없느니라.

190

부처와 가르침과 승단 속에서
의지처를 찾는 사람은
바른 지혜로
네 가지 거룩한 진리를 보더라.

〈해설〉

＊ 네 가지 거룩한 진리 : 고(苦), 집(集) 멸(滅), 도(道).

191

괴로움과 괴로움이 생기는 원인과
괴로움을 없애는 것과
괴로움을 없애는 데 이르는
여덟 가지 바른길이 있느니라.

〈해설〉

＊ 여덟 가지 바른길(八正道) : 바르게 보기(正見), 바른 생각(正思), 바른 말(正言), 바른 행위(正業), 바른 생활(正命), 바른 노력(正精進), 바른 상념(正念), 바른 집중(正定).

192

이것만이 안전하고 훌륭한 의지처,
이런 의지처를 얻은 후에라야
온갖 괴로움에서 벗어나리라.

193

부처는 아무데서나 태어나지 않으므로
만나기 어렵도다.
이러한 성자가 태어난 집안은
영원히 평화롭고 번창할 것이니라.

194

깨달은 이의 나타남은 즐겁고,
바른 설법 듣기도 즐겁다.
승단의 화합도 즐겁고,
화합한 사람들의 수행도 즐거우니라.

195

사람들이 공양할 만한 분,
그는 이미 허망한 논쟁에서 벗어나
근심 걱정 초월한 부처니라.

196

아무것도 두려워하지 않고
마음의 평화를 누리는 사람들에게
공양하는 그 공덕이야말로
그 누구도 헤아릴 수 없으리라.

제15장 진정한 행복

197

원한 품은 사람들 속에 숨쉬면서도
원한 버리고 즐겁게 살리라.
원한 지닌 사람들 속에서라도
원한에서 벗어나 평안히 살리라.

198

고민하는 사람들 속에 숨쉬면서도
고민에서 벗어나 즐겁게 살아 보자.
고뇌하는 사람들 속에 파묻혀 있더라도
고뇌에서 벗어나 즐겁게 살아 보자.

199

탐욕한 사람들 속에 살면서도

탐욕에서 벗어나 즐겁게 살아 보자.
탐욕한 사람들 속에서 숨쉬더라도
탐욕에서 떠난 채 평안히 살아 보자.

200

아무것도 가진 것 없어도
크게 즐기며 살아 보자.
광음천(光音天)의 신들처럼
즐거움을 먹으며 살아 보자.

〈해설〉

＊ 광음천(光音天) : 인도 신화에 나오는 천계의 하나. 이곳의 신들은 먹지 않고도 살 뿐 아니라 말할 때 입에서 맑은 빛이 나와 그것이 말이 된다고 한다.

201

승리는 원한을 낳고
패자는 괴로워 누워 있다.
마음의 고요를 얻은 사람은
승패를 벗어나 즐겁게 살더라.

202

육체의 욕망보다 더한 불길은 없고,
도박에서 졌다 해도
증오와 같은 불길은 일지 않는다.
한때의 인연으로 이루어진
이 몸 같은 괴로움 다시없고,
마음의 고요보다 더한 평화 없더라.

203

욕심은 가장 큰 병이고
이 몸은 가장 큰 괴로움이다.
이 병고의 이치를 있는 그대로 알 수 있다면
그곳에 대자유의 평화가 있으리라.

204

건강은 가장 큰 이익이고
만족은 가장 큰 재산이다.
신뢰는 가장 귀한 친구이고
대자유는 최고의 평화이다.

205

고독의 맛과 마음의 평화를

직접 체험한 사람은,
명상의 기쁨을 음미하면서
두려움 없이 악에서 떠나느니라.

206

성인들과의 만남은 좋은 일이다.
그들과 함께 살면 항상 즐겁다.
어리석은 자를 만나지 않으면
늘 편안하고 즐거우니라.

207

어리석은 자와 함께 길을 가는 사람에겐
오래도록 근심이 떠나지 않는다.
어리석은 자와 함께 사는 것은
원수와 더불어 사는 것만큼 고통스러우니라.
지혜로운 사람과 함께 살면
친척들의 모임처럼 즐겁기만 하더라.

208

그러므로 달이 천체의 궤도를 따르듯
슬기롭고 널리 배우고
잘 참고 믿음직스럽고 거룩한

성인과 선지식을 따르라.

제16장 사랑하는 것

209

잡념에 시달려 명상에 잠기지 못하고,
뜻있는 일에서 떠나
쾌락만 따르는 사람은
명상에 전념하는 이를 부러워한다.

210

사랑하는 사람을 만나지 말라.
미운 사람도 만나지 말라.
사랑하는 사람은 못 만나서 괴롭고,
미운 사람은 만나서 괴로우니라.

211

그러므로 사랑하는 사람을 일부러 만들지 말라.
사랑하는 사람을 잃는 것은 커다란 불행이오.
사랑도 미움도 없는 사람은
얽매임이 없느니라.

212

즐기는 데서 근심 생기고
즐기는 데서 두려움 생긴다.
즐기는 것을 벗어난 사람은 근심이 없거늘
어찌 두려움이 생길 수 있으랴.

213

애정에서 근심 생기고
애정에서 두려움 생긴다.
애정에서 벗어난 사람은 근심이 없거늘
어찌 두려움이 생길 수 있으랴.

214

쾌락에서 근심 생기고
쾌락에서 두려움 생긴다.
쾌락에서 벗어난 사람은 근심이 없거늘
어찌 두려움이 생길 수 있으랴.

215

욕정에서 근심 생기고
욕정에서 두려움 생긴다.
욕정에서 벗어난 사람은 근심이 없거늘

어찌 두려움이 생길 수 있으랴.

216

헛된 집착에서 근심 생기고
헛된 집착에서 두려움 생긴다.
헛된 집착에서 벗어난 사람은 근심이 없거늘
어찌 두려움이 생길 수 있으랴.

217

덕과 지혜를 갖추어
바르게 행동하고 진실을 말하고
자기 의무를 다하는 사람은
이웃의 사랑을 독차지하리라.

218

말로 다할 수 없는 경지에 이르고자 하여
생각이 깊고
온갖 욕망에서 벗어난 사람을
'생사의 흐름을 거슬러 가는 이'라고 부르느니라.

〈해설〉

＊ 말로 다할 수 없는 경지 : 온갖 번뇌와 욕망의 불길에서 벗어나 스

스로 마음을 다스릴 수 있는 수준.

219

오랜 세월 타향살이로 떠돌다가
착한 일 많이 하고
고향에 돌아온 사람을
친척과 친구들은 반갑게 맞아들이느니라.

220

이처럼 착한 일 많이 하고
이 세상에서 떠나는 사람은
사랑하는 사람이 돌아온 것을 반기듯
저세상에서 선행의 보상으로 환영받으리라.

제17장 성냄

221

분노를 버리라.
자만을 버리라.
그 어떤 구속에서도 벗어나라.
이름과 모양에 집착이 없고
가진 것 없는 이는

고뇌에 쫓기지 않으리라.

222

달리는 수레를 멈추듯
끓어오르는 분노를 삭이는 이를
나는 진짜 마부라고 부르리라.
그러나 다른 사람들은
고삐만을 쥐고 있을 뿐이더라.

223

부드러움으로 분노를 이기라.
착함으로 악을 이기라.
베풂으로 인색을 이기라.
진실로 거짓을 이기라.

224

진실을 말하라.
성내지 말라.
가진 것이 적더라도
누가 와서 원하거든 선뜻 내어주라.
이 세 가지 덕으로
그대는 신들 곁으로 가리라.

225

산목숨 죽이지 않고
항상 욕심을 다스리는 성자는
불멸의 경지에 이르리라.
거기에 도달하면 근심 걱정 없으리라.

226

누구든지 늘 깨어 있고
밤낮으로 부지런히 배우고
절대 자유를 추구한다면
온갖 번뇌에서 저절로 벗어나리라.

227

이것은 예부터 말해 온 것이고
오늘날 새삼스레 시작된 것도 아니다.
사람들은 침묵을 지켜도 비난하고
말을 많이 해도 타박하고
말을 조금만 해도 헐뜯는다.
이 세상에서 욕먹지 않을 장사는 없느니라.

228

그러나 욕만 먹는 사람도

칭찬만 듣는 사람도
이 세상에는 없도다.
과거에도 현재에도 미래에도 없으리라.

229

만일 어떤 성인이 날마다 살피면서
"이 사람은 슬기로워
행동거지에 결함이 없고
지혜와 덕을 갖추고 있다" 하고 칭찬을 한다면

230

그 누가 그를 비난하겠는가.
그는 잠부강의 순금으로 만든 금화 같은 존재,
여러 신들도 그를 칭찬하고
세상을 창조한 최고신도 그를 찬양하리라.

〈해설〉
✽ 잠부강 : 강의 이름.

231

몸의 성냄을 참고
몸을 다스려라.

몸의 악행을 버리고
몸으로 선을 행하라.

232

말의 성냄을 참고
말을 삼가라.
말의 악행을 버리고
말로 선을 행하라.

233

마음의 성냄을 참고
마음을 다스려라.
마음의 악행을 버리고
마음으로 선을 행하라.

234

슬기로운 이는 몸을 다스리고
말을 삼가고
마음을 통제한다.
이처럼 그는 자신을 잘 가다듬고 있느니라.

제18장 더러움

235

그대는 이제 시든 낙엽
저승사자도 그대 곁에 와 있도다.
그대는 분명 죽음의 길목에 서 있건만
그대에겐 노자마저 없구나.

236

그런즉 자신의 의지처를 만들라.
부지런히 수행하여 슬기로워져라.
더러움을 씻고 죄에서 벗어나면
천상의 성지로 올라가리라.

237

그대의 생애는 종점에 이르렀다.
그대는 이미 염라대왕 앞에 와 섰구나.
도중에 쉴 곳도 없건만
그대에겐 노자마저 없구나.

238

그런즉 자신의 의지처를 만들라.
부지런히 수행하여 지혜로워져라.

더러움을 씻고 죄에서 벗어나면
다시는 삶과 늙음이 다가오지 못하리라.

239

슬기로운 사람은
은세공이 은덩이에 묻은 때를 벗기듯
차례차례 조금씩
자기 때를 벗기느니라.

240

쇠에서 생긴 녹이
쇠 자체를 먹어 들어가듯
방탕한 자는 자기 행위로 인해
스스로 지옥으로 다가가느니라.

241

독경하지 않으면 경전이 때 묻고
수리하지 않으면 집이 때 묻으며
옷차림이 소홀하면 용모가 때 묻고
멋대로 행동하면 수행자가 때 묻느니라.

242

부정(不貞)은 부녀자의 때,
인색은 베푸는 자의 때,
악덕이야말로
이 세상과 저세상의 때니라.

243

그러나 이 더러운 때 중에서도
가장 더러운 때는 어두운 마음이니
수행자들이여, 이 더러운 때를 씻어
때 없는 밝은 사람이 되지 않으려는가.

244

얼굴이 두꺼워 수치를 모르고
뻔뻔스럽고 어리석고 무모하고
마음에 때 묻은 사람에게
인생은 살아가기 쉬우니라.

245

수치를 알고 늘 깨끗함을 생각하고
집착을 떠나 조심성 많고
진리를 따라 소박하게 사는 사람에게

인생은 살아가기 어려우니라.

246

살아 있는 목숨을 죽이고
거짓말을 하고
주지 않는 것을 낚아채고
남의 아내를 범하고

247

곡식이나 과일로 빚은 술에
빠져버린 자는
바로 이 세상에서
그 자신의 뿌리를 뽑아내는 것과 같으니라.

248

사람들이여,
자제할 줄 모름은 악덕임을 알아두라.
탐욕과 부정으로 인해
오랜 괴로움을 받지 말라.

249

사람은 자신이 믿는 대로 따르고

좋아하는 것을 실행한다.
남이 베푸는 음식에 만족할 줄 모르는 자는
마음의 안정을 얻을 수 없느니라.

250

불만스런 생각을 끊어내어
뿌리째 뽑아 버린 사람은
낮이나 밤이나 한결같이
마음의 안정을 누릴 수 있느니라.

251

정욕보다 더 뜨거운 불길은 없고
분노보다 더 빠른 물살은 없으며,
어리석음보다 더 치밀한 그물은 없고
헛된 집착보다 더 끈질긴 밧줄은 없도다.

252

남의 허물 보기는 쉬워도
자기 허물 보기는 어려우니라.
남의 허물은 겨처럼
까불어 흩어 버리건만
자기 허물은 투전꾼이

나쁜 패 감추듯 하더라.

253

남의 허물 찾아내어
늘 불평하는 사람은
번뇌의 때가 점점 불어나리라.

254

허공엔 자취가 없건만
바깥일에 마음 빼앗기는 자는 수행자가 아니니라.
세상 사람들은 환상을 좋아하건만
진리를 터득한 사람은 환상을 싫어하더라.

255

허공에는 자취가 없건만
바깥일에 마음 빼앗기는 자는 수행자가 아니니라.
이 세상엔 영원한 것은 아무것도 없고
깨달은 사람에겐 흔들림이 없더라.

제19장 도를 실천하는 사람

256

일처리를 잘한다고 해서
공정한 사람이 아니라,
옳음과 그름을 잘 분별하는 이가
공정한 사람이니라.

257

억지가 아니라
정의와 순리대로 남을 인도하고
정의를 지키는 슬기로운 사람을
도를 실천하는 사람이라 부르느니라.

258

말을 많이 한다고 해서
지혜로운 사람이 아니라,
미움과 두려움에서 벗어나
고요한 경지에 든 이가
지혜로운 사람이니라.

259

말을 많이 한다고 해서

도를 실천하는 사람이 아니라,
들은 것이 적더라도 직접 체험해 보고
진리에서 벗어나지 않는 이가
도를 실천하는 사람이니라.

260

머리카락이 희다고 해서
큰 스승이 아니다.
나이만 먹은 부질없는 사람은
늙어 버린 어리석은 속물일 뿐이니라.

261

진실과 진리와 불살생과
절제와 자제로
더러운 때를 벗어 버린 사람을
진정으로 큰 스승이라 하느니라.

262

말을 거침없이 잘하고
용모가 번듯하다고 해도,
질투 잘하고 인색하고
이웃 속이기를 밥 먹듯 하는 사람은

훌륭한 사람이 아니니라.

263

질투, 인색, 속임수를
뿌리째 뽑아 버리고
성내지 않는 사람을
훌륭한 인물이라 하느니라.

264

마음속에 큰 뜻이 없고
거짓말을 식은 죽 먹듯 하는 자는
아무리 머리를 깎았다 해도
수행자가 아니니라.
사욕과 탐욕이 가득차 있는 자가
어찌 수행자일 수 있으랴.

265

작건 크건
악을 가라앉힌 사람은
모든 악을 가라앉혔으므로
수행자라 부를 수 있느니라.

266

걸식만 한다고 해서
수도승이라 할 수 없다.
온갖 진리를 몸에 익혀야
수도승이 되는 것이지
걸식만 한다고 해서
수도승일 수는 없느니라.

267

이 세상에서 선도 악도 다 버리고
육체의 욕망도 끊어 순결을 지키고
신중하게 처세하는 사람을
진정한 수도승이라 부르느니라.

268

침묵을 지킨다 해도
어리석고 무지하면 성자일 수 없다.
어진 이가 저울질하듯
선을 취하고 악을 피하는 이가 성자니라.

269

악을 물리칠 줄 알면

그는 성자이다.
선과 악을 구분할 줄 알면
그를 성자라 부르느니라.

270

중생을 해치는 자는
성자가 아니다.
중생을 해치지 않는 이를
성자라 하느니라.

271

평범한 사람은 맛보기 어려운
해탈의 기쁨을 나는 얻었노라.
그러나 그것은 계율이나 서약이나
많은 지식에 의해서는 아니니라.

272

그렇다고 해서 명상에 잠겨 있거나
홀로 누워 있다고 해서
해탈의 기쁨을 얻을 수 있는 게 아니니라.
그러니 수행자여! 마음속 번뇌가
다 끊어지기 전에는 방심하지 말지니라.

제20장 진리의 길

273

온갖 길 가운데서
부처가 말한 여덟 가지 바른길이 뛰어나고
온갖 진리 가운데서
고통 없애는 네 가지 진리가 뛰어나며
온갖 덕 가운데서
욕망 버리는 덕이 뛰어나고
모든 사람 가운데서
눈 밝은 이가 가장 뛰어나더라.

274

이것이 수행자가 가야 할 길이니라.
진리를 보는 눈을 밝게 하는
다른 길은 없도다.
그대들은 이 길을 따르라.
이것이 악마를 물리치는 길이니라.

275

그대들이 이 길을 가면
괴로움이 사라지리라.
나는 괴로움의 화살을 뺄 줄 알므로

이 길을 열어 보였노라.

276

우리가 할 일은 끝없는 수행이니라.
진리를 체험한 사람들은
다만 그 길을 가리킬 뿐
그 길에서 명상을 실천하는 수행자는
악의 사슬에서 벗어나리라.

277

'모든 것은 덧없다.'
지혜의 눈으로 이 이치를 살펴볼 때
괴로움을 싫어하게 된다.
이것이 밝음에 이르는 길이니라.

278

'모든 것은 괴로움이다.'
지혜의 눈으로 이 이치를 알아냈을 때
괴로움을 싫어하는 생각이 일어나리라.
이것이 밝음에 이르는 길이니라.

279

'모든 것은 실체가 없다.'
지혜의 눈으로 이 이치를 알아냈을 때
괴로움을 싫어하는 생각이 일어나리라.
이것이 맑음에 이르는 길이니라.

280

일어나야 할 때 일어나지 않고
젊고 힘이 있는데도 게으름 피우고
의지와 정신이 나약한 사람은
밝은 지혜를 가진 사람이라도
바른길 찾아주기 어려우리라.

281

말을 삼가고 마음을 다스리고,
몸으로 악한 일을 저지르지 말아야 한다.
이 세 가지 덕으로 심신을 깨끗이 하라.
그러면 옛 성인이 가르친 그 길에 이르리라.

282

명상에서 지혜가 생기고
명상이 없으면 지혜도 사라지리라.

삶과 죽음 두 길을 알고 지혜가 늘어나도록
자기 자신을 일깨워라.

283

한 그루의 나무를 베는 것으로 그치지 말라.
숲을 베도록 하라.
번뇌의 숲에서 두려움이 생기는 것이니
수행자들이여!
번뇌의 나무를 모두 베어
숲에서 벗어난 자가 되어라.

284

여자에 대한 남자의 욕정은
아무리 작더라도 끊어지기 전에는
송아지가 어미 소의 젖에 매어 달리듯
남자의 마음을 매어 놓느니라.

285

자신의 욕정 끊기를
가을 연꽃 줄기를 가위로 자르듯 하라.
고요에 이르는 길을 찾으라.
대자유에 이르는 길은

이미 부처가 가르쳐 주었느니라.

286

장마철에는 여기서 살고
겨울과 여름에는 저기서 지내자고
어리석은 자는 생각하지만
죽음이 가까이 온 줄은 미처 깨닫지 못하더라.

287

어린이와 가축에만 마음을 빼앗겨
거기에만 집착하는 사람은
큰 홍수가 잠든 마을 휩쓸어 가듯
죽음이 그를 휩쓸어 가리라.

288

우리는 자식도 구할 수 없고,
부모나 친척도 구할 수 없다.
일가친척이라 해도
한번 죽음의 신에게 붙잡히면 어쩔 수 없느니라.

289

이 도리를 깨닫고

슬기로운 이는 계율을 지켜
대자유에 이르는 길을 서둘러 밝히라.

제21장 여러 가지

290

시시한 쾌락을 버림으로써
큰 기쁨을 얻을 수 있다면
슬기로운 이여!
이보다 큰 기쁨 위해
그 시시한 쾌락을 기꺼이 버리라.

291

남에게 고통을 줌으로써
즐거움을 구하는 자는
원한의 사슬에 얽매여져
벗어날 길이 없느니라.

292

해야 할 일을 소홀히 하고
해서는 안 될 일을 저지르면서
교만과 방종에 사로잡힌 사람에게

번뇌는 자꾸만 늘어나리라.

293

늘 몸의 정체를 생각하여
그 덧없음을 잘 헤아리고
해서는 안 될 일을 하지 않으며
해야 할 일은 꾸준히 밀고 나가는,
생각이 깊고 조심성 있는 사람에게서
번뇌는 차츰 멀어져 가리라.

294

어머니와 아버지를 죽이고
두 왕을 죽이고
국토와 국민을 멸망시키고도
수행자는 끄떡없이 나아가느니라.

〈해설〉

＊ 어머니 : 욕망.

＊ 아버지 : 교만.

＊ 두 왕 : 하나는 단멸론(斷滅論)으로 모든 것은 죽으면 그만이라는 생각. 다른 하나는 상주론(常住論)으로서 모든 것은 죽어도 그대로 있다는 생각.

* 국토 : 세속.
* 국민 : 번뇌.

295

어머니와 아버지를 죽이고
두 왕을 죽이고
다섯 번째 호랑이를 죽이고도
수행자는 끄떡없이 나아간다.

〈해설〉
* 다섯 번째 호랑이 : 탐욕, 성냄, 우울, 후회, 의심의 다섯 가지 중에
서 의심을 말한다.

296

부처의 제자들은
언제나 깨어 있고
밤이나 낮이나
부처를 생각하느니라.

297

부처의 제자들은
언제나 깨어 있고

밤이나 낮이나
부처의 가르침을 생각하느니라.

298

부처의 제자들은
언제나 깨어 있고
밤이나 낮이나
부처의 승단을 생각하느니라.

299

부처의 제자들은
언제나 깨어 있고
밤이나 낮이나
육신의 덧없음을 생각하느니라.

300

부처의 제자들은
언제나 깨어 있고
밤이나 낮이나 불살생으로
그 마음이 즐겁도다.

301

부처의 제자들은
언제나 깨어 있고
밤이나 낮이나 명상으로
그 마음이 즐겁도다.

302

출가 생활은 힘들어
즐거움 얻기 어렵도다.
집에서 사는 것도
힘들고 괴롭도다.
마음에 맞지 않는 무리와 사는 일
또한 괴롭도다.
무엇을 찾아 나서도
괴로움과 맞닥뜨린다.
그러므로 방황하는 나그네가 되지 말라.
그러면 고통에 떨어지지 않으리라.

303

신용이 있고, 덕행을 갖추고
명성과 번영을 누리는 사람,
그런 사람은 언제 어디서나

존경을 받느니라.

304

어진 사람은 히말라야처럼
멀리서도 빛나건만
못된 사람은 밤에 쏜 화살처럼
코앞에서도 보이지 않느니라.

305

홀로 앉고 홀로 눕고
홀로 다녀도 지치지 않고
자신을 다스리며
숲속에서 홀로 즐기라.

제22장 지옥

306

거짓말하는 자 지옥에 떨어진다.
거짓말하고도
"나는 거짓말하지 않았다"고 말하는 자도
지옥에 떨어진다.
그런 사람들은 죽은 후

저세상에서도 똑같은 짓을 하느니라.

307

승복을 머리에서부터 덮어썼다고 해도
성질이 고약하고
조심성이 없는 사람이 많도다.
이런 자들은 자신의 잘못으로
지옥에 떨어지느니라.

308

계율을 지키지 않고
절제하지 않은 채
남이 갖다 바치는 것을 받아 쓰려는 자는
차라리 불에 달궈진 쇳덩이를
삼키는 것이 나을 것이니라.

309

호색하여 남의 아내를 유혹하는 자는
다음 네 가지 일과 마주치리라.
화를 불러들이고,
편히 잠들 수 없으며,
비난을 받고,

지옥에 떨어진다.

310

또한
화를 스스로 불러들이고,
지옥에 떨어지고,
두려움 속에서 늘 조마조마하고,
나라에서도 무거운 벌을 내린다.
그런즉 남의 아내와 가까이하지 말지니라.

311

억새풀도 잘못 만지면
손을 베이듯
수행자가 그릇된 짓을 하면
지옥이 그를 끌어들일 것이니라.

312

제멋대로 행동하고,
스스로 한 맹세를 어기고,
마지못해 수도하는 척하는
사람에겐 아무런 보상도 없느니라.

313

해야 할 일이 있다면
선뜻 나서서 부지런히 힘써 행하라.
집 떠나서도 게으르면
더러운 오명을 뒤집어쓰게 되느니라.

314

해서는 안 될 일은 하지 않는 게 상책.
악행은 뒤에 가서 반드시 뉘우친다.
해야 할 선행은 하는 게 상책.
선행은 나중에도 결코 후회할 일이 없느니라.

315

변두리 성을 안팎으로 지키듯
한순간도 놓치지 말고 자신을 잘 지키라.
한번 기회를 놓치게 되면
지옥에 떨어져 비탄에 잠기리라.

316

부끄러워하지 않을 일을 부끄러워하고,
부끄러워해야 할 일을 부끄러워하지 않는
잘못된 생각을 가진 자들은

악한 곳에 떨어지리라.

317

두려울 것이 없는데도 두려워하고,
두려워해야 할 것을 두려워하지 않는
잘못된 생각을 가진 자들은
악한 곳에 떨어지리라.

318

죄가 없는데도 있다고 생각하고,
죄가 있는데도 없다고 생각하는
잘못된 생각을 가진 자들은
악한 곳에 떨어지리라.

319

죄가 있으니까 있는 줄 알고,
죄가 없으니까 없는 줄 아는
바른 생각을 가진 사람들은
착한 곳에 이르리라.

제23장 코끼리

320

싸움터에서 화살을 맞고도
참고 견디는 코끼리처럼,
사람들 중에는 고약한 무리들이 있으므로
나도 그들의 비난을 견디리라.

321

길들인 코끼리는 싸움터로 끌려가고,
임금도 길들인 코끼리를 탄다.
비난을 참고 견디는 데 익숙한 이는
사람들 가운데서 가장 훌륭하다.

322

길들인 당나귀는 훌륭하다.
인더스 산의 명마도 훌륭하다.
전쟁용 코끼리도 훌륭하다.
그러나 자신을 잘 다스리는 사람은
더욱더 훌륭하니라.

323

당나귀, 말, 코끼리도

사람이 가지 못하는 곳에는 갈 수 없다.
오직 잘 길들여진 자기 자신을 탄
그 사람만이 그곳에 갈 수 있느니라.

324

'재산을 지키는 자'로 불리는
코끼리도 발정기엔
관자놀이에서 독한 진액을 분비한다.
사나워 다루기도 힘들고
붙잡혀도 먹이를 거들떠보지 않는다.
그는 오직 숲속의 상대만을 생각하기 때문이다.

325

빈둥대며 먹고 잠만 자는
어리석은 자는
사육되는 살찐 돼지처럼
수없이 태 안에 드나들며 윤회하리라.

326

예전에 이 마음은
좋아하는 대로 원하는 대로
쾌락을 따라 헤매었다.

그러나 이제는 나도
갈고리 쥔 코끼리 조련사가
발정기의 코끼리 다루듯이
내 마음 다잡으리라.

327

방종하지 말고
자기 마음을 지키라.
늪에 빠진 코끼리처럼
난국에서 자기 자신을 구하라.

328

생각이 깊고 성실하고
지혜로운 도반을 만났거든
그와 더불어 어떤 어려움이든 극복하라.
마음 놓고 기꺼이 함께 가라.

329

그러나 생각이 깊고 총명하며 성실하고
지혜로운 도반을 못 만나면
정복한 나라를 버린 임금처럼,
숲속을 다니는 코끼리처럼 홀로 가라.

330

홀로 살아가는 것은 훌륭한 일,
어리석은 자와 벗하지 말라.
나쁜 짓 하지 말라.
숲속 코끼리처럼 미련 없이 홀로 가라.

331

일이 생겼을 때 벗이 있음은 즐거운 일이고,
만족은 어떤 경우에도 즐겁다.
착하게 살면 죽는 순간에도 즐겁고
온갖 고통에서 벗어나는 것 역시 즐거운 일이니라.

332

이 세상에서 어머니를 공경하는 것은 즐거운 일이고
아버지를 공경하는 것도 즐거운 일이다.
수행자를 공경하는 것도 즐거운 일이고,
수도승을 공경하는 것도 즐거운 일이니라.

333

늙을 때까지 계율 지키는 일은 즐겁고
믿음이 뿌리 깊게 내리니 즐겁도다.
밝은 지혜 얻으니 즐겁고

온갖 나쁜 일에서 벗어나니 즐겁도다.

제24장 집착

334

방탕한 자의 욕망은
칡덩굴처럼 세차게 뻗어나가
숲속에서 열매 찾아 나선 원숭이처럼
이승에서 저승으로 끊임없이 헤매느니라.

335

이 세상에서 천박한 집념과
불타는 욕망에 사로잡힌 사람은
비 맞아 무성한 비라나 풀처럼
근심 걱정이 쉬지 않고 불어난다.

〈해설〉

* 비라나 풀 : 향내 나는 풀의 일종.

336

이 세상에서 천박하고
불타는 욕망을 다스린 사람은

물방울이 연잎에서 떨어지듯
온갖 근심 걱정에서 말끔히 벗어나리라.

337

여기 모인 그대들에게 알리노라.
갈대 뿌리를 캐는 사람이 비라나 풀을 캐듯
욕망의 뿌리를 캐어내라.
그리고 갈대가 물결에 꺾이듯이
악마에게 꺾이지 말지니라.

338

나무가 잘려 나가도
뿌리가 깊으면 새 움이 돋아나듯,
욕망도 뿌리째 뽑지 않으면
생사의 고통은 자꾸만 되풀이되느니라.

339

쾌락으로 흘러가는
서른여섯 개의 거센 물결로 이루어진
잘못된 생각을 가진 사람은
탐욕으로 뒤덮인
야망의 물결에 휩쓸릴 것이니라.

340

온갖 욕망의 물결은 사방으로 흐르고
쾌락의 덩굴은 이리저리 뻗는다.
덩굴이 뻗어 가는 줄 알고 있다면
지혜의 칼로 그 뿌리를 도려내라.

341

쾌락엔 유혹당하기 쉽고
애착에선 헤어나기 어렵도다.
환락에 빠져 쾌락을 찾는 사람은
삶과 늙음의 괴로움 속에 허덕이느니라.

342

육체의 욕망에 사로잡힌 사람들은
함정에 빠진 토끼처럼 맴돈다.
속박과 집착의 그물에 걸려
두고두고 괴로움을 당하리라.

343

육체의 욕망에 사로잡힌 사람들은
함정에 빠진 토끼처럼 맴돈다.
그런즉 수행자는 자신의 분수를 알고

육체의 욕망에서 벗어나라.

344

욕망의 숲에서 빠져나왔다가도
욕망의 숲을 못 잊어
다시금 욕망의 숲으로 달려가는 사람을 보라.
그는 겨우 그물에서 벗어났다가
다시 그물 속으로 기어 들어가는 산토끼와 같더라.

345

지혜로운 이는 쇠와 나무와 풀로 엮은 듯한
욕망의 사슬을 강하다고 하지 않는다.
그 대신 보석, 귀걸이, 팔찌처럼
귀중한 아내와 자식에 대한 집착을 강하다고 하느니라.

346

지혜로운 이는 무겁고 풀기 힘든
속박을 강하다고 한다.
속박의 사슬을 끊고 나서도
아무 미련이 없는 사람은
애정과 욕망을 등지고
수행자의 길을 가느니라.

347

애정에 사로잡힌 자는
거미가 자신이 만든 줄에 매어 달리듯
욕망의 흐름을 따라간다.
그러나 지혜로운 사람은
탐욕과 집착을 끊고 온갖 고뇌도 떨쳐 버리고
미련 없이 훨훨 날아가느니라.

348

과거와 미래를 버리고 현재를 버려라.
생사의 저쪽 기슭에 이른 사람은
모든 것에서 마음이 벗어났으니
다시는 삶과 늙음의 업보를 받지 않으리라.

349

의혹으로 마음이 어지럽고
끈질긴 집착에 사로잡혀
욕망을 깨끗하다고 보는 사람은
갈수록 집착이 늘어나 속박의 끈이 조여오리라.

350

의혹이 사라지는 것을 기뻐하고

부정한 것을 부정하게 보고
늘 생각이 깊은 사람은
끝내 악의 속박에서 벗어나리라.

351

깨달음에 이르러 두려움이 없고
욕망도 죄도 없는 사람은
이미 생사의 화살을 꺾었으므로
이것이 마지막 윤회의 몸이니라.

352

욕망을 벗어나 집착도 없고
경전의 말씀과 그 뜻을 꿰뚫어
문장과 맥락을 알고 있으면
그는 마지막 윤회의 몸을 가진 사람.
그를 가리켜 크게 지혜로운 이,
또는 뛰어난 인물이라 부르느니라.

353

나는 온갖 것을 이겼고,
온갖 것을 알았으며,
그 무엇으로도 나를 더럽힐 수 없다.

모든 것을 버렸고,
집착도 바닥나 마음은 평화롭다.
스스로 나 자신을 깨달았으니
새삼스레 누구를 스승으로 삼으랴.

354

진리를 알려 줌은 베풂 중의 베풂이고
진리의 맛은 맛 중의 맛이다.
진리의 즐거움은 즐거움 중 으뜸이고
욕망의 소멸은 온갖 괴로움의 끝이니라.

355

쾌락은 어리석은 자를 멸망으로 몰고 가지만
생사의 저쪽 기슭으로 가는 이를 해칠 수는 없도다.
어리석은 자는 쾌락의 욕망으로
남과 자신을 함께 망치도다.

356

잡초는 논밭을 망치고
욕정은 사람을 망친다.
욕정 없는 이에게 바치는
공양엔 큰 보상이 따르리라.

357

잡초는 논밭을 망치고
성냄은 사람을 망친다.
성내지 않는 이에게 바치는
공양엔 큰 보상이 따르리라.

358

잡초는 논밭을 망치고
어리석음은 사람을 망친다.
어리석지 않은 이에게 바치는 공양엔
큰 보상이 따르리라.

359

잡초는 논밭을 망치고
욕망은 사람을 망친다.
욕망 없는 이에게 바치는 공양엔
큰 보상이 따르리라.

제25장 수행자 1

360

눈을 자제하는 것은 착한 일이고,

귀를 자제하는 것도 착한 일이고,

코를 자제하는 것도 착한 일이고,

혀를 자제하는 것도 착한 일이니라.

361

육신을 자제하는 것은 착한 일이고,

말을 자제하는 것도 착한 일이고,

생각을 자제하는 것도 착한 일이고,

온갖 것을 다 자제하는 것 역시 착한 일이다.

모든 것을 다 자제하는 수행자는

온갖 괴로움에서 벗어나리라.

362

손을 삼가고 발을 삼가고

말을 지극히 삼가고

속으로 기뻐하는 마음이 안정되고

홀로 넉넉한 줄 아는 사람을

수행자라 부르느니라.

363

혀를 조심하여 신중하게 말하고

잘난 체하지 않고

인생의 목적과 진리를 제대로 밝히는
수행자의 설법은 감미롭도다.

364

진리를 즐기고
진리를 기뻐하고
진리에 따라 명상하고
진리를 따르는 수행자는
진리에서 벗어나는 일이 없느니라.

365

자기가 체험으로 얻은 것을
가볍게 여기지 말라.
남을 부러워하지도 말라.
남을 부러워하는 수행자는
마음의 안정을 얻지 못하느니라.

366

비록 적게 얻었더라도
얻은 것을 가볍게 여기지 않는
수행자의 깨끗하고 부지런한 생활을 보고
신들도 찬양할 것이니라.

367

몸과 마음에 내 것이란 생각이 없고
내 것이 없어진다고 해도
조금도 걱정하지 않는 사람을 보고
진정한 수행자라 부르느니라.

368

자비로운 생활을 하고
부처의 가르침을 믿는 수행자는
적막(寂寞)을 얻고 윤회가 멎는
축복받는 대자유의 경지에 이르리라.

369

수행자여!
배 안에 스며든 물을 퍼내라.
배가 가벼워져 속력을 낼 것이다.
이처럼 탐욕과 성냄을 끊어버리면
그대는 마침내 대자유의 기슭에 닿으리라.

〈해설〉

＊ 배 안에 스며든 물 : 잘못된 생각과 편견들.

370

다섯 가지 집착을 끊어 버리고
다섯 가지 집착을 내던져 버리고
다섯 가지 집착을 극복하라.
이 다섯 가지 집착을 벗어난 구도자는
거센 바다를 건너가게 되리라.

〈해설〉

＊ 다섯 가지 집착 : 욕심, 성냄, 어리석음, 교만, 고정관념.

371

수행자들이여!
명상하라.
되는 대로 허송세월하지 말라.
마음을 욕정의 대상에 두지 말라.
방탕한 생활로 지옥에 떨어져
뜨거운 쇳덩이를 삼키지 말라.
지옥 불에 타면서 괴롭다고 고함치지 말라.

372

지혜 없는 자에게
깊은 명상 있을 리 없고

깊은 명상 없는 자에게
지혜 또한 있을 리 없도다.
지혜와 깊은 명상 갖춘 사람은
절대 자유의 경지에 가까워진 것이니라.

373

인적 없는 빈집에 들어가
마음 가라앉히고
바른 진리 관찰하는 수행자는
인간을 초월한 기쁨 누리리라.

374

이 몸은 거짓으로 이루어진 것.
있다가 없어지는 것인 줄 알면
마음은 깨끗한 즐거움에 겨워
절대 자유의 기쁨 맛보리라.

375

지혜로운 구도자가 먼저 할 일은
감각을 잠재우고 만족할 줄 알고
계율에 따라 절제하고
맑고 부지런한 친구와 사귀는 일이니라.

376

그리고 항상 친절하라.
우정을 다하고 착한 일하라.
그러면 기쁨이 넘쳐흘러
괴로움을 말끔히 씻어내리라.

377

재스민 꽃이
시든 꽃잎을 떨쳐 버리듯
수행자여!
탐욕과 분노를 떨쳐 버리라.

378

행동이 진지하고
말씨가 조용하며
마음이 안정되고
세상의 쾌락을 등진 수행자를
'대자유에 이른 사람'이라 부르느니라.

379

스스로 자신을 일깨우라.
스스로 자신을 되돌아보라.

자신을 가다듬고 반성하면
그대는 평화롭게 살리라.

380

그대야말로 그대 자신의 주인이고
그대야말로 그대 자신이 의지할 곳.
그러니 말장수가 말을 다루듯
그대 자신을 잘 다루라.

381

부처의 가르침 따르는 구도자는
기쁨에 넘쳐 고요하며
생사윤회 멎은
절대 평화의 경지에 이를 것이니라.

382

비록 나이 어리더라도
부처의 가르침 따르는 수행자는
구름에서 벗어난 달처럼
이 세상 밝게 비추리라.

제26장 수행자 2

383

구도자들이여!

단호하게 욕망의 흐름을 끊으라.

육체의 욕망을 버려라.

일체가 다 사라지는 걸 알면

또한 사라짐이 없는

대자유의 경지를 알게 되리라.

384

수행자가 만일 두 가지 법으로

생의 저쪽 기슭에 닿았다면

그에게서 온갖 속박은 사라지리라.

〈해설〉

＊ 두 가지 법 : 절제와 명상.

385

이쪽 기슭도 없고

저쪽 기슭도 없다.

두려움도 없고 속박도 없는 사람을

나는 진정한 구도자라 부르리라.

386

마음이 안정되니
갈등이 없으므로 편안히 산다.
할일을 다하니 번뇌가 깃들 리 없어서
최고의 목적지에 도달한 사람을
나는 수행자라 부르리라.

387

해는 한낮에 빛나고
달은 한밤에 빛나며
무사는 갑옷으로 빛나고
수행자는 명상으로 빛난다.
그러나 부처는
자비로운 광명으로 빛나느니라.

388

악에서 벗어났으므로 수행자라 하고
행동이 조용하므로 수행자라 하며
자신의 때를 스스로 씻어 버렸으므로
출가자라 하느니라.

389

수행자를 때리지 말라.
수행자는 매 맞아도
거역하지 않는다.
수행자를 때리면 재앙이 온다.
하지만 매 맞고 성내어도
재앙이 오리라.

390

수행자가 쾌락을 억제할 수 있다면
큰 보상이 따르리라.
남을 해치려는 마음이
적을수록 고민도 적으리라.

391

몸과 말과 마음으로
나쁜 짓 하지 않고
이 셋을 억제하는 사람.
그를 보고 나는 수행자라 부르리라.

392

바르게 깨달은 분의 말씀을

누구한테서 들었든지
수행자가 제사 때 불을 공경하듯
그 사람을 공손히 받들라.

393

머리 꾸밈새와 가문과 태생에 따라
수행자가 결정되는 것은 아니니라.
진실과 진리를 마음속에 품은 편안한 사람,
그를 나는 수행자라 부르리라.

394

어리석은 자여!
머리 모습이 무슨 소용이란 말인가.
가죽 옷을 입고 어쩌겠다는 것인가.
그대의 속은 더러운 밀림인데
거죽만 그럴듯하게 치장했구나.

395

남루한 누더기를 걸치고
여위어 뼈만 앙상하구나.
힘줄이 드러난 채
홀로 숲속에 앉아

깊은 명상에 잠겨 있는 사람,
그를 보고 나는 수행자라 부르리라.

396

수행자 집안에서 태어난 이를
나는 수행자라 부르지 않는다.
그는 자기 소유물에 얽매여 있으므로
차라리 귀족이라 불러야 하리라.
아무것도 가진 것 없어 집착이 없는 사람,
그를 보고 나는 진정한 수행자라 부르리라.

〈해설〉
＊ 귀족 : 옛날 인도에서는 최고 지위의 귀족만이 수행자가 될 수 있
었다.

397

일체의 속박을 벗어던지고
그 무엇도 두려워하지 않고
온갖 집착을 이겨낸 사람,
그를 보고 나는 수행자라 부르리라.

398

노끈과 밧줄과 쇠사슬을
말안장과 함께 끊어 버리고
모든 장애물을 없애 버린 깨달은 사람,
그를 보고 나는 수행자라 부르리라.

〈해설〉

* 노끈 : 성냄.

* 밧줄 : 욕망.

* 쇠사슬 : 그릇된 생각.

* 말안장 : 번뇌.

399

모욕, 학대, 투옥까지도
성내지 않고 견뎌내는 사람,
인내력이라는 강한 군대를 가진 사람,
그를 보고 나는 수행자라 부르리라.

400

성내지 않고
종교적 의무를 다하고
도덕적 규율을 지킴으로써

맑고 순수해져서
이번 생을 마지막 몸으로 태어난 사람,
그를 보고 나는 수행자라 부르리라.

401

연잎의 물방울,
바늘 끝의 겨자씨처럼
어떠한 욕망에도 얽매이지 않는 사람,
그를 보고 나는 수행자라 부르리라.

402

이 세상에서
자신의 고통이 다 끝난 줄 알고
무거운 짐을 내려놓고도 초연한 사람,
그를 보고 나는 수행자라 부르리라.

403

지혜가 깊어 현명하고
바른길과 그른 길을 분별하여
최고의 목적지에 도달한 사람
그를 보고 나는 수행자라 부르리라.

404

재가자든 출가자든
아무와도 사귀지 않고
집 없이 돌아다니는 욕심 없는 사람
그를 보고 나는 수행자라 부르리라.

405

약자든 강자든
살아 있는 것에 폭력을 쓰지 않고
죽이거나 죽게 하지 않는 사람,
그를 보고 나는 수행자라 부르리라.

406

미워하는 무리 속에 있으면서도
미워하지 않고
난폭한 무리 속에 있으면서도
마음이 편하고
집착하는 무리 속에 있으면서도
집착하지 않는 사람,
그를 보고 나는 수행자라 부르리라.

407

탐욕, 성냄, 자만, 위선이

바늘 끝의 겨자씨처럼

떨어져 나간 사람,

그를 보고 나는 수행자라 부르리라.

408

거칠거나 속되지 않고도

분명하게 진실을 말하고,

말로 사람의 감정을 상하게 하지 않는 사람,

그를 보고 나는 수행자라 부르리라.

409

이 세상에서 길든 짧든,

작든 크든, 깨끗하든 더럽든,

주지 않는 것을 갖지 않는 사람,

그를 보고 나는 수행자라 부르리라.

410

이 세상, 저세상에서

바라는 것도 없고 기대도 없고

그 무엇에도 사로잡히지 않는 사람,

그를 보고 나는 수행자라 부르리라.

411

아무 집착도 없고
다 깨달아 의혹도 없고
죽음 없는 경지에 이른 사람,
그를 보고 나는 수행자라 부르리라.

412

이 세상에서 선도 악도 다 버리고
집착도 벗어나 근심 걱정 없어
깨끗하고 밝은 사람,
그를 보고 나는 수행자라 부르리라.

413

달처럼 깨끗하고 맑아서
쾌락에서 깡그리 벗어난 사람,
그를 보고 나는 수행자라 부르리라.

414

험하고 힘겨운
윤회와 미혹의 길 넘어

삶의 저쪽 기슭에 이르러
마음이 안정되어 욕심도 의혹도 여의고
집착을 떠나 마음이 편안해진 사람
그를 보고 나는 수행자라 부르리라.

415

이 세상에서 온갖 욕망 다 끊어 버리고
집 떠나 방랑하는
모든 욕망의 생활을 청산한 사람,
그를 보고 나는 수행자라 부르리라.

416

이 세상의 집착 모두 여의고
집 떠나 방랑하며
집착의 생활을 청산한 사람,
그를 보고 나는 수행자라 부르리라.

417

속세의 온갖 인연 다 끊어 버리고
천상의 인연까지도 벗어나
일체의 인연에 얽매이지 않는 사람
그를 보고 나는 수행자라 부르리라.

418

즐거운 일, 괴로운 일 다 잊어버리고
늘 깨어 있어 번뇌가 없고
이 세상 모든 것 죄다 이긴 사람
그를 보고 나는 수행자라 부르리라.

419

중생의 삶과 죽음을 알고
그 무엇에도 집착하지 않고
바르게 살면서 깨달은 사람,
그를 보고 나는 수행자라 부르리라.

420

번뇌가 바닥나
신도 귀신도 사람도
그 자취를 알 수 없는
존경받을 자격을 갖춘 사람,
그를 보고 나는 수행자라 부르리라.

421

앞에도 뒤에도 중간에도
아무것도 가진 것 없어

빈손으로 온갖 집착을 다 떠난 사람,
그를 보고 나는 수행자라 부르리라.

422

황소처럼 씩씩하고 기품 있고 늠름하여
큰 현자요 승리자가 된,
욕심 없고 온갖 때 다 벗어 버린 사람,
그를 보고 나는 수행자라 부르리라.

423

전생 일을 알고
천상과 지옥을 보고
다시 태어날 인연이 없는
지혜의 완성자,
일체를 다 깨닫고 성취한 사람,
그를 보고 나는 수행자라 부르리라.

법구경 번역을 마치고

1999년 9월 29일부터 나는 마치 몽유병자처럼 『법구경』 번역에 몰두하여 밤낮을 가리지 않고 작업에 매진한 끝에 드디어 14일 만에 끝을 보았다. 물론 남들이 이미 만들어 놓은 책들을 참고하기는 했지만 내 나름의 문장과 리듬과 표현방식을 살리는 데 최선을 다했다.

나뿐만 아니라 모든 수행자들은 『법구경』을 대하는 순간 자신도 모르게 감전이라도 된 듯 짜릿한 전율을 느끼지 않을 수 없을 것이다.

『법구경』은 석가모니가 직접 수행을 하면서 겪은 단상(斷想)들을 그때그때 읊은 것들이어서 진지한 구도자라면 깊은 감화를 받지 않을 수 없게 되어 있다.

423편의 시구 하나하나는 정상적인 구도자라면 누구나 구경각에 이르지 않고는 도저히 배겨낼 수 없도록 용의주도하고 철두철미하고도 집요하게 끊임없이 다그치고 있다. 슬기로운 독자 여러분들은 부디 이『법구경』을 읽고 한 소식 하기 바란다.

모든 정보에는 주인이 따로 없다. 성인의 가르침을 위시하여 일체의 정보는 듣거나 읽고 자기 것으로 소화하여 체험하고 그 진수를 체득하고 실천하는 사람의 것이다. 따라서 정보에는 국적도 인종도 있을 수 없다.

한 번 세상에 공표된 정보는 먼저 차지하는 사람이 주인인 것이다. 불경도 성경도 그렇고 『천부경』도 『삼일신고』도 『참전계경』도 그렇다.

만약에 어떤 미국인이 『천부경』을 수백 번 읽다가 그 진의를 깨닫고 자기도 모르게 무릎을 쳤다면 『천부경』은 꼼짝없이 그의 것이 되고 마는 것이다. 마찬가지로 『법구경』도 인도인보다 우리가 그 진수를 먼저 깨달았다면 그건 어쩔 수 없이 우리 것이다.

저자 약력

경기도 개풍 출생
1963년 포병 중위로 예편
1966년 경희대학교 영어영문학과 졸업
코리아 헤럴드 및 코리아 타임즈 기자생활 23년
1974년 단편 『산놀이』로 《한국문학》 제1회 신인상 당선
1982년 장편 『훈풍』으로 삼성문학상 당선
1985년 장편 『중립지대』로 MBC 6.25문학상 수상

저서로는 단편집 『살려놓고 봐야죠』(1978년), 대일출판사, 민족미래소설 『다물』(1985년), 정신세계사, 장편 『소설 한단고기』(1987년), 도서출판 유림, 『인민군』 3부작(1989년), 도서출판 유림, 『소설 단군』 5권(1996년), 도서출판 유림, 소설선집 『산놀이』 ①(2004년), 『가면 벗기기』 ②(2006년), 『하계수련』 ③(2006년), 지상사, 『선도체험기』 120권(1990년~2020년), 도서출판 유림 및 글터, 『약편 선도체험기』 30권(2021~2024), 글터, 『한국사 진실 찾기』 2권(2024), 글터 등이 있다.

구도자를 위한 번역 선집 1 업보차별경, 금강경과 반야심경, 육조단경, 법구경

2026년 3월 20일 초판 인쇄
2026년 3월 30일 초판 발행

지 은 이 김 태 영
펴 낸 이 한 신 규
본문디자인 안 혜 숙
표지디자인 이 은 영
펴 낸 곳 글터
주   소 05827 서울특별시 송파구 동남로 11길 19(가락동)
전   화 070-7613-9110 Fax 02-443-0212
등   록 2013년 4월 12일(제25100-2013-000041호)
E-mail   geul2013@naver.com

ⓒ김태영, 2026
ⓒ글터, 2026, Printed in Korea

ISBN   979-11-88353-81-1   04810   정가 20,000원
ISBN   979-11-88353-80-4(세트)